文
景

Horizon

述而批评
丛书

销魂者
考

吕永林 ————— 著

上海人民出版社

在批评的世界里激荡风云
——"述而批评丛书"序言

　　文学创作的进步与繁荣，离不开文学批评的推动。卢那察尔斯基说："历来的情况是：恰恰由于著名作家和卓有才华的批评家的通力合作，过去曾经产生过、今后将产生真正伟大的文学。"受现实生活直接影响的敏感的作家，需要批评家帮助他们形成抽象的科学思维，需要批评家来发现其优秀作品、总结其创作经验、揭示并推介其创新创造的价值。而一个时代文学创作的趋势和潮流，也需要批评家用他们的前瞻和敏锐，来进行指向与导引。

　　揆诸上海文学事业发展的历史轨迹，我们可以说，繁荣的文学批评是上海文学版图上一道特别的风景，活跃的批评家是上海集聚起来的高能级文学精英，一代代的坚守和传承是上海文学批评生生不息的泉源。

　　近年来，上海坚持发扬重文学批评的传统，在发挥批评大家作用的同时，十分重视青年批评家的培养，为他们搭建施展才华的舞台，逐步形成了一支阵容较为齐整的青年批评家队伍。

这些批评家有的工作在作协，有的执教、执笔于高校或研究机构，也有的活跃在报纸刊物上。他们互通声气、互相激荡，通过出版专著、在报刊和各种文学活动平台上通畅表达，指点文学江山、洞察文学思潮、剖析创作得失。他们是多面手和跨界者，不仅在批评的世界激扬文字，还常常游走于创作的天地，直接实践于小说、散文、诗歌等各种文学体裁。他们视野开阔，兼容并蓄，在坚持中国文学批评优秀传统的同时，善于运用世界文学发展的新潮流和新标准，与时俱进地开展科学的、有见地的批评。他们不仅在上海，也在中国，甚至出现在国际文学交流的舞台上，代表中国、上海，与世界文学展开近距离的对话。他们和前辈批评家一起，为上海文学创作的创新、创造和繁荣做出了积极的贡献，也预示着上海文学批评发展的前景和未来。

为集中展示青年批评家群体的成就和风采，展示上海文学批评的发展与收获，上海市作家协会策划推出这套丛书。丛书由 11 位批评家分别选编代表自身水准的文章集纳而成，这些文章虽然多曾在各种报刊、专著发表过，但作为一个整体的重新呈现，必能产生不同寻常的组合效应。丛书的问世对于专业人士的意义不多赘言，而对于普通读者来说，阅读这些著作，也将有助于总览中国文学、上海文学创作的流变，深入掘发作家作品的精华，深切体验作家创作的用心，深刻感受作家作品的价值。

这套丛书以"述而"命名,也寓意着青年批评家对前辈的承继、接续和阐发,述而后作,使批评的传统在文学发展的长河里不断地被赋予新的生命。我们相信,丛书的出版不会戛然而止。今后,当有更多的青年批评家和更多的成果涌现时,丛书将及时地进行扩容。

伴随着波澜壮阔的改革开放,上海文学事业走过了40年不平凡的历程,如今和国家各项事业发展一样,进入了崭新的历史阶段。新时代,文学承担着新使命,也呼唤着一大批青年批评家在文学批评领域承前启后、继往开来。今后,我们将一如既往地重视文学批评,重视培养一代代的青年批评家,让活跃、健康、高质量的文学批评,始终与文学创作、文学活动,还有文学出版、文学翻译等一起,支撑起上海文学繁荣、发展的良好局面。

是为序!

上海市作家协会党组书记、副主席王伟

代自序：我的精神地形图

一

我上小学时，我哥常说，他又在荒滩上瞭见了野兔，有几回，他说我家那条闻名于村中的"小狼"还使劲撵过兔子，可惜没撵着。我哥比我大七岁，他说的话那时我都信，他不仅在好多事情上护着我，还不时带我爬上我家房顶，去辨认远方，告诉我狼山、大青山和黄河的位置，他曾经朝着狼山、大青山和黄河的方向唱歌、撒尿，并教会了我打响指和吹口哨。

我自己从未在河套平原的荒滩里见过野兔，我哥口中的那些野兔，在我心底慢慢变成一种如村头烟霭般缥缈但迷人的存在，我想象它们自由出入于洞穴和野地，虽弱小、羞怯，需要觅食、交欢和嬉戏，却善于躲避追捕，与原野、山河、地平线和万物为伴。因此现在，我很乐意将自己比作这样一只兔子，常常挖洞，常常进发，还热爱思想，而写作之于我，也便像一处可以不断前行的窝点，我经由写作思想，经由思想生活。

2010 年夏天，我开始断断续续地在纸上书写《事关未来正义的正义》一文，直至 2011 年秋将它完成，在我个人思想史上，这是一只兔子首次窜上他精神的大青山，里面动用了从弗洛伊德而来的"死亡本能"理论假说，将"忘我"指认为人类最根本、最深沉的欲望，并由此提出我自己的"正义论"。就是从那时起，我的精神世界开始总体显形，我思想的原野、山峦、沼泽、村落、湖泊、溪流，等等，一一开始趋向澄明——当然很有可能，这只是我一时的自以为是，谁知道呢。不过迄今为止，唯有怀抱了《事关未来正义的正义》一文中的诸多简陋讨论，我才觉得自己真正勘探到了人类最幽深的欲望，理会到了与之相生相伴的种种绝望与希望，并由此辨清无数人间村落的位置，辨清自己和众人的四面八方，包括重新望见我哥和我曾经站立过的那个故乡的屋顶。

如今，我仍在挖洞，仍在进发。

二

《玩笑的深度及其限度》在我的精神地形图上，归于"野"部，这是我的硕士学位论文，于 2001 年春天落果，只是形式上很不守规矩，压根不像一篇所谓的学术文章，而更像一个文艺随笔，当中携带了豁兔一切的光明与黑暗，以及无法进行伦理决断时的广袤与荒芜，可谓既欢乐，又恐怖；既充实，又虚无；既放浪，又悲伤……当时我之所及，大概同刘震云的《故乡面和花朵》差不多罢，比如里面对"自渎"一词的极度重视。

其实早在1990年代中后期，弗洛伊德的"死亡本能"假说就已经开进我的思想领地，然而多半归隐为一种感性的相遇。1999年，在浙大"西方诗学"课的课间，我曾跟孙周兴教授谈起过所谓"忘我"的问题，那时的孙老师还留着茂密卷曲的长发，满腮的黑胡须，记得当时，他用他"不可说之神秘"笑容望向我，并未说什么，而我自己也无有更加清晰、坚硬的语词可以撞破沉默。

2007年，在蔡翔教授召集的一次师门读书会上，不知谈及什么，我说"人活着就是为了找'死'"，蔡老师当时听了，手执烟卷，默然不语，项静接过话头说，"师兄现在讨论问题，一开口不是死亡，就是疯狂"，而我亦只是随口说说，并不能在现场将相应的思想与表达带到更远更深的境地。

确切地说，在2011年之前，我的思想主要盘桓于类似张灏先生所说的"幽暗意识"之际，却又不能满足于那条将其主根扎在无限防御与制衡中的民主道路。一方面，仰仗着"死亡本能"理论的启迪，我越来越逼近那些或宏大或幽微、或抽象或具体的人世间的"非"，另一方面，我始终求索不到自己可以真正去信仰的人世间的"是"。

《我们离苦难很近，离善良很远》（2007年）一文，即是此行途中的一枚印迹，该篇末尾写道："唯有当我们开始正视自己的非道德时，道德才可能不再作为一个伪命题呈现出来，也只有当我们意识到自己对自己非道德的深刻不满，并且意识到自己对他者和对道德的某种刻骨铭心的需要时，道德才有可能真正出场。"可是人究竟因何会对道德产生"某种刻骨铭心的需要"，我实际并无什么思想底牌可打。

彼时之我，长时间逡巡在某种思想的旷野中。

三

上海吴淞炮台湾湿地公园有个"振衣亭"，亭柱之上，挂着"自此长江去矣，从今沧海来焉"的楹联，乃林曦明先生所书，与我 2011 年之后的精神景况颇有几分相契。只不过在我的"想象"中，海洋并非大陆的怀抱，而是反过来，也因此，我始终觉得在无边的陆地之上，湖是小海，海是大湖。

《罗陀斯的天光与少年》（2016 年）和《"我们"向何处去》（2017 年）是我两片思想的"湖"。经由前者，我将那个为世人共有的"欲望中的欲望"公开命名为"销魂"，也就正式将人定义为"销魂者"。经由后者，我探听着属于人类未来的新的共同体之声，并吁请现在和未来的行动者一同去缔造一种更具独创性的"人·人体系"和"人·物体系"，进而去拥抱种种"更具独创性的好的生活方式"（尤卡·格罗瑙语）。如果说，《事关未来正义的正义》是在召唤我寻访思想的"高"的话，那么《罗陀斯的天光与少年》和《"我们"向何处去》就是在召唤我探索思想的"深"，当然，它们只是向度，而非终点。

《审美的暴政》（2014 年）和《猪尾焦虑与屠苏之死》（2017年）可以标示出我思想的"沼泽地"，这两篇文字是我触碰某些紧要议题的小小实验，此类行动才刚刚开始，其间一片泥泞。我想，那些为我所敬重的行动者们会和我一样，将直面以下两个巨大的难题：

其一，人与情欲相关的审美冲动以及审美资源争夺问题；

其二，社会劳动分工以及随之而生的各种苦难分配问题。

《常人世界及其活口》（2012 年）和《文本世界的青年往何处去》（2017 年）属于我思想的"村"部，是我对一个个"活生生"的生命个体的凝神端详与侧耳倾听，我通过写作端详他们的生与死，沉沦与复活，倾听他们自己给自己"哭丧"，自己给自己"叫魂"。某种意义上，甚至可以说，文本世界的"他们"就是我，我和"他们"当中的某几个一样，渴望获得救赎和新生。可是对于一个"销魂者"而言，真正能带来拯救的"奇迹"又将升腾于何处呢？

在这个世界上，有太多的人翘首企盼由外部世界而来的"奇迹"及其拯救，然后又因这"奇迹"的阙如而绝望，再由绝望而溃散，从此被动或主动地跟现实交欢，王朔《给我顶住》中的"关山平"们如此，金宇澄《繁花》中的"阿宝""沪生"们亦是如此。陀思妥耶夫斯基笔下的"宗教大法官"说得一点没错，"人寻找的与其说是上帝，还不如说是奇迹"，与之相反，救世主乃寄望于"自由的信仰"，而非"奇迹的信仰"。因此，当我跟学生聊起圣埃克絮佩里的《小王子》时，我会提醒他们——同时也是提醒自己，千万不要把"小王子"真的视作一个从世外降临人间的"奇迹"，而应该将他视作飞行员自己心中升腾起来且被轻轻握住的某种信仰，是一个人在其"销魂"的高度和深度轻轻握住的信仰。

在我的精神地形图上，每一位这样的"销魂者"都将流淌为一条美好的溪流，而如若有亿万条溪流既可"相造于道"，又可"相忘于天下"，那便成了我个人的乌托邦世界。在这乌托邦世界，亿万条溪流相交而不争，相离而不孤，各美其美，各妙其妙，该有多好！如今检视己作，从《新生证实，有情有功》（2016年）和《文本、理论、世界和自我的重逢》（2016年）中，似乎可见出一丝那乌托邦的影子。

吕永林

2017年底于沪上宋公园对面

野部

玩笑的深度及其限度
——论刘震云之《故乡面和花朵》

愚人节的叙事

《故乡面和花朵》(以下简称《花朵》)的问世应该能够被看作是汉语小说写作史上的一个有点特别的事件，同时也可被看作是中国当代文化生活中的一个有点特别的思想事件，关于这一"有点特别"我们可以用《花朵》的写作者刘震云为全书所作的"题记"来加以说明。刘震云如是题记道：

为什么我眼中常含着泪水，是因为这玩笑开得过分。

一位向来严肃的作家却将自己历时六七年之久苦心经营出来的作品称为一个"开得过分"的"玩笑"，这实在有些令人费解。如果刘震云此处所说的"玩笑"一如我们日常所谓的"玩笑"，那么，他为《花朵》所作的"题记"就意味着：

第一，《花朵》只是一个玩笑，而其写作者还不加收敛地将它开得过了头；

第二，《花朵》只是一个开得过了头的玩笑，读者们无须当真和往心里去。

如果上述推理得以成立，那么刘震云为《花朵》作如此"题记"则可被视作是作家对其已经完成的小说叙事的自行取消，也是对其长达七八年之久呕心沥血的叙事行为的无情否定。

这无疑是一个揪人心肺的反讽事件。

或许我们应该对隐藏在刘震云为《花朵》作如此"题记"的行为背后的悖违事实有所警觉，当有人说"我所说的话全都是谎言"时，我们很难断定他的话究竟何时何处为真何时何处为假，而当刘震云已经开了八年和将近二百万言的"玩笑"时，其临时所作的"题记"也必然会被置于这一巨大的"玩笑"之中，从而也就可以被更换为：

"我所写的全部都是玩笑。"

但这是说不通的，而这说不通则恰恰是作家有意为之的结果，因为在这说不通的深处埋伏着作家"置之死地而后生"的良苦用心。逻辑推理上的死结会使得我们动用感情和想象来拆解，这样我们便赢得了阐释的多种可能。

首先，我们可以假定《花朵》的"题记"乃是作家跟读者开的一个玩笑，《花朵》本身则未必就是玩笑，而是自有其深意和真意。

其次，我们可以顺水推舟地认定《花朵》的"题记"是绝对认真的，而在它之前的《花朵》叙事则果真是一个可有可无的玩笑。

再者，我们还可以揣测作家本人的犹豫不决和摇摆不定，即作家实际上是在玩笑与认真之间徘徊往返，并在此徘徊往返中有时觉得自己的确是认真的，有时又觉得自己的认真也只能是一种说笑。

最有可能的，则是以上揣测同时成立，于是《花朵》的"题记"便在作家的自相矛盾之中成为一则"愚人节的叙事"，即作家在似非而是又似是而非的模棱两可间永远认真地同自己和读者开着玩笑，而此一行为之所以能够坦白的原因在于，与全知全能者相比，所有的人都是愚人。

《花朵》之所以会有如此"题记"，其原因在于《花朵》本身就是一则漫长的"愚人节的叙事"，这之中隐匿着人们的种种极为深沉的情感以及存在于这些情感深处的种种悖谬。

时空广场

为了摆脱时间的索链进而使人类生命悠游于时间之外，尼采创立了他的"永恒轮回"说，"权力意志"即是促成这一"永恒轮回"说的本体性存在。作为一位试图为人类进行重新命名的哲学家，尼采自然不会将其所谓恒久在场的"权力意志"赋予人类之外的他者，不过，他将之赠给人类的手法却也十分老套，即形而上学地将"权力意志"擅自"人格"化和"神圣"化，由此，生命个体因"权力意志"的"永恒轮回"而获得形式上的永生。于是我们看到，"上帝"虽不在了，但人还在，并且是作为永远追求强力的"超人"而得到空前的确立。"永恒轮回"即意味着时间的消解，意味着任何一个具有"权力意志"的人都将与包括已死的和未生的一切人同时存在于同一个生命的广场之上。

在刘震云的小说中，要求或追求权力的人亦随处可见，不同的是：在尼采那里，是追求"权力"完成了人，而在刘震云笔下，追求"权力"则成为"人"之未生的一种喻指。易言之，刘震云笔下几乎没有形而上学意义上的人，从形而上学的角度来讲，刘震云小说中的人大多只可算是一"物"。然而，对"物"的呈现恰恰表明了人的不可完成和无从规约。人看上去像一个"黑洞"，一个永远不可能被某种"人格"或"神性"统摄的"物"的"黑洞"，在这个"黑洞"里，什么千奇百怪的事都可能发生，而追求权力亦不过是置身于"黑洞"之中的人们的一种现身方式而已。被尼采视作人之生成位格的东西，在刘震云这里变成了人的一个可以被随时置换的面部表情，它非但不能证明人是什么，反而愈加警示着这样一个命题：

"人什么不是。"

包括尼采在内，以往我们试图取消时间以便抵达永恒从而与天地万物共在的常用方式乃是确立某种形而上学的自我，并将此形而上学推及一切他者与"我"进行相互印证，于是，"人是什么"成为一切共在不可或缺的前提。然而在刘震云这里，"人什么不是"反倒成为其召集古今中外各路人马云集"故乡"的根本理由，当古有曹成、袁哨、吕伯奢，近有柿饼脸太后、小蛤蟆、县官韩，今有孬舅、小麻子、白石头、小刘儿，外来户有冯·大美眼、呵丝·温布林、巴尔·巴巴、卡尔·莫勒丽等等诸人同时出现在"故乡"的牛屋和打麦场时，"故乡"成了一个横跨五洲，纵贯古今的巨大广场，在此广场上，时间与空间已经不再对人类构成阻绝和威胁，它们以前所未有的敞开姿态怀揽了无数在时间中出生入死和在历史中上蹿下跳的人们，并任由他们在这里跌打、翻滚、踢腾、胡闹。我们从中感受不到任何传统形而上学"宏大叙事"的庄重气息。满鼻子满眼全是作家跟我们开玩笑的味道。

人类的广场意识归根到底是一种乌托邦意识，这种乌托邦意识又历史地表现为两种形态，一种是形而上学的，在其中广场意味着大一统，意味着一种形而上的秩序律令和人性契约存焉，此时广场成为同一性、安定和普全的象征，不过，这也同时是人类生活趋向单一化和缺乏生机的象征。另一种是非形而上学的，此时广场成为一个嘈杂、喧闹、人声鼎沸和混乱的集市，行走其上的人们或交战、或嬉戏、或各行其事，甚或无所事事，这是一个未被秩序化了的世界，在此广场之上一切都可能发生，一切也皆可能不必发生。"故乡"显然不是一个形而上学意义上的广场，由此我们揣测，刘震云可能是在建立一个非形而上学的广场，并以此来开掘人类生活丰盛、美丽、富饶的景观。

可是在阅读中，我们又几乎找不到什么明显的迹象来证明自己的想法，作家仿佛存心是在拿读者开涮，小说中的一切都显得似非而是同时又似是而非，不管选取哪一种观点，是形而上学的还是非形而上学的，只要我们一"乌托邦"，就会发现自己如同小说中的人物一样，被作家悄悄摸摸地塞了满嘴沙子。

但毕竟，一个跨时空的广场还是建立起来了，这就是小刘儿的——也就是众人的——"故乡"。在此广场之上——很可能也就是在"故乡"的粪堆之上——迎风挥舞着一面旗帜，旗帜的正面写了"人什么不是"几个大字，背面却又隐约闪现出"人什么都是"的字样，而那些"什么不是"或"什么都是"的人们则马上要在这里上演一出出或无聊或有趣的关系闹剧。

关系闹剧

1. 同性关系

"22世纪"的"丽晶时代广场"是一个被秩序化了的寓言式的广场，往来其上的人们在现实的行为当中不得不遵从着有关身份、地位以及各自社会角色的关系契约，"恢复礼义与廉耻委员会"的秘书长孬舅以政治家的面目出现在广场与人群的中心，也就是世界大舞台上打满光束的地方，周围的人们，无论名流末流、文人记者，都想方设法地要与孬舅打招呼，因为接近孬舅就意味着拥有更多的、身在秩序屋檐下的光明与自由，就意味着占据关系网络中更加优裕的位置，当然，前提是人们对现行的游戏规则都得大体上服从。

如果你在这种服从中玩得还算开心，或者虽然暂时不很开心但你有信心有希望将来开心，你就很可能会永远服从下去；可是如果你在这种服从中感到绝望或者觉得还远远不够开心，你就有可能会叫起来跳出来撞破现行的游戏规则，或者你虽然不叫起来没跳出来，但至少你已经包藏了此种野心。

同性关系者队伍就是怀揣着这样一颗野心开进"丽晶时代广场"的，他们提出的"对话"要求使得用惯了权力和武力的孬舅在不得已的情况下，采纳其甥小刘儿的歪招："不支持，不表态，以静观动，以观后效。"从而避开"对话"，暂时得以稳定大局，但同性关系者并未从此善罢甘休，他们的"对话"口号其实也不过是一种策略，因为在广场之上是孬舅拥有绝对的权力和武力优势，所以他们也只能希望先"对话"然后再及其他。然而当孬舅回到家里时，双方形势发生了陡转，同性关系者队伍的成员之一孬姈冯·大美眼在床上对孬舅发动了猛烈的肉身攻击，在"丰乳肥臀"的沉重逼压下，孬舅不得不虚与委蛇地制定了令其敌手笑逐颜开的大政方针：

让同性关系者回"故乡"。

"故乡"是一处边缘之地，它既可指向过去亦可指向未来，对于孬舅来说，它意味着过去，而对于同性关系者而言，它恰恰指向未来。同性关系者对"故乡"的争得和开辟，宣告了"丽晶时代广场"大一统局面的解体，尽管关于秩序安定的叙事仍将继续，但在《花朵》中，人们已经从原来的中心地带大规模地撤离，冯·大美眼对异性关系的毁约也表明了孬舅原有的大一统秩序操纵者地位的失落，也许是不甘寂寞，更也许是为了重新夺势，孬舅的灵魂也跟随同性关系者率领着的大队人马望"故乡"而来。

同性关系者搞同性关系并不是一件只涉及其内部成员的事情，他们之所以口口声声地要求一个"家园"，目的就是要在所谓的"家园"之上建立绝对的话语权威，进而普及同性关系，其实也就是普及自我意志到其他所有人，从而使他人服从于"我"，而不再是以往的"我"服从于他人。

但"故乡"并不是那么好回的。让我们来看一下"故乡"窝藏着些什么人就知道原因何在了。"故乡"窝有曹成、袁哨、猪蛋、六指、瞎鹿、白蚂蚁、白石头、沈姓小寡妇、小麻子、小蛤蟆、荡妇兔唇、荡妇地包天……用孬舅的话说，这些人没一个是省油的灯，"一千多年来，他们上蹿下跳，无风三尺浪，有风搅得满天尘；窝里斗，起反，当面一盆火，背后一把刀，当面说好话，背后下毒手；……男人都花，女人都浪，哪个男人没有毒死过几个男人？哪个女人没有逼死过几个男人？"因此，让同性关系者回"故乡"也就是让他们跟"故乡"这些随时准备造反的"杂拌、无赖、泼妇、魔鬼和性虐待者"待在一起。

争夺与争斗显然在所难免。围绕着同性关系运动能否在"故乡"进行与如何进行，以及在这场运动中每个人的利益和地位配置问题，众人之间展开了一场有关控制与被控制，关系他人与被他人关系的大混战，研讨会无疑白开，就连会议的主持人村长猪蛋和孬妗冯·大美眼，也在混战中或被放逐或被撕得粉碎，问题最终还是要靠武力来强行解决，苏格兰混子牛蝇·随人就是这样上了台。

同性关系运动其实不过是一个口号，一种形式，不管口号和形式是什么，关系到每个人的切实问题在于，你在这个口号下或形式中玩得是否开心和如何开心？甚至连权力、地位都是其次的，它们也只是你玩得新鲜、快活、自得其乐和玩出花样的安全通道。于是，在同性关运动这个一时的形式中，基挺与袁哨、瞎鹿与巴尔、小刘儿他爹和白蚂蚁、莫勒丽和女兔唇、前孬妗与冯·大美眼、刘老孬与小麻子等等诸人成双配对地上演了一幕幕表现自我和关系他人的笑闹剧，其中密织着关于嫉妒、羡慕、爱恋、悔恨、报复、好胜与逞强、冷漠与仇视、自恋与欺瞒、施虐与受虐、胡闹、捣乱和无事生非等人情世态的故事。

2. 生灵关系

在同性关系运动中，也有没玩着或没玩好的人，如小蛤蟆、郭老三、曹小娥、女兔唇等，因此当众人有些玩厌了的时候，他们便将自己乔装打扮成一群披头士，在"故乡"村西的粪堆上举行了一场专以摄取众人灵魂为目的的乐队演出，演出的内容就是：推翻还属人与人之间发生的同性关系而倡导人与动物之间发生的生灵关系。当喜新厌旧的人们看到小蛤蟆等人各自怀揽紫花公羊、小公驴、小母猪和小母兔出现在"故乡"众人面前时，立刻感到一种莫名的兴奋，随后便在看"戏"的过程中将一颗颗血淋淋的心丢进了小蛤蟆等人事先准备好的箩筐和驴皮口袋。然而，箩筐与驴皮口袋所捕捉到的却不光是众人的心，它们同时也捕获了小蛤蟆等人的心，因为箩筐和驴皮口袋其实乃是人们欲望的象征，它们才是戏的真正主角和最终导演，而众人则什么也不是，或者是也只是一群空心人。

空心人六指总是"按不住虎头撮蛇尾"，当生灵关系运动亦在众人的骚乱中即将烟消云散之时，在前两次关系运动中一点光没沾上的六指则以"大地守夜人"和"精神上最后一个不撒退者"的虚假形象蹩上历史的舞台。真正具有一点精神持守者意味的是小刘儿，姥娘的去世造成了他情感世界的严重断裂，而他化作一块石头对姥娘所作的撕心裂肺的呼唤实际上也是他对人世间统一的人格自我和持续如一的人际关系的深情回顾，这是出现在《花朵》人物情感世界的一次罕见的形而上学波动，这一时的波动使得小刘儿成为"故乡"变动不居的关系闹剧中的一个例外，而这一例外则又给故乡正在不断上演的关系闹剧造成一次短暂的断裂。断裂并不持久，在与六指的对话中，已化作石头的小刘儿再次暴露了其渴望混同于人群从而将自我意识消解于群体意识之中的本性，于是他与六指二人便以访谈形式狼狈为奸地做了一个对生灵关系运动狗尾续貂的工作，并以此在舞台上搔首弄姿，哗众取宠。

3. 灵生关系

"灵生关系者回故乡"运动终于点明了一次次"关系闹剧"的实质和要害所在，从而也为之画上了形式上的休止符。所谓灵生关系是相对于生灵关系而言的，根据其发起者猪蛋的意思，灵生关系就是一反生灵关系的人搞动物而变成动物搞人。前村长猪蛋是在同性关系运动中被放逐而成为一头野猪的，但这头被放逐的野猪却因此而增长了智慧且培养出一批复仇的队伍，在锁定复仇对象的时候猪蛋也瞄得异常准确，他"透过现象看本质"地发现：众人的欲望才是导致他被放逐的根本原因，于是，收割和封禁众人的性器便成为猪蛋解除和取消其真正仇家——众人的欲望——的最为有效的文化途径。在《花朵》中，这无疑是一个喻指功能极强的事件。而在此事件中，很难说到底是人是主子还是欲望是主子，也许但凡是人，只要他还活着，就终归是"欲望的人"。

就像活着的人们永远也回不到其静谧安宁的"故乡"一样，人们的欲望也永远不会被彻底解除，而在与他人发生的种种关系中寻找欢乐与刺激，或言制造"忘我"之途则又是人们欲望海洋中尤为深沉的一种，人活着就要被他人关系且关系他人，无论以何种方式。于是在《花朵》中，作为名词的各种关系口号已不再有必要做新的突破了，因为它们只不过是一种形式罢了，而作为动词的关系却总是那么生猛活鲜且色彩斑斓，它将随时牵引着人们去上演一出又一出的"关系闹剧"。

演员联欢

对人与人之间的"关系"——尤其是发生在现实生存中"你""我""他"之间的争战关系——做不遗余力的探察与呈示一直是刘震云小说叙事的主旨之一，但在他以前无论是"新写实"还是"新历史"的大部分作品中，我们基本上还能找到一个符合以往阅读习惯的人物世界，然而在《花朵》中，读者则很难发现传统意义上的小说主人公形象，因此也就很难找到一个以主人公为中心拓展开来的价值论世界。在《花朵》的小说世界里，除了姥娘之外，几乎每一个人物都可以出生入死轮回人世几千年，并且能够随心所欲地改头换面，从而在不同的历史时期以不同的历史角色出现在我们眼前，在此意义上，他们大都可算是一个不分主次的历史性演员，并于我们前面所描述过的"关系闹剧"中扮演着可以彼此替换的角色。明确和固定的价值立场在此成为不必要,对于《花朵》中的演员们来说,我就是他人,他人就是我。那些永远置身于争夺与冲突之中的人们只不过是由这些演员所扮演的角色,而演员们自身则处于联欢式的亲和之中,大家不过是在演戏而已,谁演谁都一样,你随时可以对别人说:您先歇会儿,这一个由我来演。

既然《花朵》中的人物都像是在演戏,作为读者的我们所要关心的大概就是他们是否只是闹着玩而已,抑或玩得别有用心。

1. 彻底的空心人:角色 A——孬舅主演

孬舅[1]是无赖和土匪出身,从"故乡"出走后混了一个"世界恢复礼义与廉耻委员会"的秘书长来当,从而跻身于国际舞台的显赫位置和大贵族阶层。白石头说:"空心对着空心。这是一个中空的世界。"白石头又说:"人已经成熟到吃人不吐骨头脸上还笑眯眯的程度。所有的人都开始一头扎到具体事物里永不回头和毕其一生。"孬舅就是这个空心世界的一大代表,在他那里,没有什么人格需要持守,也没有什么道德的、社会的终极关怀需要担当,形形色色的欲望及其满足就是他的上帝。而更深刻之处在于,孬舅压根就没拿这个世界当回事。孬舅的世

---

[1] 角色和演员共用一名,下同。——笔者注

15

界观是："世界上大大小小的事，都像狗屎一样一团糟。"其人生观是："你连屎都不能吃，还能把握世界吗？"其政治理论是："以为你舅是容易的吗？每天也就是把手插到这些狗屎里给你们张罗和操劳呀！"其口头禅是"不行挖个坑埋了你"或"不行拉块地毯办了你"或"不行我出个谜语难住你和迷住你"，其做人原则是"我就是这么没心肝，所以我在世界上得到了一切"。说到底，孬舅就是一个彻头彻尾的空心无赖，但也正因为其空心与无赖，他才活得轻飘、自在、无牵无挂。

在《花朵》中，许多人都想上演 A 角，除了孬舅本人外，牛蝇·随人和猪蛋等也或多或少地演过一些时间。

2. 伪形而上学之徒：角色 B——郭老三主演

在《花朵》中，形而上学成了读者难得一见的事物，小说作者仿佛时刻都在警醒着我们要提防形而上学之伪，因此，当"故乡何谓"这一命题刚被提及便有数种理论蜂拥而出抢占话语摊点的时候，我们早已疑心重重，但这并不妨碍郭老三的上场，郭老三说："故乡是什么？故乡是梦中的温柔富贵和小母牛。""我日常重视的，还是潜存在生活中的、不被常人重视或容易忽略的富于诗意的东西，这才是支撑我活下来和继续活下去的最根本之所在。"我们差点就被这些漂亮话给迷惑，还好郭老三自己及时揭了自己的底儿："当然我也承认，我也是无利不早起，要夺取一个政权或者阵地，总要先做舆论方面的工作……有我的理论做定义，定这次故乡和回故乡的调调，我翻起案来和掌管起将来的故乡，就比别人要容易得多。"我们才免了一次上当受骗之灾。

不过，角色 B 倒是颇受众演员们欢迎，有不少人或直接或间接地演过，如每一种关系口号的提出者和几乎每一个"故乡"的执政者以及其他诸多别有用心者。

3. 边缘的窥伺者：角色 C——六指主演

当生灵关系运动行将结束的时候，剃头匠六指也想浑水摸鱼地捞一把，出出风头，于是便领了一只小泥猴走上台来，往日什么也捞不着的边缘生活此时倒成为一种话语资本，六指将自己吹嘘为"最后的精神上的不撤退者"，并声称自己要像"大地的守夜人和黑暗的保护者"（小刘儿对六指的奉承之语）一样"保持和习惯沉重的道德感"，但事实上他只不过是借此来向他人兜售自己的形象罢了，如他事后所言，他并非一个多么爱帮助别人的人，他的善良也持续不了多大一会儿。因此，在六指所装扮的不撤退者形象背后并没有什么真正的形而上学信仰支撑着他，他只是一个一心向往中心与富贵却身在边缘的窥伺者，一旦当他撤退之后，他的身后就"只剩下一堆垃圾了。"于是当六指在另一个时段另一种场合又以一个执着的舞者出现在天空时，我们就只能把他当作一个不肯退出人生舞台的自怜症患者看待了。

角色 C 的扮演者也不少。毕竟，生活在边缘的人是大多数，而人们又都有一种爱抛头露面表现自我的天然嗜好。

4. 纯粹的自恋者：角色 D——瞎鹿主演

就是按照传统的道德观念来看，瞎鹿也非大奸大恶之徒，说得再宽容一点，他倒还算个有点"驴肝肺"的东西。为了追求冯·大美眼，他自愿放弃其明星生涯而随同性关系者队伍回到了"故乡"，同样是为了爱情以及由爱而生的诅咒，他后来又曾化作一棵消息树在"故乡"的打麦场上风雪无阻地死死等待。不过瞎鹿所做的这一切终归是出于自恋，换句话说，瞎鹿爱的永远只是他自己，而非他人。只痴迷于他自己乃是其生存在世的根本方式和立足点，在瞎鹿心中，唯有自己和自己的东西才是真实可靠的。自恋再加由自恋而生的恋他情形，这就是瞎鹿情感世界的全部真相。

除了对 D 明角的明星身份难免有些好感外，大家对"瞎鹿"这一整体形象并不是很看重，谁没有自恋倾向呢，关键是怎么自恋或不自恋的问题，于是大家都将目光投向了"欲望中的沙皇"这个角色。

5. 欲望中的沙皇：角色 E——四只小天鹅主演

"欲望中的沙皇"是十足的自恋狂，因为他总是一切以自我为中心地摆弄世界，从而给一切他者打上自我的烙印。不过自恋于他其实也无太多必要，因为外部世界对他已经全部敞开且畅通无阻——尽管有许多敞开是出于被迫无奈，也就是说，他完全可以彻底"忘我"和"无我"了！

这正是人们向往已久的大欢乐境界。就连戏台下的观众也蠢蠢欲动，而《花朵》中的"演员"们则争相去"扮演"这一角色。

于是当一只只小天鹅以"沙皇"的面目在舞台上进进出出时，无论是演员还是观众都在强烈的自居作用中达到一种"物化"的高潮，这就是"忘我"与"无我"的"欢乐颂"，人们在随心所欲和开心刺激中返回到生命的原始状态，在这里，人已经消散，一切空无的夜梦深处，人对自己施行了肢解，因而所剩的只是尸首横陈的无名之"物"在随处飘流，它们无所"根据"，无所凭借，也无所皈依。

6. 神性的持存：角色F——姥娘扮演

在《花朵》中，姥娘是一个任何读者都不该错过的"意外事件"，她以神祇般的宁静和对他人永不枯竭的关爱而成为一则与《花朵》叙事显象相隔久远的神话插曲，为了她，小刘儿曾化作一块柔情似水的石头在雨天雪地里翘望千年。通过阅读小刘儿、白石头和作家刘震云的共同回忆，我们可以大致总结出姥娘的几个特征：

（1）过于善待这个世界。

（2）从来没有给世界制造过任何麻烦。

（3）在世界的大棋局旁边，姥娘习惯于问："谁输了？"

（4）姥娘有三个习惯性的表情：灿烂的笑；当别人说得对的时候频频点头；当她觉得世界出了问题，或有一个人在拼命地诉说自己而在精神上已经在剥削和压迫别人的时候，她总是将脸扭到一边一言不发。

（5）一生苦难，却又一生对这个世界有所惦念。屋中和心里的灯永远向我们开放和点亮。

在整部《花朵》中除了姥娘外，绝无第二人扮演过 F 角，这是《花朵》人物联欢中的一个极大的不和谐与不合作事件。我们推测，众人对于 F 角的拒绝与排斥只能说明一个问题：他们共同演出的闹剧中没有姥娘所扮演的这个角色。换句话说就是：姥娘压根儿不是《花朵》众演员中的一员。姥娘演的就是她自己，姥娘是置身戏外的不在场者。这大概也就是为什么她总是在"插页"和附录中以及人们意想不到的时候出现的原因吧。

7. 暧昧的异类：角色 G——小刘儿主演

在多数情形下，小刘儿也是一个爱随大溜不长心肝的东西，然而在夜深人静的梦醒时分，小刘儿却又时不时地流露其游离众人的心绪，呈现出一种有别于众人的异类特征，不过，这一特征又总是因小刘儿精神世界的分裂与混乱而显得暧昧不清。

小刘儿是趴在姥娘的肩上长大的，但对于这个过度成人化的世界来说，姥娘所提供给小刘儿的人生叙事却大多是美丽的童话，在此意义上，从小跟在姥娘身边的小刘儿是永远也不可能长大的，这也是离开姥娘后的小刘儿动不动就爱现身为一个小黑孩儿的根本原因。在小刘儿的情感深处和梦幻深处，总是有着与姥娘割舍不下的精神牵挂。因此，小刘儿对成人世界的多次游离与逸出也就常常表现为对姥娘的刻骨思念。但这种思念在现实的行为当中往往并不能持久，说到底，小刘儿已经是一个被成人世界的大水淹没了的孩子。姥娘的离去无疑给他造成了一种巨大的情感断裂：童话叙事的彻底完结和自己的长大成人。此后的姥娘，就只能靠回忆来维系了，而此后的小刘儿则将长期生活在一种暧昧含混的生命叙事之中。

对于G角，《花朵》中的众人感兴趣的不太多。置身于一出又一出的闹剧之中，人人都忙于投入和演出，谁还顾得上分裂与断裂，热闹才是真。然而，当人们终于体验到隐藏在种种闹剧背后，上帝缺席和生命无所依凭的严重与可怕时，才猛然惊觉小刘儿是有可能将他们带出危险之地唯一人选，小刘儿就是他们这群空心人的心，因为在整部《花朵》中，也只有小刘儿（白石头与小刘儿是同一人，故不另列）才与姥娘那充满神性与美善的世界有一些牵联。但最无可救赎的是：此时的小刘儿早已经长大成人和泯然众人了，诺亚方舟的故事从此再也无法上演。

8. 服从的代表：角色 H——牛根主演

牛根是一个弱者，照白石头的话讲，他是一个"从来没有让世界吃过惊的人"，一个"窝囊和夹生"的"屁"，无论做人做狗，牛根都可算是《花朵》中服从者的最大代表。1969 年，面瓜一样的牛根被美丽的妻子牵牛逼迫致死，从而成为夫妻关系争斗毫无价值的牺牲品，在"22 世纪"的各种关系运动中，牛根的鬼魂以狗的形象在"故乡"出现，但他仍然如生前一般软弱，总是匍匐在主人女兔唇的脚边，唯命是从。白石头曾说过这个世界是一个"空心对空心"的世界，前一个"空心"乃是指除了"善良再没有别的可以提起"的空心，而善良在此处又可以被理解为软弱和服从的别名，就此而言，牛根实是这类空心人的代表。

在演出机会敞开的情况下，《花朵》中的众人自然多数愿意选择与 H 角相反一极的角色，这大概是人类的本性，连演员也不能例外，只有牛根比较有敬业精神，仅在营救"众人之心"小刘儿的军事行动中才客串了一下中士角色，破例充了一回"领导"。不过，当人际关系网络的主线呈现为控制与反控制，服从与不服从时，任何人都终将难脱其服从的一面。

9. 自渎的典范：角色 I——前孬妗主演

《花朵》里的众人一向习惯于在无"我"之中折腾生命，很显然，这是一个严重缺乏反思精神的群体，"自我"对他们而言，恰是一种额外的负担。但是当他们要集体上吊自杀时，却不得不认真地面对"什么是自我"和"如何抵达自我"的问题。因为所谓"自杀"，应当是生命的"自我"了结，而没有"自我"的人又谈何自杀？为了避免"本来是来吊这一批人"但"到头来吊的是另一批人"的失职之险，"上吊"要求大家必须先找到"自我"，然后方可自杀。对于一群向来将生命的自我意识消解于众多关系之中的人来说，这无疑是个太难解决的问题。就在人们差点要绝望与发疯的历史关头，小刘儿和前孬妗挺身而出，宣称他们找到了问题的答案，从而率领大家掀起"自我"时代的高潮。他们之所以能够得到众人的一致认可，理由在于：

（1）"一直生活在社会的最底层是物质和精神上的被压迫和被剥削者除了自我没有别的办法。"

（2）"一个狗也不啃的黑孩子，一个让丈夫休了几辈子的脏老婆子，他们除了自我还能干什么呢？他们就是想干什么谁又和他们干呢？"

（不过就小刘儿也曾当过文学大腕，进入过上流社会的历史来看，我们觉得前孬妗才真正堪称拥抱"自我"的典范。）

那么其他人怎样才能达到"自我"？什么才是问题的最后解决办法？

小刘儿和前孬妗的答案只在于两个字：

"自渎"。

这就是自我时代的极致和最高境界。所谓严肃庄重的"自我"却原来不过是轻佻随意的"自渎"而已。"不管你是崇高也好，你是庄严也好，你是精神上的不撤退者或是干脆要破碗破摔，你都能在这里找到共同的手段和一样的结局。""自己给自己制造了一个高潮，然后随着这种高潮就见鬼去了。"这就是人们上吊自杀的最后真相。然而此真相的实质在于当人们实施"自渎"行为的时候，所抵达的却仍然是自弃式的无"我"之地，因而此时的自杀只能是一种无"我"的死亡，它恰恰意味着自杀的失败。这大概也就是《花朵》中的众人为什么能够生生不息的原因所在吧。或许，在《花朵》这个充满"关系闹剧"的世界里，四处行走的只有三个人：你、我、他。至多，再加一个它。而你、我、他、它则永远操持着"自渎"行为走向时间的尽头。

《花朵》是由古今中外云集"故乡"的各路人马所演的一出大戏，其角色纷繁复杂，本文不可能尽数枚举，而只是举其大要罗列如上，从中我们大致可以看出：角色 A、B、C、E、I 最受众人欢迎，这是戏中最能开心最能忘我的一族，是众望所归；角色 D、G 不冷不热，大家的态度是演不演两可；H 角则最受人冷落，是戏中最不开心的一类人，为众所不愿，除非不得已而为之；最寂寞的是 F 角，纯粹被悬搁戏外，从而成为在《花朵》中无从出场的世界之喻词。

如此一来，《花朵》中的众人就不得不面临这样一个严重的问题：

演出机会均等所营建的演员联欢的大好局面其实不过是作家的一个玩笑和虚设而已，所有的平等都只是作家在戏外强行安排的。一旦撤走这道防护栏，大家势必会立刻陷入其正在演出的种种闹剧和角色之中再难退出，因为从他们作为演员而对众多角色所做出的趋避分明的选择可以看出，趋向"无我"与"忘我"的自渎自弃之所，乃是他们无论为人为物的天然本性和与生俱来的冲动。有关"关系"（既可作名词又可作动词理解）的种种闹剧终归是一种必然，而由平等所致的众人联欢则永远是一则虚构的故事。

总而言之，《花朵》中的演员联欢只是一出玩笑式的皮影戏。我们之所以花费众多笔墨来论述由众人上演的诸种角色，原因就在于这些角色及其置身其中的"关系闹剧"才是戏里戏外、台上台下的真相。

语言狂欢

前面我们曾提到过，在《花朵》中是"人什么不是"将古今中外各路人马召集于"故乡"的广场之上的，"人什么不是"在此意味着：

其一，传统形而上学普适性人格彻底缺席。

其二，人与生俱来的"忘我"冲动亦严重消解了现代哲学对"自我"进行设立的努力。所谓"现代自我"，也只不过是人再次"忘我"的隐曲途径，其实质乃是"自渎"。

其三，人求"忘我"之途无穷无尽，包蕴无限可能，而由此敞开的恰恰是"人什么不是"或"人什么都是"。

其四，所有普遍的秩序、契约以及游戏规则都值得怀疑，接踵而至的是"人怎么都行"的叫嚷与喧闹。

这似乎是人们迎接"狂欢节"的信号，在此节日上，所有的人一同畅享自由与平等的神话，任何人都可以随心所欲地开怀大笑。然而事与愿违，无论是在"关系闹剧"中还是在"演员联欢"中，我们所能见到的却只是一场场"假面舞会"，唯有在带着面具的时候或者在作为演员的意义上，众人才成为和平共处的舞者，一旦撤去面具和还原到现实中去，众人之间"当仁不让"的你争我夺便又成为一种生存的必然，如此情形，就算到温文尔雅的以"学术和理性"统治"故乡"的学术时代也没能例外。

"人什么不是"。这是一个极具建设性同时也极具破坏性的命题。它的全部力量都来自于它的似非而是同时又似是而非的特征，一方面，它能够前所未有地敞开人类生活的无限奇观异景，另一方面，它同样会给人类带来不尽的危险与困境。洋溢着平等与自由色泽的"众生狂欢"或许只是一个美好的设想，在什么不是的人群之中，欢乐与苦恼并存。但是，"狂欢"作为一种虚无中的可能性，又让人不禁怀想，于是在《花朵》中，"狂欢"仍然成为一个明显的在场者，只不过，它的在场是由《花朵》中的语言而非人物群体来担当的，这多多少少也带有一些让人觉得啼笑皆非的玩笑意味。

《花朵》是一个巨大的语言广场，这绝非是仅就其洋洋洒洒近二百万言的字数而论的，从其语言的内部构成来看，则更是如此。

第一，《花朵》中的文体杂乱纷陈，面目繁多，书信、传真、工作报告、领导讲话、名单、条目、标语、口号、革命歌曲、民歌、戏曲、流行歌曲、民谣、打油诗、古诗词等等此伏彼起，济济一书。

第二，杂乱纷陈的文体再加上白话文、文言文甚至于蛇文和书面语、口语以及俗语、俚语的四处出没，更是造成一种众声喧哗的盛大气象。

第三，《花朵》中的词汇构成尤为丰富、博杂，加之词语的组合与聚合方式又极其自由灵活，有些时候甚至突破了常用的语法框范，从而出现许多超出常规的词语交接和嫁接现象，这更是大大促成了《花朵》语言整体的热闹景象。

第四，当无数跳跃不拘的词语同纵横交错的文体、语体彼此相遇、相撞，互相拥抱和互相缠绕的时候，当《花朵》中的词语生长为短语、短语生长为句子、句子生长为段落章节，段落章节生长为整部小说的时候，展现在我们面前的，便仿佛是一片波涛汹涌的语言的海洋。

第五，另外，《花朵》又是一个人物话语高度密集的文本，在其中，每个人物都以其铺排不尽的话语激情言说着自己的欲望和梦想，并试图以此来扩张自己在"故乡"中的领地和压倒来自他人的声音。因此，"故乡"犹如一个人声鼎沸的大会场，四处喷涌而出的语流在彼此的碰撞中混融成一片言语的海洋，这使得最后的结果只能是：身在会场中的每一个人都被淹没在这片言语的海洋之中，而他们各自的话语却因此摆脱了其言说者的控制，进而最终置身于《花朵》语言世界内部激情澎湃的交响之中。

相对于人而言，语言尚且只能算是一物；但同样是相对于人而言，物又以其岿然不动和无求无欲而格外地临近于"神"的圆满境界。在语言的大家族内，任何成员都无高低贵贱之分，如就词而论，无论雅俗褒贬、繁易难简，皆一律平等，且各得其所，绝不因人类的待遇不同而战乱纷呈、硝烟四起，就词与句段、章节的关系而言，也是如此。

当我们看到众多词语和各种文体语体纷纷越出其惯常出没的叙事语境而在《花朵》这一语言广场之上交头接耳、搂搂抱抱时，自然会想到古今中外各路人马云集"故乡"的情形，二者之间在形式上显然存在着一定的同构关系，这是一个极为相似的起点，人和物，人物和语言，"故乡"和《花朵》此时站在同一条起跑线上，但是"故乡"最终没能成为一个众人狂欢的广场，而

28

《花朵》却成为其语言的众多构成要素执手联盟的地方。

在《花朵》中，小说语言内部的各种构成要素以它们无欲无争的天性共同完成了一次工程浩大的文学叙事，而此过程，亦可被看作是《花朵》语言的众成员以其浩瀚持久的叙事激情和无忧无虑的敞开姿态所演绎的一出又一出的集体狂欢，在其中，自由与平等不再是对于《花朵》里的众人来说遥不可及的神话，相反地，它们已经成为了《花朵》的文本事实。

结构旋转

当"卷四·正文"的字样出现在我们眼前时，《花朵》中的小说叙事似乎出现了"玩笑"就此打住、从现在开始要严肃起来的迹象，不料这正文却只是"对大家回忆录的共同序言"，似乎反倒要放在前面才行，而结局则早已在卷三明摆着了，如此一来这"正文"之"正"就实在显得有些怪异。如果我们想勉为其难地硬理个头绪出来，那么除了从卷一到卷二再到卷三、卷四外，就会有如下两种情形可以考虑：

第一种情形：卷一·前言卷──→卷二·前言卷──→卷四·正文──→卷三·结局。

第二种情形：卷四·对大家回忆录的共同序言──→卷一·前言卷──→卷二·前言卷──→卷三·结局。

然而以上排列也并不可靠，最突出的疑点在于：如果卷三真的是名副其实的结局卷，那么白石头在卷四时说的那几句郑重其事的话就很有可能是假的，白石头说：

> 我要在这张扬的《故乡面和花朵》飞舞和飘动了三卷之后——你是三个大气球吗？现在要坠一个现实的对故乡一个固定年份的规定性考察为铅铊。或者哪怕它是一个空桶呢，现在要在这空桶里装满水，去坠住那在天空中任意飘荡的三个气球或是干脆就是风筝，不使它们像成年之后的人一样过于张扬和飞向天外或魂飞天外，自作主张或装腔作势。

如果白石头所言真的有诈，那就意味着，所谓"现实"的卷四亦不过是一个随风飘舞的大气球而已，因而也就不会比前面的"玩笑"更可靠、更真实，更具完结性。

另外，如果卷三真的是结局的话，那么无论是作家还是读者都不得不首先面临这样一个问题：我们已经走到了只想"歌一曲"甚至完全沉默的无言之境，而后面的文字则要么是插叙，要么就是倒叙，其最后的结果终归无言。这实在是一个过于沉重的"结局"。

我们不妨乐观一点，糊涂一点，只要能跳过卷三开篇这段无言的空白，我们就可以顺顺当当地从卷一、卷二、卷三一直走到卷四，同时也就可以从虚无缥缈的玩笑世界安全平稳地降落在脚踏实地的 1969 年或 1996 年。但我们的道路并没有终了，当"故乡"在 1970 年的"十月初九"那一天首次起"会","会"上有"成千上万的陌生人"往来其中时，我们不免会有似曾相识的感觉，仿佛一下子又"回"到了"22 世纪"的"丽晶时代广场"和同性关系运动即将要开展前的"故乡"打麦场，于是，我们也就又回到了卷一、卷二，回到了"时空广场"和"关系闹剧"之中，那么接下来的自然又是卷三，卷三之后卷四，卷四之后卷一……

这是一个永远不得完结的旋转与轮回，贯穿其间的，乃是虚拟与写实、荒诞与现实、玩笑与认真的缠绕不清与含糊混淆。

这正是让我们乐观的结果，而它似乎并不叫人乐观。我们需要无数次地跳过卷三开始处的无言之域，倘若哪一次失败了，悲剧就会发生，那一刻我们定将感到"白茫茫一片大地真干净"的沉重与空无，沉重的是心绪，空无的是"真实"。

当然我们可以再次跃起，于是悲剧就会变成喜剧，毕竟，《花朵》是一个喜剧世界，但这喜剧并不纯粹，它是模糊和怀揣了悲剧的喜剧，它使得——

　　我们有时候就是分不清两种状态，有时是还行，有时是绝望，我们在还行的状态中，有时感到的是一种绝望，我们在绝望的状态中，有时感到的是还行，我们在还行的状态中，有时模糊和梦到的是还行，但醒来以后想到绝望，

31

这个时候我们倒是心在收缩肉在颤抖了。两种状态的交叉，构成了我们的一切。当然世界如果真是这么简单也就好了，问题是在这两种状态之间，还有一个很大很深的空档和深渊呢，你说不清是还行还是绝望。两种液体和酱油混淆到了一块。我们就是在这种粘粘糊糊身体一动就抽出了液体的丝的状态中睡梦和行走的。

这样的行走定然是颠倒了时空的行走，如果就从卷一到卷二再到卷三、卷四然后又重返卷一尚且是一种有序的旋转的话，那么现在的我们则很有可能直接从卷一就到了卷四，然后从卷四到卷三再到卷二，抑或从卷四倒着往回走，先走到卷三，再到卷二，再到卷一，当此情形，让小刘儿、白石头等人出现在《三国演义》《水浒》和《琵琶行》里，也就不足为怪。

此时此刻我们还能说什么呢？我们只能说：这一回刘震云的玩笑算是开大了。

镜面一：生之无意义

在现代的生存语境里面，似乎没有哪个问题比"生命的意义何在"更叫人无言以答的了。个中原因并不在于我们没有关于自己为什么至今一直活着和以后还要继续活下去的理由，我们甚至不需要什么说法，因为活着本身即是活着最大的理由。

真正令我们手足无措的是，意义这一长期被人们无条件认可的理性王国的看门神在变幻出万千种身形之后，却尽显其感性的本相。事到如今我们不能不承认，活着早已从根本上构成了人类生存的感情特征，而意义这一号称人类理念性的精神产品不但在其最初是起源于人们的情感冲动，即使是在其完成和"上市"阶段，也取决于人们的情感认领，其中唯一的"商检"，只是信仰。这就是种种所谓普世的意义得以最终确立和广泛传播的不二法门，广而告之的每每是"本体""实体"或"客体"的在场，是真理之花的绽开，实际上却是"主体"感性的自以为是和肆意妄为，是随时可被证伪的信仰谎言。

问题的严重性尚且在于，如此一来，我们会发现自己信赖已久的感性、理性二元论模式原来自其确立时起便一直是自我拆解的。生命的意义何在？在感性、理性的二元论内部，这是一个无从回答的问题。所问永远趋向纯粹的理性王国，以便找到一个不以人的意志为转移的意义客体，而所答却终归人的情感世界，进而只会成为我们生存实践当中的感性选择，因此不可能具备什么普遍的客观性。事实上的错位导致任何答案都必将自拆其台，并以不得已的自嘲告终，关于这一点，西方形而上学本体论的失落无疑已是明证。"上帝"的阙如无异于揭发了所谓的人类理性向来知其不可为而为之的真相，并最终将我们尽数还给了永不缺席的情感欲求。

活着，但没有意义。这就是人类上下求索所找到的一面足可映照千年岁月的镜子。生命在终极维度上得不到任何客观意义的许诺，活着成为活着最后的理由，而生活的过程则只不过是人类自我消费和彼此消费以及消费他者的过程，其中，情与欲作为一切行为的始出点和终归之所从根本上规定了我们内心世界的动荡不安和无依无凭。

在《花朵》的"卷三·结局"中，"故乡"迎来了以"学术和理性"为标识的新时代，沐浴着学术和理性精神的众人纷纷卸下穿了多年的戏装，一同来到牛屋，对自己和大家的过去进行历史总结。不料学术和理性精神在人们的情绪海洋面前竟形同虚设，无论是历史还是现在乃至将来，全都被淹没在情感的波动之中无从打捞。人们分辨不出自己究竟置身何处，是戏外还是戏中，是镜中还是镜外，更分辨不出到底是"镜子里边是外边"还是"镜子外边是里边"，对历史的总结此刻成为生命无以承受的负担，于是在情不自禁的苦恼当头，众人只能蜕变成一只只土狼而仰天长嗥：

"嗥——"

"嗥——"

"嗥——"

……

意义的空无使得崇高庄重的悲剧失去了其上演的必备条件：

34

神圣的价值遭遇毁灭或失落的命运。以往富有悲剧色彩的"长歌当哭"在这里被置换为掺和了许多喜剧意味的"长嚎当哭"。很显然，一阵又一阵齐心协力的狼嚎比绝望的歌唱来得更加暧昧也更加凶险，它既摆明了众人得不到意义和价值指引的惊惧和苦恼，又坦白了其本就无赖无依的本性以及无论如何反正死活不撒手的居心。因此所谓的"结局"并不表示一切的终了，尽管意义的虚无已经洞明，并且给大家造成一种隐隐约约的绝望与沉重，但人们情感与欲望的流淌仍将继续，而以往的"关系闹剧"会照常上演，譬如说"位置"问题，对于学术和理性时代的众人来说就依旧紧要。

不过，意义这一生命外在指引的阙如也将众人彻底推向了类似于前孬妗和小刘儿的自渎之境：除了自己和自渎之外，一无所有且一无所是。如果说以前的自渎尚且有些不自知的话，那么经过"自我"时代的集体自渎之后，众人就变得更加坦然无畏了："我就是一个自渎者，而你也不见得好到哪里去！"这是人类自我贬损和自我废黜的极端形象，也是人们自残和自嘲最为酷烈的一种情形，更是对我们过去所塑造的有人格有价值形象的极端反动。人们对生命终极意义和价值的解除使"人什么不是"这一命题最终得以彰显，摆在大家面前的既有欢乐，也有悲哀，既是自由又是虚无，既很轻松，又很沉重。

在《花朵》中，无论是"狼嚎"还是"自渎"都出现在"结局"卷里，但事实上，它们恰恰是整部小说隐在的叙事起点，是洋洋二百万言得以汹涌奔突的冰雪源头。

镜面二：活着的二欲

人活着是一个悖论。一方面，活着的人总是渴望将自身置于接连不断的"忘我"之中，如与周身事物融合为一，从而通过对"自我"意识的弃绝和对生命欲望的解除来实现彻底"无我"的轻松自在。另一方面，人又常常希求做到对"自我"的清醒把握和绝对认领，借以摆脱生命飘忽无常的空无指向和类死特征，进而安妥在不尽追求中变得动荡难安的灵魂。于是乎，人就在生命的"忘我"与"自我"或言"无我"与"有我"之间来回穿梭与摆渡。

这是一个永远顾此失彼的摆置过程。

人活着就不得不担当生命欲望无限滋生的事实，而要求欲望的不断满足实际上也就是人对"忘我"或"无我"的不断欲求。无忧无虑地畅享幸福与欢乐自然是人们抵达"忘我"之境的理想道途，但它却并不现实。在现实生存当中，除了有限的幸福与欢乐之外，人们甚至将恐惧、担心、刺激、无事生非和胡作非为也当作"忘我"之途开辟出来。可以说，对"忘我"的不断欲求几乎使得每一个人的内心都窝藏有成为"沙皇"的冲动，至少在试图实现个人极度膨胀这一点上，人们与沙皇就颇为相似，只不过，沙皇靠其权力，人们则借助奋斗和梦想。

而无论沙皇或众人，在其个人膨胀的结局都是类似的，即生命"自我"因个人的盲目扩张而被切割成无数个"非我"的碎片，并最终遭致自行崩裂。这实是人类"忘我"之途所呈现出来的尤为阴沉可怖的一面。

"无我"在人们精神领域所造成的巨大空洞，说不定什么时候就会成为生命个体无以承受的内在张力，当此时刻，人们便会对生命"自我"有所欲求。"自我"在此意味着：生命具有了统一连续的人格特征，具有了"我之为我"的可知与可靠性。人们通常以两种方式来寻求"自我"，一种是向内心深处不断收敛，从而达到对"我活在自己心中"的体认，一种是在自己之外再造一个更加强大有力的"我"，如恒定如一的"神"或"上帝"，并与之交会。相比较而言，前一种方式往往会使人因过度自闭而感到生命的孤立无援和无依无靠，从而在无形之中把"自我"视作一种沉重的负担并最终将之委弃，故而远不若将自己托付给"神"或"上帝"并在想象中与之同一更让人觉得可行，当然，此处的"神"或"上帝"乃出自人们的情感需要，而非必源于客观实在，因此也就不为其事实上的存在与否所局囿，换句话说，也即"神"或"上帝"永远不会因其在理论中的未被证明而从人类的情感世界彻底消失。不管是无限内敛之"自我"，还是向"神"或"上帝"求助的"自我"，其出席人类情感世界的根本原因即在于让生命获得一个心理上的慰藉：我相信有"我"一直客观真实地活在这个世界上。但很有可能，这永远只是一个美丽的谎言，而其实质则是人在自己骗自己。

镜面三:"自我"之难题

当情感对"自我"的欲求格外强烈从而使得"自我"认领成为生命中的一个含糊不得的重大事件时，人们就会面临理论上的"自我"之难题。

前面我们提到，"自我"意味着统一持续的生存品格，意味着"我之为我"的恒定如一，然而，人与生俱来的"忘我"冲动无时无刻不使得他对"自我"的认领变得万分艰难，因为人之所以能够"忘我"，前提之一便是他对"自我"意识的主动悬搁与放逐，因此人的每一个"忘我"片段无疑都会造成其"自我"一致性的断裂或受阻，并最终导致其"自我"的残缺。故而在通常情况下，人们对"自我"的认领也只能是对残缺之"自我"的认领，而不可能是绝对的"自我"认领。

残缺意味着"自我"的不如一和不可靠，也就意味着欲求着"自我"的灵魂最终不得真正的安宁。除非，人能够彻底规避生命中的"忘我"现象，或者外求到一个永恒的他者并受其命名。

人之"忘我"的实质在于"自我"意识的空无化，其最常见的情形乃是人的"自我"意识与非恒在他者同一，而当他者趋向空无之时，"自我"也便随之空无，为此，人需要一生保有他对"自我"的清醒意识，并时刻提防"自我"被他者摄取的事件发生。这实是一条无比艰险的道路，在此途中，试图认领绝对"自我"的人们非但要持有极具穿透力的反思精神和坚定的怀疑态度，而且要永远操守艰苦卓绝的反叛行动，其中包括对反叛的反叛。更严重的难题在于，这种永无休止的反叛本身始终意味着：人对"自我"的绝对认领始终不得其果。

此时，外求一个永恒的他者于是成必要，当然这也是一种孤注一掷式的冒险行为。倘若真的存在这样一个他者，那么人就可以将其"自我"托付于此一他者，并从此能够确信其"自我"的可知与可靠，而更令人倍感欣慰的是，人甚至可以在此他者的庇佑下安然"忘我"且不再产生虚无感与空漠感，因为只要此他者在，人之"自我"即在，故而人可以随时在此他者身上观照"自我"。对于常常渴望置身于"忘我"之中以求内心张力得以释脱的轻松愉快但同时又不免对生命"自我"有所欲求的人们来说，这实在是一个皆大欢喜的局面。于是一切的归结点就在于，是否真有这样一个如人们所愿的永恒之他者存在。

首先需要明确的是，此他者的永恒性并非是指其物质方面的稳固持久，而是指其拥有足可含蕴万有的存在理据，并能在一切事物之间自由出入且始终不失其恒定如一的品性。如此这般，此他者便超越了时间与空间的局限，从而成为一个永远的、无处不在的在场者，一如我们常常提及的"神"或"上帝"。

至此，人们对"自我"的绝对认领之努力似乎有了浮出海面得见天日的可能，然而事与愿违，仅凭我们现有的理论修为就不难发现，"神"与"上帝"之类词语的出场恰恰宣判了人之绝对"自我"的不可能，其原因在于，"神"或"上帝"之类的在场从来就得不到证明。

仍然是"人什么不是"，这就是人们寻求绝对"自我"所得到的一个最近的结论。

镜像一：玩笑

还是让我们再到《花朵》中去转转吧。不过与以前的转法稍有不同的是，这一回不光是在我们手里，而且在《花朵》中的每个人物手里都捏了几把大概还能照见点什么的镜子。譬如说"生之无意义"这面镜子对于活在《花朵》里的人们来说就至少有如下两种用处：

其一，人们能够从中看到自己生命的无限之轻，轻到没有一丝分量，乃至可以随时随地被放弃。而活着，则如同搞笑。

其二，人们能够从中看到有关自己活着的诸多规定性在根子上的虚假，从而有可能会活得更加自由、舒展、洒脱和不把一切放在心上，进而也就能"玩"得更加开心与"忘我"。但与此同时，一切又都在人们深感自己"一无所是"的自嘲之中变得荒诞不经和异常可笑。

于是我们不得不再一次提及，《花朵》的小说世界实是一个充满了玩笑和嬉戏意味的世界。如果说我们写在前面的"玩笑"乃是就作家操持文字和营建小说世界的形式面言的，那么这一次则主要是就众人在《花朵》中的生存情态和生命特征而言的，二者其实是一体性的，换句话说，也只有在小说人物"玩笑"式的生存情态和生命特征在场时，作家玩笑似的操持文字和营建小说世界的形式才会出现并具有其深刻的内涵。

我们不妨拿着"生之无意义"这面镜子往《花朵》里任意照看，随处可遇的是，《花朵》里的几乎每一个人都会在大呼小叫的空档将脑袋扭向我们的镜面，并嬉皮笑脸地对我们说："生命就是闹着玩儿。"与之同时，他们有的甚至还会从怀里掏出一面和我们的一模一样的镜子朝我们直晃。这并非我们顺手拈来的胡言乱语，而恰恰是《花朵》中众多人物形象之真实写照，对此，我们也可以通过较为客观的文本分析来达成一种确认和共识。最便捷的方式是，我们可从《花朵》中的人物言语上着手此事。

《花朵》是一个人物言语过度汹涌乃至泛滥成灾的世界，在此世界中，言语不尽则是大多数人物尤其重要的现身途径和在场方式，关于这一点，我们在"语言狂欢"处已经有所触及，不过，前面我们主要是冲着人物言语的外在形态而论的，此处我们则需要深入细致地析求人物言语之内容所呈现出来的玩笑性质。

1. 肆虐

《花朵》里的人物但凡开口就似乎没打算有完结的时候，其言语洪水常常犹如黄河决堤，一发即难以收拾，并且，难以收拾还不仅仅是这些言语形式上延宕不止的长度，而更在于其内容上无所顾忌和节外生枝的左冲右突与肆意流窜。譬如孬舅发给小刘儿的一个传真就可谓是如此人物言语之典型。

孬舅给小刘儿发传真的目的其实非常明白，即告知小刘儿他对"丽晶时代广场"所发生的同性关系者游行事件已有了新的应对方案，并声称小刘儿当时帮忙救急所出的主意在事后看恰是害他不浅的馊招，因此要求借当时事件混入上流社会的小刘儿立刻归还他的那头具有贵族身份标志功能的小毛驴，以此剥夺小刘儿刚得不久的名人执照，且将之交付于大资产阶级小麻子发落。目的固然简单明了，但问题是孬舅并非一个实实在在循规蹈矩喜欢开门见山直奔主题说完就完的人，故而这传真发起来就远不那么简单了。

小刘儿贤甥：近来一切都好吧？家里也好吧？你爹好吧？甥媳妇、重外甥和重外甥女都好吧？记得你小时候我怎么教你写信的开头吗？……

借以前教小刘儿写信开头一事来挑明自己对小刘儿的警告和正告的用心，尚未使孬舅从一开始就离题太远，但没过一会儿，孬舅就有些扯得不着边际了：

　　我们在人生的歧路上，时刻张着双臂，在等着欢迎那些迷途知返的羔羊。回来吧，孩子。虽然你回来之后也是无家可归，但我们可以满足你暮色中想要归家的心情。姑娘，你在婆家受了气，可以挽个小包袱气冲冲返回娘家；虽然你知道娘家的娘也是一个毒如蛇蝎的后母，从小就掐你拧你，往你肚脐眼上扎大钉，但你还是坚决而冷静地回了娘家。起码你路上可以满足成年了仍有家可回的心理，同时你还可以借此回想你那面目已经模糊从小就失去的亲娘，洒下两把辛酸又舒畅、感动自己又感动别人的少妇之泪。——虽然你也隐约地听说，你亲娘活着的时候，她呀，也是个腰肢如杨柳、见人就脱裤的惹祸之人，但你还是在心目中把她当作这个世界上最最疼你、只关心他人、唯独不关心她自己的世界上最可爱的人。在并不存在的她的面前，丈夫只是一个无赖和虫豸。我是虫豸，好吗？你屡次让丈夫这么说。或者你让你丈夫说他是蛸，蛸是什么呢？这就透着学问了，它就是孑孓。

　　幸好孬舅及早来了一个自己死不认账的紧急刹车，才没至于再也绕不回来，并总算七拐八拐地拐到了正题。但他却又转身跳进了毛驴问题、同性关系者的重新处理问题等等谁先谁后的摆置之中好半天不出来，而这些，也还只不过是孬舅之言语洪水在其初始阶段的一些小波小浪罢了，真正叫人感到受不住的还在后面。孬舅说："我就姑且从毛驴说起吧。"于是就有——

　　说起毛驴，啊，毛驴——不是你孬舅肤浅——一提起毛驴我就激动，我就想起了我的童年和少年时代。艰苦玉成，卧薪尝胆，牛圈里养不出千里马，温室里长不出参天树；富贵想起艰难时，贵族想起贫贱时；人一站得高，他就看得远；会当凌绝顶，一览众山小；……

　　……时间，就让它停止吧。人，就让他窒息吧。……

　　……有的人死了他还在活着，有的人活着他却已经死了。黑夜给了我黑色的眼睛，我却用它去寻找光明。……

　　……真理在哪里，善良在哪里……

　　……去你妈的……

　　……好了，我们不再谈论艺术，我们还是把话题回到毛驴身上吧。……

　　……幸福的驴都是相似的，不幸的驴各有各的不幸；……

　　……我的亲爱的聪明的可恨又可爱的外甥！你座下的毛驴，是该归还的时候了，……

也多亏孬舅能绕得回来。然而，谈完毛驴归还问题还有对同性关系者的重新处置问题以及小刘儿的前途命运问题，我们差点就该绝望了。还好电传纸也有用完的时候，才最后促使孬舅在绕了一圈又一圈的舌头之后终于偃旗息鼓，从而停止了对小刘儿同时也就是对我们的狂轰滥炸和肆意践踏。可是孬舅临结束时的话却还是让小刘儿一时半会儿心惊胆战地回不过神来：

> 再见了，孩子。从此我们各人顾各人吧。临分手时我再送你一句话：这是一个成年人的令儿童和成年人都失望的世界。
>
> 纸短情长；千里送君，终有一别；此一别再相见，不知又是何种时候。热泪洒别之时，我再告诉你一句知心话。当然这句话也不是我的发明了，而是我在一部叫《石头记》的书中看到的。这是书的结束语。我觉得这句话结束得很有道理。这一群鸡巴人，不是好弄的。

孬舅的传真全文可被视作是一个《花朵》里的人物借其肆无忌惮的言语行为向其他所有人施虐的重大事件。在此事件中，人们原有的一切道德规范、伦理界限、价值标尺和话语指令全都受到开玩笑似的嘲讽、戏弄、冲击和搁置，而言语肆虐之施行者孬舅则成为一个完全心无所负，故而也就口无遮拦的空心无赖。存在的价值和生命的意义事先就已经被抽空，于是孬舅不停言语的过程也就是他在情感和欲望领域实现自我满足和个人狂欢的过程，因此他也就无须与他者进行对话与交锋，而只是一味地任由自己的言语无限膨胀与随意扩张，以从中汲取生命的欢乐、刺激和"忘我"。但是很显然，孬舅在使自己的嘴巴不断洞开的同时也使自己成为一个空洞，而此间全没有什么主体性的失落与沦丧，因此也就没有任何悲剧发生。通过阅读孬舅的传真全文我们能够感受到，这是一个严重的事件，但绝不严肃，它更像是一出喜剧或闹剧：言语不尽是说着玩，而生命借言语不尽张牙舞爪、漫天飞舞则是闹着玩。

在华艺版的《花朵》里，孬舅的此一传真全文约占四十余页，就是放在总计二千一百八十三页的整部小说当中，它也是一个不容忽视的言语团块，更让人无法掉以轻心的是，在《花朵》中类似于孬舅这一传真的巨大人物言语团块至少还有两处：一处是后来孬舅又发给小刘儿的一份密令，约三十余页，一处是第二孬妗冯·大美眼写给小刘儿的三封信，计八十二页。如果再加上稍短一些的小麻子在资产阶级大会上的报告（还只是部分）以及刘全玉在欧洲课堂上的讲稿的话，那么仅这些被作家专意标示出来的人物言语团块就已经在篇幅上大约占去了整部《花朵》的十二分之一多，而那些四处潜伏在《花朵》的整体叙事之中的人物言语溪流或河流则更是不在少数。可以说，《花朵》中的几乎每一个人物都拥有一支自己的言语兵团，而这些言语兵团虽然规模不一，有大有小，但它们的作战方式与行军风格却极为相似，即基本上与孬舅的传真如出一辙。这是需要我们尤其要提高警惕的地方。

问题是如果我们手里尚且还有足可使自己持守某种意义或价值立场的镜子，我们就可以对娈舅们玩戏式的言语肆虐洒然不顾或一笑了之，而无论情况如何不妙，至少我们可以保持自己在精神上的优越感，就此而言，娈舅们最终也只能是过把嘴瘾，却并不能真把我们的信念怎么样，但事实上是我们手握的也只是一把刻有"生之无意义"字样的镜子，因此也就根本没有什么可将《花朵》众人之言语玩笑等闲视之的强大后盾，如此一来，我们会发现自己从一开始就已经被绕了进去，而所有的严重性则早已潜藏在既似是而非又似非而是的玩笑辩证法中。于是我们可能也会如《花朵》中的众人一般骂一句："玩笑，你可真是把大稀泥。"并在某种油然而生的自嘲之中既觉得无比轻松又感到无限沉重。

2. 自嘲

《花朵》中的众人在借其言语肆虐汲取欢乐与满足的同时，也将自己置于一种明显的自嘲之中，甚至可以说，自嘲乃是其心照不宣的言语策略和生存前提。他们赶在被"应当"的戒律与规定性缚身之前，先主动摆明自己的无赖本相，于是王朔笔下的"我是流氓我怕谁"便在刘震云这里变成了"我什么东西不是因此也就不吃你们那一套"，如果说王朔笔下的"流氓"们似乎还能拿出一点人格、尊严、原则以及绅士派头和君子风度的话，那么《花朵》中的众人则从根本上"一无所是"，因而也就愈加肆无忌惮和无所顾虑，包括死亡在内。生命在此成为玩笑，并以其无限之轻飘越了生死界限，于是等到《花朵》众人的集体上吊自杀日，以往人们遇事无奈便以死相挟的套话"我反正是不活了"或者"大不了我死"竟变成"我反正是不死了"和"大不了我不死"，《花朵》众人之无赖至极可见一斑。

"无赖"意味着生命的无依无凭和无根无据，于是自嘲便成为其自我开脱与自我宽慰的极佳途径，同时也是其继续无赖下去的驾驶执照和护身盾牌。而在《花朵》中，众人的生命自嘲则又更多地体现为其言语上的自嘲。例如：

> 我从小在你们中间长大，我打小眼睛就瞎，我受你们的欺负和白眼，比刘邦项羽更甚，现在好不容易发了，把事情做大发了，我不让你们看看，我不在你们面前显显威风，我能咽下这口气吗？我在世界上辛辛苦苦做的一切，不是等于顷刻间失去意义了吗？……我知道，如果不是我的提醒，你回去会抬高你自己，故意把我们的地位扯平，乡亲们又不懂，一听都是大腕，以为我们一样，我最容忍不了的就是这个。你想怎么样？你想用你乌鸦的翅膀，去遮住我太阳的光芒吗？办不到！今天你都看到了。我脸上的血不能白流，我脸上的指甲印不能白抓，我要用血唤醒民众！

我们表面与你们讲平等，讲与民同乐，你们就真的蹬着鼻子上脸了，就真的要与我们平等了，真的要和我们没大没小要和我们打成一片了？这就弄得世界不成体统和闹得大家没有意思了。如果是这样，我们在以前还奋斗什么？我们也和你们一样，浑浑噩噩地混日子不就成了？对生活混水摸鱼不就成了？那样我们的世界还怎么前进？我们的足球还怎么提高？我们的电影还怎么看？世界和民族的脊梁还在哪里？我们不就真成了一个平庸的一地鸡毛的市民社会了吗？我们不就要被窒息和闷死了吗？……当个浑浑噩噩像你和你爹、白石头和白蚂蚁那样的人是容易的，无非见到世界有好处像苍蝇逐臭一样扑上去，但我们作为一个领头的苍蝇就不能那么做了。

以上前一段话是影帝瞎鹿对刚刚混入上流社会的小刘儿说的，其中布满了忌妒和恨恨不平的排斥情绪；后面一段是瞎鹿在同性关系时代对作为其传记捉刀人的小刘儿说的，在其中瞎鹿则又摆出一付得了便宜还卖乖的可笑姿态，并对当时已被踢出贵族俱乐部的小刘儿居高临下地诉责不已。按照我们以往的阅读经验来看，在这两段话中的瞎鹿显然是一个被故意丑化的形象，但事情的蹊跷之处在于，这一丑化却并非来自他人之手，而恰恰是瞎鹿言语上的自我反讽所致。将自己公然比作是一只"领头的苍蝇"使得瞎鹿拥有了敢于撕破一切脸面的资本和勇气，从而也就更能恬不知耻地在种种关系争夺中冲撞不休。对此，《花朵》中的众人似乎已经达成共识，他们声称：

> 过去我们的缺点和毛病就是太谦虚了太羞涩了对自己太不夸张了和太不夸夸其谈了。世界要的不是你往后缩而是往前挤，本来不该挤你也挤了上去，别人就理所当然地认为这里应该有你的位置，刚才没有安排你倒是不对的；我们不需要的是无奈而需要的是无耻；……

而如此言语乃至生存的代价便是：让生命在自焚式的自嘲之中成为玩笑。

镜像二：苦恼

人是感情的动物。这句话足可取消历史上所有形而上学对人的全部定义。然而，人的情感世界却又常常是一个暧昧含混、动荡起伏和辗转难安的世界，譬如说它本身是非形而上学的，但内在又包孕了人们的形而上学冲动，而当人们真的在持守某种形而上学信仰时，它往往又会最终促成人们对其信仰的反动。因此，人的不可定义取决于其情感的不可定义，而人的情感则只能被描述为一种将会趋向无限的可能性。

当"生之无意义"这面镜子普照《花朵》世界之时，我们仍可以于无所不在的"玩笑"中拿出另外两面镜子照看《花朵》里的众人。首先,"活着的二欲"使我们看到,人们在追求"忘我"与"无我"而使自己成为"玩笑"和虚无的同时,尚且存有对"认真"的渴望,这主要表现为其对"自我"的欲求,然而"'自我'之难题"随即使我们看到,《花朵》中的众人似乎早已料定自己此一"认真"最终的结果也只能是难得其果,故而干脆放弃了所有形式上的努力,而只将它投射为一种情感和情绪上的冲动与波动。因此,在《花朵》世界中,我们很少能够发现严格意义上的形而上学事件,也很少能够找到形而上学普遍失落后所留给人们的痛苦与焦虑,《花朵》众人有的只是相对于尖锐的痛苦与焦虑来说要轻淡和含糊得多的苦恼。

在《花朵》里,小刘儿可谓是苦恼最多且最外露的一个人物,而我们知道,小刘儿其实一直于暗中扮演着《花朵》众人之心的角色,并且,他的这一身份在卷三的"非梦与花朵"章和"营救与拜拜"章还得到了正式的公开,因此,小刘儿的苦恼实际上也就是《花朵》众人的苦恼。另外我们知道,在《花朵》中白石头与小刘儿又是同一个人,因而白石头心中纠缠不清的苦恼自然亦可被归结为大家隐在的苦恼。如此说来,《花朵》众人的苦恼则又委实不容我们轻忽和大意:

　　一声剧烈的爆炸,使我挣扎着醒来。这时世界已经平静了,月亮已经偏西了。已经是后半夜了。但这种平静只是暂时的。陡然，窗外又在那里人马嘶喊，大呼小叫。是隔壁邻居的鼻息之声呢，还是有人真在那里嘶喊呢。我不知不觉就流下了泪。

小刘儿，我们的亲人，拯救你的和我们的姥娘，怎么还不出现呢？我们还要在深渊中呆多久呢？

上面前一则引文是小刘儿在"关系闹剧"中的一段深夜独白，也是《花朵》人物有关生命"无我"之苦恼的第一次明显表露，在其中，第一人称代词"我"实际上可以指代《花朵》中的任何一个人；后一则引文则是久处"关系闹剧"之中的人们对生命动荡不安且空漠无归产生逆违心理之写照，而他们对小刘儿和姥娘的呼告其实也就是其在情感上对"自我"与人格的诉求。

类似的苦恼情形在《花朵》中尚有许多例，它们或者发生在小刘儿身上，或者发生在白石头身上，或者直接发生在众人身上，从而造成《花朵》"玩笑"式的整体叙事的多次停顿或中断。然而，苦恼毕竟只是一种随机性很强的人类情感，它可能随时会导致人们其他类型情感的断裂，但它自身却并不能持久，而是时刻准备着就地解散。于是在苦恼之后，暂时停顿或断裂的一切又开始照常运转，当然，之后还会有因苦恼而导致的中断现象再次发生，但就整体而言，苦恼无疑也被织入了无边的玩笑之中。

无意义之为无意义

意义并非天然存在，而无意义作为人们因找不到上帝之国方才摘取的一颗酸涩果实，也不过如此。存在本身是无所谓有意义无意义的，它是无可无不可的一团混沌，是一切的全无与全有。存在的这种不具任何规定性的中性特征从根本上导致了无意义对其自身的反动，此即无意义也是无意义的，也就是说，无意义亦非一种必然性存在，而只是人们在其精神领域的一种假想性产物。人的情感与意识往往很难在彻底的空无中长期驻守，甚至短暂停留都很困难，所以当对意义的意识与情感维系发生断裂时，人们便会用无意义作为一种过场式的替代和填塞来驱散情感上的焦灼不安和意识的无着无落，并以此换得内心的平定。

在情感上绝对认同无意义的人或许只能是在肉体上唯有一死的人，而活着就必然会与"意义"同在。当然，此处的意义已经不再是指实体性的客观意义，而是指人们关于活着的某些基本的情感取向，它首先只对每个人自己有效，然后才可能会走近他人。

在我们看来，这是一种非常朴实的生活态度，它远比种种外表华美的堂皇之说更为可靠，也只有这样，我们才能来到

"人"最最切实的起点：

活着和一切终归情感地活着。

如此，我们便也可以说出为什么"意义"似乎总是人类生存图景当中的一道永不消散的印痕之原因所在了。意义是人类的一种既无限久远又永远新鲜的情感欲求，它完全被纳入纯粹理性的范畴实是人类思想的一大失误，而当我们将之又归还给人类的情感时，便会发现，只要有人在，就会有意义在，可以说，即使是那些宣称人生来无意义或人活着即是荒谬的人们，也终究难免在情感上对意义有所认同，只不过在他们那里，将自身放逐于无意义或有意识地玩味无意义成了生命的意义所在，于其中，无意义已经悄无声息地实现了向意义的转化。

总而言之，无论是就纯粹的思辨而言，还是就人类的情感而言，无意义都不应成为对生命的最后规定，我们的情感可能会在生命的某个片段与无意义遭遇并与之长时间地相处，但我们并不能因此便以无意义来规约自己的一生，更不能用无意义去框范他人。就此而言，无意义之在场也只能首先体现为一种个体性的在场，而非普遍化的在场，并且，其个人性的在场亦最终有赖于生命个体的情感认同，否则便不能得以成立，因为对于具有彻底反思精神的个人思想来说，无意义再往前跨一步，便是无意义亦无意义，就是对于情感而言，无意义也只是人们有可能时不时会经过的一处山口或野地。因此当我们的身形被摄入"生之无意义""活着的二欲"和"'自我'之难题"等等镜面时，我们会发现在诸多面镜子的交相叠映中已经衍生出了无穷无尽的镜像，而在这无穷无尽的镜像交织当中，没有哪一个镜像可以成为生命最后的归踪。

主题或主人公问题

《花朵》最后一卷的正文部分以"故乡"起"会"那一天人头攒动的热闹景象刹尾，而随后的"插页·四部总附录"则被标记为"日常生活的魅力——对几段古文的摹写"，并在"白石头（又名白居易）"的一首"《琵琶行》"中为全书画上了句号。这显然是一个没有完结的完结，在时间的流淌中，轮回的总是相同的角色，不同的只是演戏的人，一切都会继往开来地进行下去，正如《花朵》里的众人所说：

> 戏才是我们的主题，戏才是我们的生命。生活中的烦恼，会在戏里得到溶解。大幕不是拉开又闭上了吗？现在再重新拉开吧。

换个角度讲，亦即在没有主人公的《花朵》世界里，"玩笑"成为真正积极有效的主人公，而当"玩笑"作为主人公在《花朵》中四处横行的时候，与之相对的"认真"则如同形而上学一样也成了难得一见的事物，即使翻遍整部小说，我们大概也只能找到很少几个关于"认真"的叙事，如小刘儿化作一块石头对姥娘持久思念和姥娘在世的几个行为片段描述，但是例中的第一个"认真"不久便遭到自我解除和自行破灭，而第二个"认真"固然感人至深，却也柔弱至极，因而很难对《花朵》的整个"玩笑"世界造成强有力的冲击。不过，与火药味十足的反讽相比，玩笑的解构意味可能会稍为淡薄一些，玩笑在打趣其目标的同时常常还会带出一些趋向建设性的东西，虽然它近乎一团稀泥或一趟浑水，但在搅和一切的同时它也并非完全抹平一切或冲掉一切。也就是说，玩笑在其指向否定的同时尚有其指向肯定的一面，只是这种肯定往往来得格外含混、暧昧和居心叵测。

对于活着的人来说，玩笑开到最大莫过于将生命过程视作儿戏，而这一行为的前提则是人对"生之无意义"有所认同，因此，当"无意义"也为无意义同时也就是有"意义"时，玩笑自然也就在抵达其最深的深度的同时也抵达了其应有的限度，并最终泄露了它试图成为最大的"认真"之深意，这也是《花朵》卷四之所以会出现在我们面前的根本原因。《花朵》卷四的叙事是一种趋向"认真"的叙事，而当它被小刘儿或白石头用作是坠住《花朵》前三卷这"三个大气球"的"铅坠"和"铅铊"时，它可能就会被整个儿带向空中，亦即其趋向"认真"的叙事最终可能也会趋向"玩笑"，但对此我们还可以做与上述解释相反相成的理解，即卷四被卷一、卷二、卷三带入"玩笑"

的过程或许也正是卷一、卷二、卷三被卷四转到"认真"中来的过程，或者说当我们以为卷一、卷二、卷三会真的如三只大气球一样飘入空无的时候，它们却偷偷化作一块"石头"（即卷四）坠到了"故乡"和人间。

就此而言，将"戏"作为主题或将"玩笑"作为主人公的《花朵》叙事可能正是刘震云对世界和人生进行摆置的又一次"认真"刻苦的尝试。对此，小说中的白石头自作主张地替作家做了表白：

> 活着还是死去，原谅还是不原谅，什么时候来，是一个什么样的姿态，来的是万千种头绪中的哪一丝和哪一缕，你整天闷着头在缜密周详地考虑的就是这个。它占了你一生的绝大部分时间。你对世界的揣想和假设、你对世界的摆放和摇摆已经超过了你对世界和人生的度过。这也就是你写这部作品的假设性前提和对世界重新摆放的根本原因。

摆置的行为本身是严肃认真的，然而摆置的方式和结果却恰恰是一个巨大的玩笑，这实在是一件令人觉得悖谬的事情，同时我们还会看到如下的矛盾情景：

在《花朵》一书的扉页作家写有如此"题记"："为什么我眼中常含着泪水，是因为这玩笑开得过分。"而就在如此"题记"的旁边，却恰恰是作家的一张面部表情格外严肃认真的照片。仅就形式而言，这无疑也是一个尚未被摆平的自相矛盾事件。而当一个人尚未将自己彻底摆正的时候，他对世界的摆正之日则又何其遥远。因此当有记者问刘震云八年创作下来最大的体会是什么时，刘震云说：

> 我对世界所知甚少。这个所知甚少既包括对人的世界、人的内心世界及凌驾于内心世界之上人的情绪的翻腾和游走，也包括对那些永远不可触摸的万物生灵相对于人的情感流淌仪式。这时你想起自己曾蜷缩在对世界的误会和自己的投影里沾沾自喜过，你除了感到无地自容更想做的是失声大号。同时在你对世界所知甚少的情况下就开始动手写作可真是些盲目和憨大胆——你对以前的自己突然感到有些后怕。

如果将刘震云的这番话加于《花朵》身上，我们似乎可以蠡测出作家看待自己这部作品的个人意见：

成也"玩笑"，败也"玩笑"。

《花朵》中的三重世界和四季叙事

刘震云的创作初衷似乎就是要使《花朵》成为一个纯然的巨大的"玩笑"，但他在最后立场上的自相矛盾与摇摆不定导致了《花朵》世界最终成为一个极其暧昧含混的小说世界。

在我们看来，暧昧含混的《花朵》世界至少是三重的。处在第一重的是无意义的可笑的世界，它直接构成了"玩笑"这一主题式的人物在场方式。处在第二重的是仿真的世界，即人物在作者的操纵下将无意义悬搁起来或遮掩起来，而进行对现实的戏拟。处在第三重的是可真的世界，在这里，无意义在确立自身的同时也取消了自身，即无意义可在可不在，而认真也就不再仅仅作为被取笑的对象，至少玩笑已经无力彻底削平它，因而意义便又成为一个不被完全取缔的在场者，人们的那些看似怪诞荒谬的追求也开始显得严肃和庄重起来，并隐秘而又执拗地传递着有关人类现实生存的种种真实的讯息。刘震云有意无意地将这三重世界都持存于他的视界之内，因此他把《花朵》的叙事基调定位于"玩笑"和戏谑，这就保证了《花朵》第一重和第二重世界的在场，而在"玩笑"与戏谑汹涌翻腾的泡沫中，刘震云又时不时地插入一些沉静舒缓的抒情性叙事，这就使得"认真"依然隐约呈现为一道不容遮蔽的生命奇观，而这认真连同第二重世界中的那些亦假亦真的生存图景一同构成了《花朵》中的第三重世界。

另外，从叙事的情感色彩来看，《花朵》则呈现出"春夏秋冬"四季的颜色。首先在叙事的情感基调上，《花朵》以其执拗倔强的怀疑态势和证伪冲动为其近二百万言的漫长叙事铺上了一层阴郁冷寂、空漠无归的底色，于是"冬天"，便成为整部

59

《花朵》隐在的叙事境域；然而《花朵》的叙事方式却又是充满了"玩笑"意味和"喜剧"色彩的，因此"春天"的"一团和气"又是其最直接的语词效果，更何况有姥娘满面笑容地走到"小黑孩"的面前，天涯海角自然会隐隐约约地传唱起一则又一则"春天的故事"；太阳花嫂、老梁爷爷、牛文海舅舅等人的形象和自行车的"功能"则将我们带入一种"夏天"的叙事模式，其中有生命的热能与热望在积蓄和喷发；但这一切都是在白石头的回忆中绽放的，而回忆着的白石头恰恰是一个自称已经老了的中年人，"秋天"乃是他和他的回忆无从回避的季节；于是接下来，一切自然又要面见"冬天"，只不过在《花朵》中，"冬天"并非完结之所，而是开端。

可以说，"三重世界"和"四季叙事"的隐约共存使得《花朵》叙事在其可能性上具备了趋向"复调"的潜在特征，而《花朵》叙事的这一潜在特征其实也正是刘震云现有全部小说叙事的潜在特征。借此，我们可以相信，刘震云日后当会有比《花朵》更好的"作业"交给广大的读者。

我们离苦难很近，离善良很远

——温故《温故一九四二》及其他

一、他们与苦难

在很长的一段时间内，我总是忙于阅读那些在当下不断涌现的、新的时髦的东西，以至于差点就养成这样一种近乎恶劣的阅读习性。好在对刘震云的中篇小说《温故一九四二》的温故使我及时从这种阅读习性中摆脱出来，同时再次体会到"温故而知新"的分量。

孔子尝言："吾未见好德如好色者也。"（《论语·子罕》）从后世来看，孔老夫子当时的慨叹之语并不仅仅是对其所处时代道德状况的写真，而且是对人类世世代代道德处境的写真。在中华民国三十一、三十二年也就是 1942、1943 年间，河南发生一场大灾荒，死人三百万。五十年后，作为河南老乡的"我"（《温故一九四二》中的叙事者）在一位身份不明、动机不明的朋友的"打发"下，对发生在五十年前的这场"中国灾难"进行了一次民间采访与文本查考相结合的"温故"。此次"温故"有一个广大知识分子格外熟悉的特点，那就是作为"温故"执行者的"我"在大多数时候，"既能远离灾难，又能吃饱穿暖居高临下地对灾难中的乡亲给予同情"。不过这并不怎么重要，重要的是越是深入"温故"，"我"就越是发现，灾难实在是检验人类道德的极佳场域，灾难越是严重，涉入其中的人们的道德问题就变得越是逼仄，同时也就越简单、越直接、越本质。

在人类现代史上，死人三百万的灾难怎么说也不可谓不大，而这个灾难的起因则是河南省因干旱和随干旱而来的蝗灾所导致的三千万灾民的吃饭问题，从这"三千万"的受灾到那"三百万"的死亡绝非发生在旦夕之间，中间还经过了很多事件。

对于当时国民政府的最高领袖蒋介石而言，这些百姓的吃饭问题来得很不是时候，因为手头有他认为远比底层民众受灾三千万也就可能会横死三百万更重要更紧迫更叫人头疼和难缠的事情：

第一，中国在同盟国的地位问题，同时也就是蒋介石被不被罗斯福、丘吉尔、斯大林等大国元首放在眼里的问题。因为尽管同盟，弱者始终不免要受到来自强者的"污辱和虐待"。

第二，"攘外"与"安内"的问题，同时也就是国民党是否还能在中国维持其统治的问题。

第三，国民党内部、国民政府内部各派系的斗争问题，同时也就是蒋介石本人在中国的领袖地位问题。如此等等。

由于这些问题的存在和亟待解决，远在河南的本来重要的三千万灾民在委员长心中就显得远不那么重要了。于是，尽管对自己百姓正在遭受的苦难心知肚明，蒋介石对外公开的态度却是认为有关部门和人士在谎报灾情，于是尽管受灾人口正在大面积死亡，政府向灾区所征收的实物税和军粮任务不变。

这实际等于政府又拿了一把刀子，与灾害为伍，在直接宰杀那些牲口一样的两眼灰蒙蒙、东倒西歪的灾民。于是，死的死了；没死的，发生大面积背井离乡的逃荒。

对此人们常说的是国民政府与蒋介石本人太黑暗太凶残，进而指责蒋是独夫民贼一个，与此同时也就把自己跟蒋划清界限，让自己在无形中处于道德的优势位置，但我们常常不愿去想，至少很少有人愿意指出：如果换了我是蒋介石，历史的情形可能别无二致。

蒋介石曾说过，他九岁丧父，当时家里的悲惨情况委实难以形容，而他本人也很快成为大家"污辱和虐待"的对象，由此而来的对耻辱的极度敏感成为蒋一生都在努力摆脱但又始终无法摆脱的精神魔咒。当我们不把蒋仅仅看作一个对权力的变态追逐者，而是看作一个内心和我们一样脆弱的人时，蒋视几千万人的生存苦难如无物的绝顶不人道很可能就植根于其永远也摆脱不掉的某种怨恨和惧怕心理：决不能因为什么缠绊而让自己永远处在受人"污辱和虐待"的弱势位置，这是蒋内心最大的脆弱。

在社会外在规范力量较为贫弱的总体语境下，人们自身的种种不堪与脆弱必然会加速道德的崩塌。每个人或多或少都有一些生命中不能承受或不愿承受的东西，这种不能承受与不愿承受常常会使人们不顾一切，包括羞耻、尊严和善良，也就是说，当我们为自己的脆弱所攫取时，所有不切己之物包括他人的性命在一个人的心里将变得无比之轻。

"人吃人"这种极端的情形把事情变得简单明了。在死亡面前，人无疑是极其柔弱的，可这种柔弱有时却能够将人完全掷入疯狂。由于在家乡已经毫无生路，数百万河南灾民开始逃荒，但逃荒也是一条不归路，当所有可吃的东西都已吃尽许多人已经在吃土时，当人们对死亡的恐惧淹没了一切顾念时，人开始吃人。虽然狗也在吃人，但狗吃的还只是尸体，而人吃的却是活人，并且往往是父母吃自己的孩子或交换着吃对方的孩子，但无论怎么吃，其中有一条坚硬而又冰冷的法则，那就是弱者被吃，或者更确切地说，就是弱者吃比自己更弱者。

然而当几千万人的灾难进行到一定程度，在多种社会力量的介入下，"独夫民贼"蒋介石终于还是下令展开政府救灾，当然在很大程度上，蒋也是做做样子给人看而已。可是就在这个单薄的样子里，一些比蒋介石还不是人的人或者说还不是东西的东西露了出来：

> 救济款送到河南的速度很慢。经过几个月，中央政府拨给的两亿元救济款中只有八千万元运到了这里。甚至这些已经运到的钱也没有发挥出救灾作用。政府官员们把这笔钱存入省银行，让它生利息；同时又为怎样最有效地使用这笔钱争吵不休。在一些地区，救济款分配给了闹饥荒的村庄。地方官员收到救济款后，从中扣除农民所欠的税款，农民实际能得到的没有多少。就连国家银行也从中渔利。中央政府拨出的救济款都是面额为一百元的钞票。这样的票面已经够小的了，因为每磅小麦售价达十元至十八元。但是，当时的粮食囤积者拒绝人们以百元票面的钞票购买粮食。要购买粮食的农民不得不把这钞票兑换成五元和十元的钞票，这就必须去中央银行。国家银行在兑换时大打折扣，大钞票兑换小钞票要抽取百分之十七的手续费。

有一个叫刘道基的财政科员，居然声称发明了一种救荒食品，"复杂的吃一次七天不饿，简易的吃一次一天不饿"。在危及几千万人的灾难中"玩游戏"，这是对灾难毫无人性的利用与把玩。在他们身上，我们很难说道德的脆弱仅仅源自人自身的脆弱，而是更有可能来自其经由社会改造过的近乎天然的冷血与凶残。

二、我们与善良

此处有一个绕不开的问题，那就是人类道德的难题首先基于这样一种可能：现代人在其生存根基上的非道德。现代人往往先是以一个所谓的自我存在，而后才作为所谓的"一切社会关系的总和"存在，在所有的挂念当中，现代人每每先达其自身，然后才抵达他者以及自我与他者之间的道德关系，因此，作为一种后置的社会契约关系和防御机制而存在的道德并非天然就是现代人的命定选择，关于这点，众多现代思想者皆有非常经典的阐释，此处毋庸赘述。但需进一步指出的是，我们所面临的最大危险尚且不在于道德本身的无依无助，而在于我们根本就不知道现代人类不道德的底限究竟在何处，不知道我们已经、正在和将要在多大程度上实践自己的不道德。

因此，我们眼下要做的事情并不是急于谴责1942、1943年间的那些人或"非人"的不道德，而是试图通过他们的不道德来呈现这样一种危险：或许我们和他们的区别仅仅在于能指的不同，即由时间和历史场景的切换所导致的称谓不同，而我们和他们的道德所指却未必两样，过去的他们放在现在就是我们，现在的我们放在过去就是他们。有可能更加严重的是，他们的某些德行我们未必能够一样去完成，但他们的黑暗我们却一定能够做到，甚至会更加黑暗。再尖刻一点说，人们从来就不知道"人"这个词将要和最终指向什么，故而也就不知道我们自己最终将会奔向何处。对于人的光辉形象的美好预设与期待我们倒是已经罄尽全力且达乎顶点，而对人性内在黑暗尤其是对自己内心黑暗的指认我们却常常轻描淡写且心不在焉。

还好"温故一九四二"的"我"不是那么粗心，特意在"附录"里以两则"启事"的形式记录了在1942、1943年间所发生的与苦难为邻的日常生活的片段，其中隐隐约约似有深意。下面是两则"启事"的全文：

紧要启事

缘鄙人与冯氏结婚以来感情不合难以偕老刻经双方同意自即日起业已离异从此男婚女嫁各听自便此启

张荫萍　冯氏　启

声明启事

敝人旧历十二月初六日赴洛阳送货敝妻刘化许昌人该晚逃走将衣服被褥零碎物件完全带走至今数日音信全无如此人在外发生意外不明之事与敝人无干自此以后脱离夫妻关系恐亲友不明特此登报郑重声明堰师槐庙村中正西街门牌五号田光寅启

这样，"温故一九四二"的"我"就为作为读者的我们设下一个关口，一个避不开的最后的道德关口。我们会发现，一旦读完这两则启事，自己是如此自然又如此顺当地从苦难回到了熟悉已久的日常生活，回到了对日趋精致适意的小资或中产者生活和优势地位的向往与迷恋，回到了自我在日益符号化的生存图景中的形象设计、排练和表演，回到了对日复一日的幸福或不幸的纠缠与打磨，回到了对"一地鸡毛"同时也就是"一地阳光"的摆弄与执迷，也回到了对苦难和对他人的漠然与远隔。

小林家一斤豆腐变馊了。

《一地鸡毛》的广为流传使得小说的这句开场为众多读者所熟知。"豆腐变馊了"是一个引子，它核心的叙事功能在于牵出小林日常生活中所遭遇的种种困境和随之而来的小林内心的种种磨难，同时也牵出小林在外在的困境与内心的磨难中的如同一片片鸡毛般的向往。我们的生存困境总是在不断地发展变化，而我们内心的磨难也常常跟着变换花样，因此，"豆腐变馊了"就可以随时随处被替换为小林家的或者你们家的或者我们家的或者他们家的"衣服旧了"，"家具破了"，"电视、冰箱、洗衣机、空调、热水器、马桶过时了"，"房子小了"，"车子档次低了"等等。即使某一天物质上我们能得到彻底满足，却还有身体上、情感上以及精神上的永不餍足，因此最终，"一斤豆腐变馊了"将牵引出小林和我们所有人全部的生存真相——人类情感欲念的漫漫无尽和生命永恒向"无"的原始皈依。人总是在设法将自己完全投入他者与客体世界的同时消弭不断滋生的自我意识，从而抵达一种彻底"忘我"的轻逸和虚无状态，这表明了生命与生俱来的自我放逐和向着虚无的执着回归。对此，最朴实的例证就是世间男女对性爱的迷恋和大小官吏们对于权力的痴情。小林有天夜里做的一个梦是对人类这一生命情态的极佳阐释，小林"梦见自己睡觉，上边盖着一堆鸡毛，下边铺着许多人掉下的皮屑，柔软舒服，度年如日。又梦见黑压压无边无际人群向前涌动，又变成一队队祈雨的蚂蚁。"小林这个梦是一则蛇咬其尾式的循环叙事，在其中，自我意识被逐与重现的回环往复如同一道魔咒紧紧箍在众人身上，使得他们宿命般地玩着一种类同于"吴刚斫桂"与"西西弗斯推石"但又比二者更古老也更隐秘的游戏：苦难—自我意识—消除苦难—自我意识的消弭—苦难。事实上，这个游戏在我们每个人生命中的每分每秒都在进行，它是人类与生俱来的欲念与归途。

就在做了"鸡毛"梦的第二天早上，小林得知上次来北京看病的小学老师已经去世，想起"小时侯自己掉到冰窟窿里，老师把棉袄都给他穿"，他"难受一天"，但"等一坐上班车，想着家里的大白菜堆到一起有些发热，等他回去拆堆散热，就把老师的事给放到一边了。死的已经死了，再想也没有用，活着的还是先考虑大白菜为好。小林又想，如果收拾完大白菜，老婆能用微波炉再给他烤点鸡，让他喝瓶啤酒，他就没有什么不满足的了。"然而小林显然有些小瞧自己欲望的丰富性和拓展潜力，当他日后也有幸步入"官场"成为"官人"，或者跻身于"22世纪"的"丽晶时代广场"，或者上蹿下跳自由出入于古今中外的任何历史场景时，那种由微波炉烤鸡加啤酒所带来的幸福感和忘我状态，就需要通过满足自我的更多也更加古老或更加新鲜的欲望来获取了。这就是我们千百年来和永远的日常生活——在黑漆一团的夜空中点缀着星星和月亮的柔光，在冰冷森然的生存争斗间牵系起丝丝缕缕的脉脉温情。对此也无须多言，只要再去温故一下刘震云的《官场》《官人》《故乡相处流传》《故乡面和花朵》等作品即可。

随着时间的推移，公元1942、1943年中国河南死人三百万的灾难在许多年后还重不过记载它的那几行字、那几页纸，但灾难并未远离，它永远会以各种各样的形式嵌入人类的日常生活。与其说苦难是在向记忆的转化中失了重，不如说苦难早在我们的日常生活中就失了重。这一失重，将永远揭示人类整体的和所有个体的非道德，揭示人在其生存根基上的非道德。是故，唯有当我们开始正视自己的非道德时，道德才可能不再作为一个伪命题呈现出来，也只有当我们意识到自己对自己非道德的深刻不满，并且意识到自己对他者和对道德的某种刻骨铭心的需要时，道德才有可能真正出场。

山部

事关未来正义的正义
——从蔡翔教授之《革命／叙述》而来

一、何为正义？

《上海文化》杂志 2010 年第 1 期刊登了蔡翔老师的一篇文章，主标题为《事关未来的正义》，同年 8 月，其专著《革命／叙述：中国社会主义文学—文化想象（1949—1966）》由北京大学出版社出版。《事关未来的正义》一文，即《革命／叙述》一书的导论部分，我非常喜欢文章发表时的这个标题，因而也常常在捧读《革命／叙述》一书时，为其不曾出现在该书导论部分的标题位置而感到小小遗憾。纵览《革命／叙述》一书，"解释当代中国历史"乃作者最为纯朴之用心，所由路径，则是重新讨论"'革命中国'及其相关的文学表述"。在蔡老师看来，此番讨论必然会指向"弱者的反抗"这个"既是具体历史的也是理论的命题"，因为"革命中国"的正当性就建立在"弱者的反抗"之上，"它要求把劳动，也把劳动者从异化的状态中解放出来"。在蔡翔师那里，这一指向不仅仅涉乎学术意义上的朝向过去的"历史态度"，而且涉乎一个当代学人在面向未来时的政治立场和政治决断，进而，"支持或者反对这一'弱者的反抗'，所要争辩的不仅是中国革命的正当性，也事关未来的正义。"[1]

可以说，这个在《革命／叙述》一书中没有出现在标题位置的短语——"事关未来的正义"，最为直接地呈现出蔡翔师近年来的理论抱负，同时也最为直接地呈现出先生在当下中国知识场域作为一个知识生产者或者说理论劳动者的自由意志与政治担当。但是，在整部著作中，蔡老师并没有对何为正义进行一个明确的界说，多数时候，正义一词是以"正当性""合法性"等语词的形式出现的，其最根本的支撑，则被落实在"弱者的反抗"上。尽管蔡老师从一开始就将"弱者的反抗"带入了"共产主义的设想"之内，从而使之在全人类得解放的未来愿景意义上具有一种朦胧的普遍正当性，并且也特别强调，要注意"克服自己的单纯的立场和态度，而回到更为复杂的历史脉络之中"[2]，然而在其总体的叙述当中，或直接或潜在的正义主体却终究被锁定为"弱者"。这么一来，其中所隐含的"一种学术甚至思想的危险性"便无法消除，此正如蔡老师的夫子自道："各自不同的政治立场往往决定了各自不同的历史态度，包

---

[1] 以上引文见蔡翔:《革命／叙述：中国社会主义文学—文化想象（1949—1966）》，北京大学出版社，2010，第1、2页。

[2] 同上，第3页。

括不同的学术思想。如果彼此的立场或历史态度截然相反，我并不相信，思想与思想之间存在着妥协甚至沟通的可能性，辩论的结果，往往是朋友成为路人，并渐行渐远。"[1] 可是如此而至极端，岂非意味着秉持正义的弱者最终所能依凭的也只有力量及其对他者的征服？进而未来世界的命运亦只能交由各种力量无穷对决之偶然性来操纵？更为迫切的问题是：既然思想与思想之间的沟通无效，那么弱者所秉持的正义观念又有何知识意义呢？正义之为正义，当因之乃所有人的现实的正义。为此，"弱者的反抗"要想真正契合未来的正义观念，就必须从自身开掘和发扬一种普遍的正义论，并始终秉持这一普遍的正义论而进行相应的社会实践。[2]

在《卡夫卡——为弱势文学而作》中，德勒兹和迦塔利曾经写下一些非常耐人寻味的句子，它们皆与正义相干：

> 政治上的大事总是发生在别处，在会议的走廊里，集会的幕间甬道里，人们在讨论内在于欲望和权力的真正的问题——"正义"的实际问题。

---

[1] 以上引文见蔡翔：《革命/叙述：中国社会主义文学—文化想象（1949—1966）》，第2页。

[2] 与此同时，"弱者的反抗"还必须避免乞灵于人类社会由"必然王国"而入"自由王国"这一过于远景化的普遍正义理想，并找到一种能够尽可能多地现实化的正义观念。

K 发觉自己不应该让律师代理，不需要代理人，而且在他本人和他的欲望之间不应该有他人介入。要找到正义，他只能移动，追随自己的欲望，从一个房间转到另一个房间。

　　延宕完全是正面的和积极的：它跟拆卸机器和形成配置同属一个整体，一个部件永远紧挨着另一个部件。它本身就是一种进程，就是设定内在性领域。这一点《城堡》尤为突出，K 变成了彻头彻尾的欲望：唯一的问题在于建立或保持与城堡的"接触"，即建立或保持"联系"。

　　这是内在性的无边无际的原野，但不是无限的超验性。[1]

　　在这些灵光乍现的句子中，我们可以捕捉到三个重要信息：一，正义是欲望；二，要找到正义，我们必须"追随自己的欲望"，并与他人建立或保持"联系"，不断制造新的拆卸点；三，由于欲望的游移不定和无限延宕，正义的领域就构成了"内在性的无边无际的原野"。

　　德勒兹和迦塔利此处的深意在于阐释一门"卡夫卡政治

[1]　几句引文分见［法］德勒兹、［法］迦塔利：《什么是哲学》，张祖建译，湖南文艺出版社，2007，第 111、111—112、115、112 页。

学",一种指向永恒"逃逸"的,"脱离领土"式的乌托邦,一种"拆卸"式的,饱含差异性的游牧者的乌托邦。我想,无论这一思想的最终朝向是否可靠,其作为起点的这个假设——正义是欲望——已然开启了一道极具价值的思想之门。现在,让我们暂且撇开史上对正义的诸多讨论,就从德勒兹和迦塔利的这个假设继续执险前行。

正义是欲望,这意味着正义只能从欲望的范畴里开掘或绽放。而欲望并不专属于哪些人或哪个阶级,因而正义也必不专属于哪些人或哪个阶级,对所有人的或者说所有阶级的欲望的正视,恰恰包含了对生命之自然自在维度的正视,此乃由人类自由意志而生的正义不可或缺的一环。

正义一定是欲望,但欲望却非一定是正义。正义要想避免自行贬值、自我废黜的噩运,要想避免掉入虚无主义和相对主义的泥淖,就必须不仅仅是欲望,而且是人类共同的欲望。不过,此一共同非指人类欲望种类上的共同,乃指其根底和本质上的共同。譬如中国人常讲"食色性也",是说凡人皆有"饮食男女"之欲,可是"饮食男女"却很难被我们命名为绝对的正义,欲望种类上的共同很容易遭遇例外。譬如佛门中人要求戒绝男女之事,我们却不能说僧人不义;诗人们常行弃绝人世之举,更不用说饮食之欲了,我们却不能说自杀者即不义者。

至此,关于正义我们已预约了两个假设:

一,正义是欲望;二,正义是人类共同的欲望。

可是仅有以上这两个假设仍然不够，我们还需要第三个假设以实现对正义的创设，此即：正义不仅是人类共同的欲望，而且这一共同还足以容纳世间之种种差异的不断涌现和无限进入。如此一来，第四个假设（一个既是最后的也是最初的假设）就成为必需，以支撑前面的三个假设，并使无限同一与无限差异共存。

二、一个神话和一种解读

1920 年，弗洛伊德在其后期名作《超越唯乐原则》中提出一个即使现在看来仍令人十分惊异的假设，这便是"死亡本能"理论。在弗洛伊德的假设中，"死亡本能"是从"无生命的物体开始有生命的那一刻产生的"，它要求生命体恢复到"无生命的状态"中去，"即努力回归到无机世界的平静状态中去"。[1] 因此，"死亡本能"不只是意味着生命体的消亡，它更意味着每时每刻"活跃在活着的实体的第一个微粒之中"[2] 的那种"恢复"与"回归"——无机化和平静化。直接促使弗洛伊德做出这一大胆假设的，乃所谓的"强迫重复原则"。在此之前，尽管弗洛伊德的生本能（性本能）理论和唯乐原则假设已经足够惊世骇俗，但它

[1] ［奥地利］弗洛伊德:《弗洛伊德后期著作选》，林尘等译，上海译文出版社，1986，第 47、69 页。
[2] 同上，第 190 页。

们毕竟还有大量的经验观察和临床实践作为依据，同时也相对容易为人们所感知和理解。而"死亡本能"理论触摸的则是一个很可能会吓倒无数门外汉的难题，[1] 但也正是因为有了对这个难题的反复讨论，老弗洛伊德才将精神分析学推入了一个前所未有的理论深度——当然在某种意义上说也是一个思想的深渊。

通过临床与日常的双重观察，弗洛伊德发现无论是在神经病患者的移情行为当中，还是在人类的日常生活及其历史当中，常常会有"同一事情不断重复"的现象发生，并且这一"不断重复"皆"与行为者的主动行为相关"。[2] 问题是，如果行为主体"不断重复"的是快乐或者是为了获取快乐，那倒也罢了，可事实上，行为主体"不断重复"的恰恰是痛苦或不愉快，换句话说，这些"不断重复"的行为主体"并没有从以前的这些非但未产生愉快反而引起不愉快的活动体验中汲取任何教训，而是在某种强迫原则的逼迫下，身不由己地再三重复这些活动。……给人的印象是仿佛被某种厄运追随着，或者被某种'魔'力控制着。"[3] 这便是事情的诡异之处，在弗洛伊德看来，它既非唯乐原则所能解释，亦非生本能（性本能）理论所能解释。借此，弗洛伊德认为精神分析学应该鼓起勇气"断定"：

---

[1] ［奥地利］弗洛伊德:《弗洛伊德后期著作选》，林尘等译，可参见第62—65页。

[2] 同上，第22页。

[3] 同上，第21页。

"人心中确实存在着一种强迫重复,它的作用超过了唯乐原则。"而这一"强迫重复"可能"是一种比它所压倒的那个唯乐原则更原始、更基本、更富于本能的东西"。[1] 正是搜着"强迫重复"这一线头,弗洛伊德重新修正了他对本能的定义,并在大量动用精神分析学和生物学知识的前提下,试图反复讨论"死亡本能"这一假设。尽管弗洛伊德也曾表示"希望最终能够明确地否定""死亡本能"的假设,还说:"倘若我们的整个论证结构结果被证明是错误的,我们将由此感到不胜宽慰。"[2] 但事实上他根本无法做到这一点,反而在后来的《自我与本我》及《文明及其不满》等论著中不断强化了"死亡本能"理论。

弗洛伊德之后,巴塔耶、拉康、德勒兹、波德里亚、齐泽克等人都曾对"死亡本能"理论进行过各自的开掘与发扬,足见其在后世影响之深。但是重温弗洛伊德当年的论证过程,我们不难发现这并非一场严格意义上的逻辑推演或科学实证行动,其中的种种不确定因素与逻辑裂缝总是不时闪现,以致弗洛伊德本人也始终将之视作一个"假设",并且认为未来生物科学的某些发现可能会"一举摧毁"他和同仁们"人为构造起来的整个假设大厦"。于是,波德里亚的一个相关说法就显得至关重要,他认为,由于"死亡本能"理论提出"只有死亡才是目的

---

[1] [奥地利]弗洛伊德:《弗洛伊德后期著作选》,林尘等译,第22—23页。
[2] 同上,第48、47页。

性"，那么"一个关键问题"便出现了："因为它把死亡铭刻在作为机体和精神的命运、几乎像编程和遗传密码一样的先在性中——总之它把死亡铭刻在这样一种实证性中，以致我们除非相信这种冲动具有科学现实性，否则就只能把它当做神话。"[1]那么就让我们把"死亡本能"理论作为一则由弗洛伊德所讲述的精神分析学"神话"来理解和使用吧，在人类历史上的许多时刻，从神话而来的创造性与召唤力并不比科学弱多少。

首先还是让我们将目光再次投到弗洛伊德所构想的这则神话的核心——即生命体所固有的那种"努力回归无机世界"的冲动上来，在我看来，这则神话的核心隐喻了人类生活中的一种基本情态，一种我们时时刻刻都在经历却又总是置若罔闻的基本情态，它就是人对反思性自我的不懈擦除。我们知道在笛卡尔之"我思故我在"的意义上，正是反思才意味着人类自我的诞生，而不反思则意味着自我的并不存在，或者意味着自我之死，意味着自杀。窃以为，所谓"努力回归无机世界"的"死亡本能"，恰可在此意义上去理解，即生命所固有的非思本能。我们需时时跳出西方的理性传统去理解弗洛伊德所讲述的这则神话，在它的烛照之下，包括黑格尔之"绝对精神"在内的种种哲学话语皆不外乎反思性自我最终休歇下来的明证，不外乎人类欲仙欲死（或称登仙）的一个又一个经典版本。"人在

---

[1]　[法]波德里亚:《象征交换与死亡》，车槿山译，译林出版社，2006，第236页。

每个时刻都是以自杀来构成他的世界的。"[1] 同弗洛伊德的"死亡本能"假想一样，拉康的这句话也是以一种令人不安的方式直言了人类最为根本的欲望：忘我，即人对反思性自我的擦除。所谓"饮食男女"，实乃人类抵达"忘我"之地的路径典范。至于人们对所谓自我的"固执"，包括极端的自恋在内，亦属人们迅速抵达"忘我"之境的隐秘道路，它所呈现的，恰恰是自我与无我的直接对接或短路。因为人们对所谓自我越是固执，或其自恋行为越是强劲，其反思程度就越是稀薄，而其自我与忘我之间的距离就越短。实际上，无论人们做什么，事情进展得越是顺利，其自我意识就越是匮乏，从而人也就越能忘我；与之相反，当事情越是不能正常运转，其自我意识就越是强烈，从而人也就越是不能忘我。[2] 而这个不能忘我，恰恰是人类最不愿意承受的。对此，我们可以鲁迅先生的名作《祝福》为例，进行一个精神穿刺式的案例解读。

在小说《祝福》中，强势群体的区隔与逼压、封建礼教的摧杀、他人的凶狠与冷漠、个人之孤立无援、命运之无常等因素固然是祥林嫂苦难的现实动因，但细细观之，一切苦难却最终皆呈现为祥林嫂的无以忘我。起先，经卫婆子介绍，从亡夫家逃出来的祥林嫂开始在鲁四老爷家做工，于是不停地做活、

---

[1] ［法］拉康:《拉康选集》，褚孝泉编译，上海三联书店，2001，第 121 页。

[2] 此处参考了齐泽克对意识产生机制的讨论，见［英］格林·戴里:《与齐泽克对话》，孙晓坤译，江苏人民出版社，2005，第 62 页。

忙碌便成了祥林嫂驱逐自我意识的极佳途径："试工期内，她整天的做，似乎闲着就无聊，……日子很快的过去了，她的做工却丝毫没有懈，食物不论，力气是不惜的。人们都说鲁四老爷家里雇着了女工，实在比勤快的男人还勤快。到年底，扫尘，洗地，杀鸡，宰鹅，彻夜的煮福礼，全是一人担当，竟没有添短工。然而她反满足，口角边渐渐的有了笑影，脸上也白胖了。"但是好景不长，"新年才过"，祥林嫂就被婆家的人抓走，并被强行卖给了山里的贺老六。在此当中，祥林嫂也曾以死相抗，那时，一定是祥林嫂自我意识最为猛烈的时刻，不过她最终还是屈从了，并且儿子阿毛的诞生，以及再无封建家长压迫的小日子很快就让祥林嫂又一次找到了寄存自我的地方——"有人到贺家墺去，回来说看见他们娘儿俩，母亲也胖，儿子也胖……"然而无常的命运却并不让祥林嫂一直这么"忘我"地生活下去，它先是叫伤寒夺去了贺老六的性命，然后又让野狼叼走了阿毛，并让贺家族人强占了祥林嫂家的房舍，从而剥夺了祥林嫂作为一个妻子和一个母亲赖以忘我的全部现实条件。残酷并未就此打住，通过卫婆子的再次中介，亡夫丧子的祥林嫂又到鲁四老爷家做工，但是这一回，祥林嫂连忙碌以忘我的资格都没有了，在四爷四婶眼里，祥林嫂成了一个不祥不洁之人，会"败坏风俗"。"四叔家里最重大的事件是祭祀，祥林嫂先前最忙的时候也就是祭祀，这回她却清闲了。"所有与祭祀相关的器物与事宜，四婶都不让祥林嫂上手，"她转了几个圆圈，终于没有事情做，只得疑惑的走开。她在这一天可做的事是不过坐在灶下烧火"。镇上的人们对祥林嫂的态度也起了明显的变化，人们"仍然叫她祥林嫂，但音调和先前很不同；也还和她讲话，但笑容却冷冷的了"。此间，祥林嫂曾试图通过某种讲述来消弭无处安顿的自我意识，"我真傻，真的"，"我单知道……"这便是鲁迅笔下那个著名的念叨的开头。需要我们分外留意的是，在这无数次的念叨之中，祥林嫂所能重复体验的绝非快乐，而是苦难，因此用弗洛伊德的话说，此乃行为者主动的"强迫重复"，像是着了魔一般。由此可见，对痛苦或悲伤的反复念叨也可以成为一种人们进行自我擦除的幽隐方式，尽管在健康快乐的时候，我们可能会认为这只是一种病态。然而这一"强迫重复"也终究被人们的"烦厌和唾弃"所截断，祥林嫂于是越发孤绝无依——除了自我，一无所有。

至此，世界完成了对祥林嫂的双重区隔：在身体上，她不得触碰任何祭品、祭器，除了烧火，她不得干任何与祭祀相关的活，在一个礼教社会，这无异于将祥林嫂的身体囚禁在了人伦隔离区；在精神上和情感上，她根本无法进入社会生活的中心地带，而只能独自一人流放边缘。可以说，祥林嫂的命题与反思哲学的命题截然相反：反思哲学的命题是——你可能拥有一切，却缺乏自我；祥林嫂的命题是——除了自我，你一无所有。这才是祥林嫂最最无法承受的苦难。于是当柳妈用迷信的方式代表众人宣判祥林嫂有罪之时，祥林嫂不假思索地认了自己的罪，并希望通过"捐门槛"的方式洗清自己的罪孽，她以为这样不但可以在死后免遭地狱的酷刑，更重要的是，她活着时也能够重新进入他人的世界。可是四婶并不认可祥林嫂的这一自我救赎行动，在新的祭祀时节，祥林嫂"做得更出力，看四婶装好祭品，和阿牛将桌子抬到堂屋中央，她便坦然的去拿酒杯和筷子"，然而她的"坦然"立刻遭到四婶的禁绝："'你放着罢，祥林嫂！'四婶慌忙大声说。"四婶的禁绝彻底封死了祥林嫂试图经由理智和生存而抵达忘我之境的道路，于是一种暗哑的、沉默着的"疯狂"便迅速接管了她整个人，消亡与回归以一种近乎赤裸的方式在祥林嫂身上显现，譬如各种身体机能的钝化："这一回她的变化非常大，第二天，不但眼睛窈陷下去，连精神也更不济了。而且很胆怯，不独怕暗夜，怕黑影，即使看见人，虽是自己的主人，也总惴惴的，有如在白天出穴游行的小鼠，否则呆坐着，直是一个木偶人。不半年，头发也花白起来了，记性尤其坏，甚而至于常常忘却了去淘米。"在这种情形下，即便由雇主的不满与警告所带来的生存问题，也无法将祥林嫂从这种常人无法体会的忘我之道（自弃之道）中拉扯出来。祥林嫂最终沦为乞丐，一个形同亡人的乞丐："五年前的花白的头发，即今已经全白，全不像四十上下的人；脸上瘦削不堪，黄中带黑，而且消尽了先前悲哀的神色，仿佛是木刻似的；只有那眼珠间或一轮，还可以表示她是一个活物。"

现在，唯一一件令祥林嫂不能彻底自弃的事情是，她还心存一种无名的"希望",或者说还有一个"末路的人的苦恼",这就是她关于人死后究竟会不会有"魂灵"的"疑惑"。祥林嫂似乎既"希望其有,又希望其无",希望其有,是因为死掉的一家人在地狱还能"见面";希望其无,是她害怕自己会因为两个亡夫死鬼的争夺不休而遭阴司锯裂之刑。然而,"我"回答问话时的模棱两可与闪烁其词熄灭了祥林嫂自我意识的最后一道光芒,死亡,也成为祥林嫂最为有效的自我擦除与脱解形式,一个提前降临的"无聊生者"的节日。易言之,在鲁镇充满祝福的空气中,死亡,成了祥林嫂对自己所施的最残酷同时也最温柔的"祝福"。

尽管鲁迅本人可能并不赞同祥林嫂那一次又一次的忘我行动,但作为一个写作者,他还是有意无意地将祥林嫂生命中的这个核心欲求——忘我——如实呈现了出来。很难说,鲁迅的这一"如实呈现"是保守的还是激进的,是革命的还是非革命的。比之祥林嫂的故事,今天我们也许会更加倾向于那些积极的"革命者"的故事,比如《玩偶之家》里的娜拉的故事,《简·爱》中的简的故事,《青春之歌》里的林道静的故事,在这些人物身上,我们看到的是生,而不是死,是抗争、成长乃至成功,而不是颓败与消亡。但也正因为如此,我们便很容易被抗争、成长和成功以及随之而来的快乐、喜悦或幸福所遮蔽,以为这就是生命的最终目的,从而很难看出这些人物与祥林嫂的契合之处:无论是斗争还是消亡,无论是生还是死,她们最终的欲望只有一个——忘我。对于今天的许多读者来说，要不是因为鲁迅，大家可能都不会再去阅读《祝福》这样的作品了。而在以往的阐释行动中，我们也每每习惯于将祥林嫂理解成一个逆向的启示者，她以一种失败的、消亡的生命形态告知人们，现代人当在社会制度、国民性格等方面进行积极的革命或改良，例如革除封建礼教的束缚，消灭那些发生在阶级与阶级之间、人与人之间的压迫与摧杀，面对社会黑暗与扭曲，人们要以或个人或群体的方式不断抗争，并使自己成长、强大到足以脱解于所有命运的无常……而在那些抗争者身上，这样的旨趣则是以一种正向的方式传递出来的，也正是在这个意义上，祥林嫂们和林道静们实现了我们通常想要的功能性聚合。而呈现苦难，并启示人们反抗苦难，也就成了祥林嫂这个人物形象的全部价值。如此，我们就当面错过了祥林嫂形象的一个独特功能，一个在我们的阐释习惯中那些抗争者、成功者形象不可能呈现的功能，即：唯有在类似祥林嫂这样的失败者与消亡者身上，人类最深沉的欲望才会揭掉其种种坚固、惑人的面罩，直接将自己暴露出来。在祥林嫂的拼命做活中，特别是在她对阿毛之死的反复念叨中，快乐、幸福变得极其稀薄，甚至成为乌有之物，而恰恰因为快乐、幸福的稀薄或乌有，我们才能彻底认清它们的功能：它们也不过是人类抵达忘我之境的一条条路径而已，绝非人类生存的目的本身。也就是说，一直被深埋在祥林嫂身上的一个启示是：当人们无法通过拥抱快乐、幸福的方式抵达忘我之时，就会以别的方式去实现这个目标。在此意义上，祥林嫂为我们重写了人生的基本命题：不忘我，毋宁死。

通过重读祥林嫂的故事，我们发现自己身上并不存在比忘我欲望更加强大的欲望，而快乐、幸福等等也只是我们实现忘我欲望的种种形式，或者说次级目标而已。如果我们去重温托尔斯泰所讲述的安娜·卡列尼娜的故事也会得出同样的结论，道理非常简单，要是有比忘我更加强大的欲望存在，安娜就不会死。事实上，一个奋斗目标，一次热烈的追求，一套话语，一种信仰，包括自我与他者的普遍统一或者主观世界与客观世界的普遍统一，皆不过是一枝枝"吊死"我们的树权罢了。这样的树权还有许多，譬如一个词，一个句子，一段音乐，一种味道，一件事，一些人或一些物。

三、重言正义

在批判资本主义统治体系对死亡文化的利用时，波德里亚曾做过这样一个判断："死亡冲动的命题意味着大量简化各种目的性，因为就连生本能也从属于死亡……"[1] 波德里亚本人是在"彻底的反目的性"和抵抗生命的结构化、系统化道路上来征用和阐释"死亡本能"这个神话的，他认为马尔库塞等人对

---

[1] ［法］波德里亚：《象征交换与死亡》，车槿山译，第230页。

"死亡本能"所做的升华与整合其实是对它的一种贬低，是对其决裂性和革命性的取消。尽管如此，他上面的这一判断还是为我们提供了一个非常好的入思角度。马克思有云："所谓彻底，就是抓住事物的根本。"[1] 我们此处需要做的正是在马克思所言"彻底"的意义上去理解"死亡本能"对人类各种目的性的"简化"，事实上，这一"简化"绝非取消事情的特殊性和复杂性，进而将事情简单化，而是要裸露出事情的根本所在，同时保留事情的特殊性和复杂性。因此，它是根本化，而非简单化。

人最深沉的欲望乃在忘我。这是我们经由弗洛伊德之"死亡本能"神话开掘出来的首要命题，而对反思（本质上必然是无限反思）的擦除则是忘我的第一要义。需要特别提醒的是，无论怎样命名，"忘我"也好，"自我擦除"也好，它在许多时候都不是对自由的一个污辱，与之相反，它常常是自由最忠实的同伴，它像影子一样追随着自由的运动。[2]

唯有通过对"忘我"这个概念的开掘，我们才能彻底揪出人类纷繁芜杂的愿望与需要在其根本上的同一性，进而也才能如本文第一节末尾所说那样言及正义，且划定自身的界限。或者可以这么说，唯有当"忘我"被开掘出来之时，许许多多曾被人们视作目的的事物才会显现出其作为形式或路径的本相，

---

[1]《马克思恩格斯选集》（第一卷），人民出版社，1995，第9页。

[2] 此处借用了拉康用以描述"疯狂"的一个句子。见［法］拉康:《拉康选集》，褚孝泉编译，第182页。

因而所有以之为据的正义也才会暴露出其偏执一端的实质。是故，无论个人主义还是集体主义，私有制还是公有制，右还是左，其实都属于路径性事物，而无论我们将其中的哪一种奉为神圣，实质上皆不过是将手段而非目的奉为神圣，如此一来，我们就根本无法从观念上解决彼此间的争执与冲突，并最终使力量对决的偶然性成为人类命运真正的决定因素，于是"残酷"或"无情"也就成为谁也无法消除的概念。因此，唯有将真正的目的——"忘我"——视作唯一不可否认的根据，将实现目的的手段视作可以变革的事物而非神圣不可侵犯的东西时，一种具有普遍性和绝对性的正义才有可能被创设出来，且免遭相对主义的风雨剥蚀。

承认而非否定其反抗对象之忘我欲求的合理性，进而将忘我认领为不因阶级而废的人类共同欲望，并以这一共同欲望之普遍实现为奋斗目标，此乃举义造反之弱者必须秉持的理论。只有这样，"弱者的反抗"才能拥有普遍的正义，并以此制定和创造其反抗的形式，划定其应有的界限。

四、人类的两种念想或两种恋情

人类抵达忘我的路径有千千万万，前面我们已经提及不少，至于衣食住行、消费、娱乐、劳作、审美、爱、性、睡眠等等，则更是时时刻刻围绕在我们左右。当然还有许多我们往往会三缄其口的路径，如暴力、受虐淫、吸毒、自残、疯病、自杀等等。但不管人以何种方式忘我，皆少不了一个根本的装置——他者化，即人将自我倾注于或者交付给种种他者的行动。而在他者化之中，物化和人化（他人化）则又是其最为普遍的形式。所谓物化，即人将自我贯注、消弭于物（包括文字、声音、影像等非实体之物在内）的行动；所谓人化，即人将自我贯注、消弭于一个个微观的人、群体或一个宏观的社会共同体的行动。

如果说，是忘我揭示出人类世界目的之普遍同一性的话，那么，物化和人化则显现出人类实现目的之形式的普遍同一性。而正是因为有目的和实现目的之形式的普遍同一性存在，正义的开启与铺陈才成为可能。

只有在揭示人类忘我的欲念及其两种基本形式——物化和人化的途中，我们才能彻底揭示人类的两种基本恋情——恋物与恋人的根源。并且，"资源"和"占有"的概念也由此凸显。人类社会的所谓资源，其实就两种——物化资源和人化资源；而对这两种资源的占有，如生产、分配、交换、消费，以及相应而生的社会关系配置等问题，则构成了我们日常生活的地平线。但"忘我"，却总被埋在地层深处。[1]

---

[1] 弗洛伊德有言："死亡本能的本性是缄默的……"见《弗洛伊德后期著作选》，第 196 页。

五、什么是社会主义"更具独创性的好的生活方式"?

人化又可细分为两种——微观人化和宏观人化。所谓微观人化，即人将自我消弭于一个个具体的人或者小规模的社会群体，如倾慕、爱恋、结婚生子、与他人建立友谊，又如微观意义的虐待、欺凌、奴役、杀戮……所谓宏观人化，即人将自我消弭于一种社会形态或一种社会生产关系，比如资本主义的或者社会主义的。而无论是微观人化还是宏观人化，其总体形式又不外乎两种：等级化与平等化。

对平等化这一人化形式的强烈欲求以及相应的现实化尝试，乃社会主义的标志所在，而真正的平等必然要求全民主人化，因为奴隶与奴隶之间、臣民与臣民之间或者社会下层内部的平等绝非全民意义上的平等。"尽管，在许多地方，社会主义和资本主义的边界的确并非我们想象的那样清晰。但是，两者之间仍然有着根本的差别，差别之一正在于，社会主义的核心的政治理念是要将工农群众提升到国家主人的位置，并借助于这样一种'主人'的身份完成理想中的社会形态的建构。"[1] 但问题是：这样一种"主人"的身份或概念到底意味着什么？对此，我们可以经由查尔斯·泰勒阐释黑格尔时说过的一段话进入相关讨论：

---

[1] 蔡翔:《革命/叙述：中国社会主义文学—文化想象（1949—1966）》，第322页。

黑格尔的著作乃因企图融合浪漫主义时代的两种企望而兴起的：一是对彻底自律性的向往，另一是对人与自然之表现的统一和人在社会中之表现的统一的向往。然而这两种企望，以及企图融合它们的祈愿，在我们的文明中仍深具重要性。[1]

泰勒的这段话中，有两个词组可谓一同道出了"主人"概念最为深刻的内涵，它们就是——"彻底自律性"和"表现的统一"。如果我们再向前迈进一步，则会发现这两个词组的大义所指又凝缩在其中的两个词语身上——"自律"和"统一"。此处，还让我们暂且绕开哲学史和观念史的细密编织而直陈其事。所谓"自律"，即自我决断，自我操持；所谓"统一"，即自我与他人、社会及自然的无限契合。"自律"意味着，主人不仅仅是对社会和国家而言的主人，而且是有能力免遭天地万物（外自然）和生物遗传（内自然）控制或奴役的行为主体，意味着主体对一切他主性的扬弃或超克。"统一"意味着，主人身份绝非只为某个人或某些人所设，而是为所有人所设，即它在所有人中间具有普遍性，意味着自我与他人、社会和自然的相互调谐，而非彼此异化与屠戮。在此意义上，"主人"概念同"内在感、自由、

[1] ［加拿大］查尔斯·泰勒：《黑格尔与现代社会》，徐文瑞译，吉林出版集团有限责任公司，2009，第109页。

个性和被嵌入本性的存在"一样，乃十分执拗且深沉地传达出了人类一直都渴望获得的那种"在家的感觉"[1]。而它同社会主义的结合本质上依然是人类主体性的一种激情绽放，当然，社会主义之最终所欲，则是这一"在家的感觉"的普遍化。

不过，无论怎样强调主体对他者的超越性，只要"自律"最终落实为某种观念和现实，它就不再是无限反思意义的自我行动，而是成为我们前面所言之"忘我"的一个形式。至于"统一"则更是如此，因为它从一开始就预设了某种肯定性的精神栖止，而非否定与冲撞不休；预设了自我的全神贯注或纵身一跃，而非抽身其外的反观与怀疑。是故，社会主义的"主人"概念也仍然属于人类物化以忘我和人化以忘我的一种形式，属于人类忘我的形式的形式范畴。但是，作为一种理想与追求，社会主义的"主人"概念又是令人着迷的，因为它包藏了一种要将人类的忘我之旅提升到"激情"状态或"畅神"境界的野心，包藏了一种企图使人类抵达天下陶陶之理想境地的乌托邦冲动，进而传递出了人类在奔赴忘我途中能够保有的最大尊严与神圣气息。

一个真正的好概念必然会内置"现实化"这一根本要求，社会主义的"主人"概念要想释放出其最大的召唤力和竞争力，就必须在大众日常生活层面落实为一种"更具独创性的好的生

---

[1] ［加拿大］查尔斯·泰勒：《自我的根源：现代认同的形成》，韩震等译，译林出版社，2001，序言。

活方式"[1]。而这样一来，物化、微观人化和宏观人化三者之间的不断辩证就成为首要问题。

作为人类抵达忘我之境的最基本的形式之一，物化主要由三种推力所致：生物遗传、社会生产和社会遗传。生物遗传至少为人类带来两类物化欲望：一类是基本的生存需要，如衣、食、住、行、健康；一类是审美性、趣味性的需要，如耳贪好声，目贪好色，舌贪好味，身贪妙触。社会生产和社会遗传一方面是在不断传承、演变着生物遗传所导致的人类物化对象及其形式，一方面又在不断制造出新的物化对象及其形式，从而导致人类物化欲望的不断迁移和膨胀。与此同时，社会生产和社会遗传还不断地制造出人类物化对象的等级化区分与差异——如各种商品品牌的等级化，以及不断制造出为数众多的恋物狂，这两种情形所呈现的，则是人类物化行动的历史变态。

如果说生物遗传所导致的人类物化行动其根本对象始终是物的话，那么某些由社会生产和社会遗传所导致的人类物化行动，其根本对象实际上已经发生了极其隐秘的转移，比如说许多带有社会等级化差异的物化行动，其根本对象已经不再是物，而是人，换句话说，这样的物化行动实质上已经不再是物化行动，而是人化行动。冯小刚导演的电影《大腕》里有这么一句

---

[1] 此处借用的是尤卡·格罗瑙在其著作《趣味社会学》里所使用的一个短语，但内涵不尽相同。见［芬兰］尤卡·格罗瑙：《趣味社会学》，向建华译，南京大学出版社，2002，第63页。

台词——"不求最好，但求最贵"，离真相可谓只有半尺之遥。在这种带有社会等级化差异的物化行动中，"人们从来不消费物本身（使用价值）——人们总是把物（从最广义的角度）用来当作能够突出自己的符号，或让自己加入被视为理想的团体，或参考一个地位更高的团体来摆脱本团体。……这种法定的区分过程是一种基本的社会过程，每个人都是通过它注册于社会的。"[1]经由波德里亚对"消费社会"的这一精辟见解，我们可以彻底揪住此类物化行动的人化实质：当自我的真正贯注对象为单个个人或小型社会群体时，此物化行动实际为微观人化行动；而当自我的真正贯注对象为某个社会阶级乃至整个社会生产关系时，则此物化行动实际为宏观人化行动。

对于人类而言，世界不外乎由两种最基本的元素构成：一种是物（包括抽象的物），一种是人。而人的自我意识——更准确地说是人的反思——是在什么情况下出现和持续存在的呢？是在所谓自我同物和他人所构成的世界有了裂缝或者发生断裂的时候，亦即人无法成功忘我的时候。如果我们将物和他人并称为他者，那么"主人"的概念恰恰是自我与他者发生断裂时的一个产物，断裂之后的自我并不能从此拒绝和放弃其对生命无我境地的无穷渴念，但这个自我试图从此将忘我的主权牢牢攥在自己手中，比如将自己贯注和消弭于什么物、什么人，具

---

[1] ［法］波德里亚：《消费社会》，刘成富、全志钢译，南京大学出版社，2006，第34页。

体又以何种方式进行，等等，这些从此不再是听凭自然或他人说了算，而是自己说了算。然而，无论自我在奔赴忘我的途中为自己赢得了多大程度的主权，其非自主性还是显而易见的。首先，忘我的原始冲动非由自主；其次，物化和人化这两条忘我的路径无从更改。如此可见，无论是物还是人，皆对所谓自我有着天然的重要性，此重要性并不因"主人"概念的出场而发生多大更改。

因此，物化和微观人化构成了人类日常生活最直接、最基本的内容，而宏观人化则是人类在日常生活中永难休歇的深沉渴望与热念。人不仅要同单个人"谈恋爱"，人还要同其所归属的整个阶级乃至整个社会"谈恋爱"。然而，物化和微观人化的不平等历史地造成了整个人类社会的等级化，反过来，人类社会的等级化则又使得宏观人化的形式也发生了相应裂变，即由原始族群内部的简单平等式（一种人类学想象）裂变为各种等级化和重新平等化两大类。社会主义的日常生活要想成就一种"更具独创性的好的生活方式"，就必须在人的物化、微观人化和宏观人化三个层面尽可能多地朝向和实现平等化，并在三者之间形成一种良性的互动机制和总体性配置，即建立起一种更具独创性的好的物化体系和人化体系。

在物化层面，首先是全民的基本生存需要必须得到普遍满足，即贫穷必须被彻底根除；同时，在满足审美性、趣味性需要的维度上避免垄断的发生。只有消灭贫穷，才能保证全民至少在物化底线上拥有平等；而只有祛除垄断，社会中下层民众才有可能对平等抱有更大的希望和信念。

前面我们已经说过，物化的等级化便意味着宏观人化的等级化，因此，社会主义的好的生活方式必然要求全民在物化层面的平等化。然而在人类社会的物质生产力尚未实现科幻式的非凡爆发之前，生产就意味着匮乏——一方面，生产固然是在消除旧有的匮乏，但是另一方面，生产也在制造新的匮乏，因为正是生产源源不断地为人类带来了无数新的物欲对象，就此而论，生产实际上是在消除不平等的同时制造着新的不平等。尽管如此，在扩大生产以求普遍满足全民基本生存需要的道路上，只要相关生产并不从属于和服务于特权和垄断，那么这种人为生产出来的不平等就不应当成为我们一味回避或禁绝的对象。

而在扩大生产以满足人们审美性、趣味性物质需要时，由生产而来的不平等和社会分化则必须得到严苛的、反复的辨析与讨论。人类的审美性、趣味性物质需要不外乎冲着两种目标挺进：一种是物化纵欲，以求极度畅快地忘我；一种是物化等级化，以求微观人化或宏观人化之畅快性，但终究也不过是要求更加畅快地忘我罢了。

在讨论这第一种情况（即物化纵欲）时，我们必须正视人类此种纵欲行为的合理性，比如我们必须得正视《千万不要忘记》中丁少纯对"毛料子"的强烈欲念，正视其对"好衣裳"这一物化对象本身的热切渴望——这一渴望并不能因"祖国的明天"和"世界革命"而被强行压抑或者干脆取消。除非,普天下的丁少纯们都能像季友良那样,或者像雷锋那样,完全从宏观人化和微观人化行动中实现其忘我的欲望,从而将全部的身心都投入和沉浸到为"全中国和全世界的人民"的幸福而努力奋斗中去,然而,就算作为个体存在的雷锋并非虚构,"六亿神州尽尧舜"的想象还是显得过于梦幻。一旦丁少纯们不能像雷锋那样完全通过人化行动抵达忘我之境,而是始终无法摆脱物化以忘我的热念,则其对"毛料子"的要求就应当得到观念上的肯定和必要的满足。否则,革命就无法剔除自身的压抑性质,而压抑性的革命在日常生活领域并不具备真正持久的召唤性和动员力量。问题是,物化纵欲常常要求个人对物化资源的独自占有与享用,而某种节日式的全民物化狂欢实属例外,因此,物化纵欲很容易导致私有化的发生,于是,能够包容多大程度的私有化和私人性也终将成为一个"更具独创性的好的"社会主义日常生活体系必须处理到位的关键问题。我们知道,禁欲绝不具有什么历史"独创性",也无法让广大民众为之叫"好",真正的革命与建设在其根本上恰恰是纵欲的而非禁欲的。只不过,无论是国家还是个人,都得为自己的纵欲找到一个形式,一整套的形式。比如在物化纵欲问题上,个人必要的纵欲冲动必须予以满足,但一个人或一个阶级的私有化纵欲当以其不构成对物化资源的垄断为界,以不过量侵占公共物化资源为界。一个社会主义国家,或者说一个社会主义社会,应当在契合其物质总体富裕程度的前提下，尽可能地节制其对某些物化纵欲对象（如奢侈品）的人为生产与引进，因为在许多时候，人类之不能忘我恰恰不是自发的，而是被社会生产出来的，所谓"先有无限可欲，乃有无限之欲"，讲的就是这个道理。事实上，物化纵欲并不一定需要无限多的对象，纵欲于无限多的物化对象——如人们常说的物欲横流只不过是人类社会的一种变态而已，绝非原始天然。

在讨论这第二种情况（即物化等级化）时，我们必须牢牢揪住此类审美性、趣味性物化行动的人化实质。还以《千万不要忘记》中丁少纯对"毛料子"的强烈欲念为例，除了对"好衣裳"的物质属性心存热念之外，丁少纯还对其身份标识功能十分在意。"毛料子"的直接功能在于，它能让丁少纯与想象中的二姐夫（一个留过洋的大工程师）在穿着上相匹配，而这个穿着上相匹配的功能则在于，它能让丁少纯在想象中获得一种他与二姐夫的社会同一性。因此在实质上，它所传递出的是丁少纯对当时的一个中产者（二姐夫）或中产阶层（二姐夫所属的社会阶层）的热切欲望，属于微观人化或宏观人化的欲望范畴。在我看来，丁少纯要么是想通过"好衣裳"而与二姐夫及其所属的社会阶层建立更多、更亲密的关联，要么是想通过对"好衣裳"所代表的一整套物的追求而"注册"于二姐夫所属的社会阶层，成为其中一员。不过，无论哪一种，是建立关联还是加入其中，其所涉及的物的区分与同一化努力都应当被嵌入人与人之间的等级化或平等化这个更大的脉络中加以讨论。

如果一个社会里人与人之间的关系是朝向等级化的，并且优势阶级或阶层皆希望以等级化作为其宏观人化和微观人化的形式，那么这些优势阶级或阶层就会想方设法地保持乃至扩大其同弱势阶级或阶层的各种差别，其中，人为地保持或不断造成其同弱势阶级或阶层的物化差别以及相应的等级化，则是一个十分便利且有效的途径。如果被嵌入这条脉络，则丁少纯们对"毛料子"的追求势必会成为一个无涯之旅，因为更新、更高档、被人为赋予更多审美性或趣味性内涵的物会被优势阶级或阶层源源不断地催生出来，从而形成一个爆发在等级化大文本当中的物的黑洞，以及人化与物化之间的无穷变态。而如果一个社会里人与人之间的关系是朝向平等化的，则其优势阶层与弱势阶层在审美性、趣味性物化行动上的差距就只会是因为必要的物化纵欲所致，那么对这个必要的物化纵欲的满足也就会成为社会各阶层物化行动的"知止"之处，而不会酿成等级化社会中的那种无边无际、无休无止的变态之旅。易言之，在真正的朝向平等化的社会里，人们的审美性、趣味性物化行动更容易被持存与呵护在一种自然而然的淳朴性当中，从而避免奔赴那种人为的恶性循环模式。当然前面我们也提到过，在人类社会的生产力尚未抵达极度发达的程度时，适当地节制某些物化纵欲对象的人为生产也是必要的，否则，人们对平等化的朝向及其物化的淳朴性就很容易遭到破坏。

但是最要紧的，还在于我们刚才所讨论的这一物化等级化行为的人化实质问题，在其中，物并非最后的目的，最后的目的是人。唯有明确这一点，我们才能在既保留审美性、趣味性物化行为的同时又超越它。保留，是说我们不能将中产阶层必要的、合理的物化纵欲行为妖魔化或空洞化。所谓妖魔化，如视之为资产阶级的腐化堕落，是走资本主义道路；所谓空洞化，如刻意回避其真实存在，并将社会主义内部的中产者虚构成邵永斌（二姐夫）出场时那样："他穿一身普通的蓝布制服，挽起裤腿，戴一顶布帽子，斜挎一只草绿色的帆布挎包，上面系着一条湿毛巾，胳膊上搭着雨衣，风尘仆仆，很像一个常出门的采购员。"这样的虚构实际上是将二姐夫所属的中产阶层在物化行动上的优势与畅快性给切除掉了，而中产阶层之所以区别于社会下层，无外乎两个维度：一是其物化的相对畅快性，一是其人化的相对畅快性。被切除了物化畅快性的中产阶层虽然可以被拔高和同质化，但他们同时也就遭遇了被阉割的危险。因此，对中产阶层的审美性、趣味性物化行为做一恰如其分的保留，可以让我们离真理更近。超越，是说我们能够清醒地意识到，丁少纯们企图通过物的同一性而抵达的，恰恰是人的统一性与亲和性。将二姐夫"装扮"成一个"采购员"的模样，这样的艺术虚构固然令人起疑和担心，但我们不能因此就轻易忽略掉的是，这一虚构的真正目的所在，恰恰是人与人之间、阶层与阶层之间的统一性与亲和性，而这岂不正是社会主义"主

102

人"概念的要义之一？再进一步说，这个令人起疑和担心的艺术虚构真正欲求的，乃一种朝向平等化的社会主义的人化体系，一种更具独创性的好的人化体系。

今天，比之1960年代，中国社会在物化资源总量上不可谓不富裕，然而在太多的中国人心中，今天的中国还很难算得上一个物质丰裕的国家，这太多的人当中，既有真正意义上的穷人，亦有无数在物质上并不贫穷的小资和中产者——他们仍然在不断抱怨自己物质上的匮乏。事实上，在一个全球性等级化的人化体系当中，这种中国当代小资或中产式的物质匮乏感是永远不可能消除的，因为在人类的日常生活也日益全球性等级化的大语境里面，无论是让自己"注册"于一个地位更高的社会阶层，还是让自己避免跌落到一个地位更低的社会阶层，都需要有更多的物质来铺排未来的道路。因此，只有创造出一个好的人化体系，才有可能真正赢得一个好的物化体系，即将人们对物的欲望操持与呵护在一种自然而然的淳朴性当中，而非绑架到一个无限变态的恶性循环当中。这也就意味着，只有富裕与平等的叠加，才有可能将人类的物化以忘我行动和人化以忘我行动操持在一种良性互动当中，进而也才有可能在一种好的人化体系和好的物化体系之叠加当中，创造出一种"更具有独创性的好的生活方式"。此可谓"建设"与"革命"的辩证法。

创造和维护一个好的人化体系实乃一个无比持久且浩瀚的工程，在此途中，由人类之物化行动而来的富裕问题固然直接而且紧要，然而最大的困难却很可能来自人类的微观人化层面，比如其中的审美性微观人化问题。作为审美性的对象，如果说诸多"尤物"（此处指好东西）的普世化似乎还可算是自然界本身即有，或者是人类社会能够借助强大的科技手段逐步实现的，那么，"美人"（此处不分男女）的普世化却既非自然本有，亦非高科技可为。现代医学中的整形术固然可以部分解决审美性微观人化资源的匮乏问题，却无法祛除人类审美性微观人化资源中的人为等级化及其相应制度——即对"美人"进行等级区分的社会制度。而我们知道，等级化与匮乏乃一对孪生兄弟，而且是一对命中注定要彼此恶性循环的孪生兄弟，如此一来，则人类终究难逃由等级化而来的审美的暴政。

单纯的生产或建设并不能创造普遍的平等，在生产与建设的同时，人类还须将革命叠加其上。例如人类要想打破后天的审美等级化，祛除审美的暴政，就必须发动一场无限持久且深刻的观念革命，一场审美领域的观念革命。但限于现有的认知能力，关于这场革命的讨论，以及关于深深扎在社会主义好的生活方式这一有机体之内的那根毒刺——劳动分工的讨论，我们将在更加合适的时候进行。无论将来相关讨论的结果怎样，都不会动摇我们今天对革命的界定与信仰——所谓革命，乃对好的人化体系与物化体系的伟大创造，其正义所指，便是人类之忘我欲望得以普遍实现。

而在我们不断革命的途中，忘我这一人类根本欲望实可谓一切绝望与希望的本源。在略微极端化一点的表述里面，忘我便如同死亡，一个人选择其忘我的形式便如同选择其死亡的形式。在这条路径上，很容易产生一种既激进又世俗的虚无主义观念形态，即认为反正都是死亡，又何必执善而行？与此同时，死亡本身所携带的巨大黑暗，如所谓自我对他者的冷漠与无视，如所谓主体对纵欲之外的其他事物的森然不顾，也会造成一种主体间的无从交往。如果说虚无主义会生产出有意识的冥顽不化的话，那么死亡本身所内置的巨大黑暗则会生产出无意识的冥顽不化，它使得"活人"与"活人"之间的交往或不交往就如同"死人"与"死人"之间的交往或不交往一样。在这样一种情形下，对于那些在人化以忘我层面选择了等级制的幽闭主体来说，平等化根本就是一种无须理会的人化形式。我们知道，跟"死人"理论是没有用的，而超克死亡的唯一办法，仍是死亡，这便是由人类之忘我欲望而来的最令人绝望和感到恐怖的地方，因为这种"非理论"的"死亡对死亡的超克"不会给人类留下丝毫自律的尊严，在这样的胜利中，正义的概念不会现身。

　　好在希望就矗立于绝望身旁，因为真正神圣不可侵犯的只是人类忘我的欲望，以及实现这一欲望的两种最基本的形式——物化和人化。正是因为有了目的及其形式的普遍同一，革命才拥有了正义。如果我们能够创造出一个好的人化体系与物化体系之叠加，并用正义的观念浸润世道人心，那么反抗着的"弱者"就不仅拥有力量，而且拥有思想。

泽部

审美的暴政

一、审美的蜜与毒

陈清扬的裸体美极了。

多少年后又一次翻看王小波的《黄金时代》才发现，以往无论作者、读者，都中了一种叫作审美的毒而不自反——非但不自反，简直是义无反顾。个中原因或许在于，此毒之于我们，犹如纳博科夫笔下的"洛丽塔"之于"亨伯特"，是令红尘颠倒的腰胯之火，是生命之光，是罪孽，是灵魂，它从来就渗透在创造者的字里行间，解构者的文本深处，反抗者的有意无意之中。近十多年来，"王小波门下走狗"众多，《黄金时代》也一度被称为"中国当代文坛最美的收获"，然而至今未见有谁提起，王小波对陈清扬之"美"的配置，既是解药，也是毒，且一直贯穿于作家本人所宣扬的"三大基本假设"之内。尽管在

"第二个假设"中，王小波尝作如是自白："我很喜欢女孩子，不管她漂亮不漂亮。"[1] 然而小说的实情却是：在《革命时期的爱情》里面，女主人公"X海鹰"虽然长相一般，身材却棒，而"姓颜色的大学生"则十足是一位美女，至于《寻找无双》里的"无双"（成长蜕变后的）和《红拂夜奔》里的"红拂"，也都是漂亮女子[2]。

　　如果单就异性审美这一片面的话题而论，我认为，王小波的《怀疑三部曲》可谓并无多少怀疑意识与批判精神。相比之下，《我的阴阳两界》倒是先锋得多，在这篇小说中，"王二"对"小孙"之"好"的重视实实在在地穿透了他对"小孙"之"美"的重视，而这恰恰是一个连《黄金时代》里的"伟大友谊"都未能彻底完成的壮举。在《我的阴阳两界》中，"审美"的旨趣不再像在别的小说中那样，总是拥有一种秘而不宣的霸权，而是让位于一种可名之为"审好"的叙事冲动和伦理需要。"我觉得她是好的，这世界上好的东西不多，我情愿为之牺牲性命。"这是一句与众不同的情话，"王二"这句情话的根本所在，可用另一个句子来挑明："唯一可能的解释就是我觉得她是自己人，她也觉得我是自己人。"所谓"自己人"，其根本就在于"李先生"所说的"我们"和"他们"的区别——"对无聊的问

[1] 王小波：《〈怀疑三部曲〉总序》，文化艺术出版社，2002。
[2] 这三部小说分别对应于王小波所作"三大基本假设"中的"性爱"、"智慧"和"有趣"之维。

题是否充耳不闻"。当然，"小孙"长得也不赖："她梳了个齐耳短发，长得白白净净，还是蛮漂亮的。"尽管如此，在《我的阴阳两界》的绝大部分文字中，"小孙"之"好"依然构成了她的首要特征，而"王二"对小孙之"好"的喜欢和渴望也似乎越出于他对小孙之"美"的喜欢和渴望之上。

令人遗憾的是，小说收尾之前，这种"审好"的强度却在不断减弱，并且最终，在一场未被言明的"美好之争"当中，王小波还是选择了一种既"美"又"好"的理想化叙事，即把"美"和"好"捆绑一处（二位一体），从而避开了在"美"和"好"的冲突间进行非此即彼的选择。在这个意义上，一些发表于1950年代的作品，如邓友梅的《在悬崖上》和宗璞的《红豆》等，反倒显得更加富有某种直面"惨淡"的味道，虽然它们各自所提供的解决之道也并不十分高妙。如今回头去看，《在悬崖上》等社会主义"爱情故事"留给我们的历史教训是：对于人类文明史上持存久远的"美好之争"，朝向社会主义革命总体性的压抑与升华非但未能彻底解决问题，反而最终成为审美性情欲在1980年代迅猛登台的直接动因之一。[1] 而1980年代以及1990年代留给我们的历史后果在于：许多时候，无论作者还是读者，大家都不得不去面对一个严酷的现实问题——种种与情

---

[1]　可参见蔡翔《革命/叙述：中国社会主义文学—文化想象（1949—1966）》（北京大学出版社，2010）第三章《青年、爱情、自然权利和性》中的相关讨论。

欲相关的审美冲动和种种社会资源分配体系一同生产出对每我们个人的细密编织，并建立起一种无比甜蜜而阴险的"审美的暴政"。毫无疑问，包括《黄金时代》在内的诸多王小波作品，也已然被嵌入到这一历史性的脉络之中。

姑娘姑娘　你漂亮漂亮

警察警察　你拿着手枪

你说要汽车　你说要洋房

我不能偷　也不能抢

我只有一张吱吱嘎嘎响的床

我骑着单车带你去看夕阳

我的舌头就是那美味佳肴任你品尝

我有一个新的故事要对你讲

孙悟空扔掉了金箍棒远渡重洋

沙和尚驾着船要把鱼打个精光

猪八戒回到了高老庄身边是按摩女郎

唐三藏咬着那方便面来到了大街上给人家看个吉祥

姑娘姑娘　你漂亮漂亮

警察警察　你拿着手枪

你说这个故事不是香肠

我知道这个夕阳也披不到你的身上

我不能偷　也不能抢

我不能偷　也不能抢

姑娘姑娘　你漂亮漂亮

警察警察　你拿着手枪

姑娘姑娘　姑娘姑娘

你钻进了汽车你住进了洋房

你抱着娃娃我还把你想

交个女朋友　还是养条狗

不用说，在对当前社会分配形式及其意识形态宣泄不满的意义上，何勇这首《姑娘漂亮》无疑是一首令人侧耳的抗拒者之歌；但是，在维护和传承审美之毒的维度上，《姑娘漂亮》却又是一首服从者之歌，因为它所迸发的不是反抗，而是一如继往的沉溺与失败。无论有意无意以及承认与否，在漫长的与情欲相关的审美道路上，众人似乎更愿意同中年叶芝逆向而行。

二、审美的失乐园

不知自何时起，审美这桩充满风险且浸透着人类社会等级制气息的事业，被所谓智识阶级大张旗鼓地擎举起来，并将其导入各级各类的教育体系当中四处播散，风气弥漫之深之远，从一本本我们打小诵读的语文课本中可见一斑。[1] 对此，广大文艺工作者似乎抱着一种天然的乐观态度，认定审美可使人向善、求好、得自由，是启蒙的利器，治病的良药。有论者甚至称：一个人如果不懂得审美，就是一个有缺陷的人；幼儿期是人的审美敏感期，审美教育也理应从娃娃抓起。对此，我常常感到疑虑，尤其是在与情欲相关的审美领域。

朋友 Z 君几年前曾跟我讲起他的宝贝儿子，说小家伙脸蛋长得很肉，肥嘟嘟的，有位邻家小姑娘，比 Z 君儿子大不了几个月，每回在小区里相遇，都会扑过来在弟弟脸蛋上"啃"上几口，可见小朋友皮肤之嫩之好，以及何等讨人喜爱。Z 君之乐，在于幸福的夸赞与回味，同时也是一说了之，无甚深意。然而这件趣闻却令我至今不能忘怀——我常常琢磨，对一个两三岁大的小女孩而言，Z 君儿子的幼嫩肌肤究竟意味着什么？哪一种快感才是她欲望的中心？

我也时常记起齐泽克讲过的一桩乐事。他说在他儿子很小的时候，有一次，父子俩一起经过一个报亭，亭子上贴着一张很大的海报，上面画了一个一丝不挂的美女，双腿跨在哈雷摩托车上。于是儿子喊道："快看，多棒啊！"然而他注意的并不是那个女人，而是哈雷摩托车！齐泽克讲起此事的本意是要交代

---

[1] 就我个人有限的阅读而言，在进入各种语文教材的众多作家当中，大概只有卡夫卡、鲁迅等极少数作家在其文学创作中对审美的等级制保留了一定程度的警惕。

114

1980年代斯洛文尼亚（属前南斯拉夫社会主义联邦）的时代境况，他调侃说，某些前社会主义国家的公民在社会主义的最后十年过得最好，除了拥有国家资助的食物、住房、工资、文化，人们还享受着可以抱怨政府的乐趣。"有三年时间，是绝对的自由自在，那时还没有现在这样的规章条例来管理赤裸裸的色情文化，当时到处都是报亭，它们都贴着非常具有色情味儿的海报。……那是我们的失乐园。"[1] 不过对于齐氏所讲的这桩乐事，我倒格外看重"儿子"对裸体美女的不敏感这一偶然枝杈出来的细节。与之对称的，自然是"父亲"对裸体美女的敏感，以及在成人世界，情欲和审美的诸多纠缠——情欲本就熬人，奈何又加审美。就"父亲"而言，色情文化的解禁一时间提供了某种情欲释放的渠道和审美的自由，但"父亲"也必须承受成人世界对另一种自由的失去，这就是"儿子"对性感女郎这一情欲审美对象的不敏感。那是一份独属于黄口小儿的灵肉自由，是冥顽未化者的"伊甸园"和"审美节日"。

然而黄口小儿终须长大，"伊甸园"也终将失去。《蜀山剑侠传》里的"苦孩儿"司徒平，本是铁了心求仙求道，不想造化弄人，硬是将他卷到紫玲谷去同秦紫玲、秦寒萼姊妹相会，秦氏姊妹乃天狐宝相夫人之女，"俱都生得秾纤合度，容光照人"，司徒平一见到这两位"云裳雾鬓，容华绝代"的少女，立

[1]《荒诞不经的顽童齐泽克》，杜然编译，《经济观察报》，2004年10月27日。

时惊为天人，"不知不觉间起了一种说不出来的情绪"。[1] 从此之后，一切看似前因注定，实则司徒平自投罗网，误了飞仙大业，最终只能与秦寒萼双宿双栖，永久滞留凡间。小说中，司徒平一出场就已经是少年郎，尽管他"平时人极端正，向来不曾爱过女色"，明眼人都知道，这只能算作一种涉险者的自我压抑与自我克制，绝非稚子天真式的浑然不觉。而在峨眉修仙人的观念里面，司徒平上演的这场与情欲相干的审美活动，无疑是一场要命的"劫"。但自古以来，那些飞蛾扑火、向劫而奔的人，每每不在少数，只是如司徒平这般运气的，倒是少数，难怪网上有读者会酸溜溜地将司徒平的"艳福"概括为"屌丝男逆袭白富美"。

我读研究生时，同宿舍有位理工男 S 君，人极幽默，学识也高，又有才情，并且勤劳，我们于是赠他一个雅号——"小蜜蜂"。每晚临睡前，"小蜜蜂"总要哼几句王菲的歌，其中我们听过遍数最多的是：

> 思念是一种很玄的东西
>
> 如影随形
>
> 无声又无息
>
> 出没在心底

---

[1] 还珠楼主:《蜀山剑侠传》第 78 回。

116

转眼吞没我在寂寞里

我无力抗拒

特别是夜里喔

想你到无法呼吸

恨不能立即朝你狂奔去

"小蜜蜂"也喜欢在下午四五点钟的学校操场上跑步，除了锻炼身体，他还希望能逢着一只美丽的"小天鹅"，一只独属于他的"小天鹅"。作为"小蜜蜂"的好哥们，我们几个都知道，这梦想同王菲的歌一起，扭成他心头蜜甜而忧伤的结。

倘若我们的追究就此打住，那么"小蜜蜂"的"小天鹅"之梦带给大家的，就是一抹简单、快乐的记忆，而司徒平虽然错过了修仙正道，本质上却可归于"两善择其一"而居的"幸福分配"范畴。不幸的是，在更为辽阔的现实之内，此种与情欲相关的审美之旅却常常会引为人生长久的苦痛与焦灼。其中颇为激进的呈现，除了何勇的《姑娘漂亮》，还可见于朱文的小说《我爱美元》——女友留给"我"的时间只是"廉价"的白天，而非作为"黄金时间"的夜晚；"我"能给"父亲"的，则是"廉价"的或者价位稍高一点的妓女。虽然"我"是多么渴望让自己，让"父亲"拥有一种阳光灿烂的"性"，问题是，对于无数的穷人而言，与此相干的审美教育所生产出来的幸福允诺多半只是镜花水月、空中楼阁。所谓审美自由，其所馈赠的往往不是欢乐，而是烦恼和苦难，跟其他所有的社会资源分配体系一样，人类审美资源的分配体系也塞满了形形色色的等级制。人们的审美行动既朝向幸福分配，也朝向苦恼分配或苦难分配，关键就看一个人在等级化的分配体系里面占据了什么样的位置了。

无论文本内外，我们都能看到，所谓的"美"和"审美"是如此广泛而深刻地镶嵌于社会等级制度之中——衣食品调、居住档次、出行方式、劳动分工与社会地位、阶层化的人口分布与空间区隔——人类的社会等级制是何等地乐于征用审美等级制这一人文装备，而审美等级制又是何等有效地巩固着社会等级制。尤为可怖的是，我们每个人都还在自己奋力追逐某些美或审美对象的同时，有意无意之间不停以自身为媒，欣欣然效力于某些美的特权及其意识形态的生产与传播：

> 如果你是长得好看的话，在公车地铁上睡着了，头靠在旁边人的肩上，旁边的人会一直陪着你直到醒来。你要是长得丑的话，头一旦靠在旁边的人肩上，他会立即拍醒你，并温馨提醒你保管好财物。[1]

以上这段文字之初衷，本不在宣扬"美"，而是善意地提

---

[1] 见网络流行文本《这样密集的负能量段子，看起来实在是太爽了！》，作者未详。

醒"丑"，然而无形之中，其对于"美"的特权，却是无条件的投降与服从，同时对"丑"造成变相的杀戮，因而看似悲情，终归无情。事实上，我们身边一直存在着各种各样或隐或显的杀伐行动，其传播渠道和范围有时十分广大，如知名膨化食品"薯愿"的电视与网络广告——几位美女吃着刚烤出的薯片，有说有笑，且大秀窈窕身姿，一脸满足之情。此时一位胖姑娘从旁边探出半个身子，羡慕地看着她们，满怀向往地说："我也要薯愿。"此广告问世已有数年，且几度推出新的版本，但无论怎样出新，里面那个被蓄意丑角化（甚至是卑贱化）的胖姑娘形象却无一例外地保留下来。迄今为止，只听说该产品因外包装宣称"100% 不含反式脂肪"而涉及虚假广告，相应公司已受到工商部门的处罚，却未见有任何媒体或个人从审美等级制及其所生产的社会压迫角度对该广告提出置疑。因此可想而知，只要这一广告多流传一天，其所携带的审美压迫与歧视就会多播种一天，而看过该广告视频的观众对所谓"不美"的自我意识或社会歧视就会多滋生一天。

三、社会主义的美好之争

我们的文学一直在生产、强化着美的特权，从"风""骚"传统到"四大名著"，从"五四"新文艺再到"后革命"叙事，莫不如是。在这个不停膜拜美且不断赋予美特权的文化历险中，

《卫风·硕人》《洛神赋》等无疑是典范之作，而《金瓶梅》《红楼梦》等则更是居功甚伟，至于《三国演义》《水浒传》《西游记》，也最多不过在英雄、好汉、取经人跟"美"（不分性别、物种、品类）之间下了几局暧昧不明的和棋。"已矣乎！吾未见好德如好色者也。"[1]孔夫子的慨叹千古流传，却于事无补。一路而下，在中国文艺的疆域之内，或许只有"延安时期"和"社会主义前30年"的创作取得过短暂而局部的"想象性"胜利——社会主义伦理意义上的"好"实现了对部分"美的特权"的反动与超越。其中代表，除了《我们夫妇之间》《红豆》《千万不要忘记》等文学作品，还有《上海姑娘》《五朵金花》等电影，以及诸多关于新中国的宣传画和新年画。

在萧也牧的小说《我们夫妇之间》中，知识分子出身的"我"一进北京城，就开始感到贫农出身的妻子的种种不美：

> 同样是灰布"列宁装"，旁的女同志们穿上了，就另一个样儿：八角帽往后脑瓜上一盖，额前露出蓬松的散发，腰带一束，走起路来两脚成一条直线，就显得那么洒脱而自然……而她呢，怕帽子被风吹掉似的，戴得毕恭毕正，帽沿直挨眉边，走在柏油马路上，还是像她早先爬山下坡的样子，两腿向里微弯，迈着八字步，一播一摆，土

---

[1] 见《论语·卫灵公第十五》或《论语·子罕第九》。

气十足……

在这短短的时间里边，她的狭隘、保守、固执……越来越明显，即使是她自己也知道错了，她也不认输！我对她的一切的规劝和批评，完全是耳边风……

如若放在今天，多数写作者可能要么觉得这是一个不可解决的难题，从而考虑制造一出惨剧，要么选择让女主人公成功实现由外而内的审美化改造，从而去生产一出喜剧，因为在今天通行的相关意识形态里面，人的外在美已然演化为一种宰制性的力量[1]。但是在 1949—1950 年，萧也牧的选择是让"我的妻"之内在美上升为第一性的东西，在小说最后我们看到：

我忽然发现她怎么变得那样美丽了呵！我不自觉地俯下脸去，吻着她的脸……仿佛回复到了我们过去初恋时的，那些幸福的时光。

在更加严格的意义上，我们有必要将此处的"内在美"这一依然属于美学范畴的词语置换为"好"这一更多朝向伦理学范畴的词语，并以此呼应前面所提到的一个重要命题——人类

---

[1] 人的内在美降格为外在美的附属，目的是为之服务、与之相配。

121

文明史上的"美好之争"。在 1950、1960 年代的"美学大讨论"中，姚文元的《照相馆里出美学》《论生活中的美与丑》[1] 诸文曾多次谈及这个我们名之为"好"的问题，但是对于他本人所描述的"清晨出来，一群红领巾笑着闹着从街上走过，精神焕发的青年人、老年人在公园里做早操、打拳，托儿所的阿姨满面笑容地迎接着妈妈和孩子，拿着《毛泽东选集》第四卷的工人、学生在出神地看着、沉思着"等形象，姚文元却仍旧用"劳动人民的美"和"共产主义的美学理想"来加以界定和统摄。在我看来，姚文元所表述的这些"美的形象"其根本所在乃是"美好之争"中的"好"，而不是"美"，也就是说，姚文元当时带入那场"美学大讨论"的，实际上已经不是美学与美学之争或审美与审美之争，而是"审美"与"审好"之争，是"美""好"之争，可惜姚文元本人对此并无概念上的自觉意识和把握。

此处所谓的"好"并不排斥美，但是能够超越美，它的最终指向是人类追求群体性自由和解放这一"更高的原则"——在这个"更高的原则"之内，"美而且好"自然最好，但如果美而不好，则宁愿舍美而取好。当然，对于生来就已遭受生物遗传和社会教化之双重制约与围困的众人而言，这个实在太难。但是"好"从来都是难的，何况是如此之"好"——这个"好"

---

[1] 见《美学问题讨论集》第四集（《文艺报》编辑部编，作家出版社，1959）和第六集（《新建设》编辑部编，作家出版社，1964）。

的源头不是客观实在，不是物质，而是精神，是个体或群体的自由意志；它的目标是社会正义的现实化和普遍化，是由个人的、群体的主观努力而创造的社会现实和"第二自然"。

今天有很多人会认为，那时无论是与此相关的文艺创作，还是政治宣传，所呈现的那种比"美"更大的"好"皆属"虚构"，而非"事实"，乃与人性的本然相悖，是终究无效的历史瞬间之物。对此，我们可以用海德格尔在1937—1938年冬季讲座中说过的一句话予以回应："保守，终将陷于历史的泥沼；只有革命的行动，才能达到历史的深度。革命并不是颠覆和破坏，而是一种起义，重新创造习俗，重新构造起源。因为源头并不属于开始，对起源的重构，决不是对更早出现的东西的拙劣模仿；重新创造的起源，完全是另外一个了。"我们还可以用蔡翔在讨论1949—1966年中国社会主义文学时的一句自白进行回应："我的考察目的更多的在于这一时段的文学究竟提供了哪些想象，包括这些想象构成的观念形态。实际上，我更在乎的，或者说我认为文学主要提供的，恰恰在于这样一些观念，这些观念既是理论的，也是情感的，而我们总是根据某种观念来塑造我们自己的日常生活——在这一意义上，文学总是'有用'的。"[1] 须知，人之所以为人，根本就在人能够对其"外

---

[1]　蔡翔:《事关未来的正义——"革命中国"及其相关的文学表述》,《上海文化》2010年第1期。

部自然"和"内部自然"进行反动与超越，[1]而许许多多的社会主义文艺作品留给当代世界的可贵遗产之一，正是它们对这一"反动与超越"的叙述和想象——这些叙述和想象皆"事关未来的正义"。

纵观人类缤纷万象的等级化制度，几乎全部安装着三个核心部件——权、钱、美。当此三种部件被众人用以维护旧有等级结构或生产新的等级结构之时，"权"往往表现得最残暴，"钱"则最荒淫，而"美"最阴险。因此，这个世界如果真的能够创造和生成一种社会主义的好的生活方式的话，那么它就不仅仅是一种成功祛除了"权"和"钱"的社会支配性的生活方式，而且是一种成功祛除了"美"的社会支配性的生活方式。不妙的是，中国"社会主义前30年"的历史实践本身却既未能在政治经济学的层面成功祛除"权"和"钱"的社会支配地位，亦未能在精神分析学的层面成功祛除"美"的社会支配地位。因此无论是从"革命时代"的现实化程度来看，还是从"后革命时代"话语竞争力来看，众多社会主义文学作品对于能够超越"美"的"好"的想象也的的确确是"失败"了——它们最终未能在社会主义的生活内部"重新创造习俗，重新构造起源"。

如果说，"社会主义前30年"在政治和经济层面虽然遭遇了种种失败，但经"文革"一役，它至少还在一定程度上勾起

---

[1] 我认为，这也正是人能够创造宗教而动物不能，人能够在其最幸福的时刻自杀而动物不能的原因所在。

了中国人对于"权力垄断"的抗争意识[1]，那么，在培养民众对"美的特权"的警惕和抗拒意识方面，却仍是收效甚微。追究起来，社会主义实践本身未能带给众人以普遍的"好"的生活无疑是极深的病根，无所栖居、无以销魂的"虚无"的人民从肉体到精神都更容易被"美"所召唤和吸引，关于这点，吴亮的《锦灰堆与蔷薇花》可谓提供了一个极佳案例：

> 回到那个阳光刺眼的下午，一九六七年二月下旬……就在那个下午，我已发现新大陆。在那墙角的垃圾堆中，我看到了一个叫胡蝶的女人，以及一个叫王人美的女人……这两个女人的美貌让我感到了心跳，简直不可思议，躺在锦灰堆里的女人……但只要翻开那堆肮脏的垃圾、发霉的杂志，这两个旧时女人依然光彩照人，呼之欲出，如夹在书中的蔷薇花瓣，它散发出幽香，她们似乎来自另一个国度。[2]

孔夫子所叹"吾未见好德如好色者也"之人性本然无疑也是重大因素，自有文明以来，人类对自身生物遗传的任何一种改写皆非一朝一夕之功。而从文学想象与叙述维度来看，当时许多作家所选择的某种共同的叙事路径也让人心生不满。例如，

---

[1] "钱"的问题暂且存而不论。
[2] 吴亮：《我的罗陀斯：上海七十年代》，人民文学出版社，2011，第171页。

在王蒙的小说《组织部新来的青年人》一开篇，作者就为男主人公林震安排了一位"漂亮"的女主角赵慧文：

> 三月，天空中纷洒着似雨似雪的东西。三轮车在区委会门口停住，一个年轻人跳下来。车夫看了看门口挂着的大牌子，客气地对乘客说："您到这儿来，我不收钱。"传达室的工人、复员荣军老吕微跛着脚走出，问明了那年轻人的来历后，连忙帮他搬下微湿的行李，又去把组织部的秘书赵慧文叫出来。赵慧文紧握着年轻人的两只手说："我们等你好久了。"这个叫林震的年轻人，在小学教师支部的时候就与赵慧文认识。她的苍白而美丽的脸上，两只大眼睛闪着友善亲切的光亮，只是下眼皮上有着因疲倦而现出来的青色。她带林震到男宿舍，把行李放好、解开，把湿了的毡子晾上，再铺被褥。在她料理这些事情的时候，常常撩一撩自己的头发，正像那些能干而漂亮的女同志们一样。

对于这种近于 1920—1930 年代中国左翼文学之"革命加恋爱"的叙事路径，我们在此可将之界定为"好而且美"的社会主义理想化叙事。共产党人也爱美，社会主义"新人"也爱美，这都没问题，有问题的是：导致人类文明史上的"美好之争"长久存在的原因恰恰就在于"好而且美"或"美而且好"[1]的资源极度匮乏，这一匮乏并不会随着哪一种新共同体想象和实践的绽放而有丝毫缓解，因此，它也注定是社会主义必须面对的超级难题。很显然，王蒙在创作《组织部新来的青年人》时，对此并未有什么明确的问题意识和艺术考量。[2]

再来看一处出现在曲波的《林海雪原》中的文本细节：

> 少剑波冒着越下越大的雪朵，走来这里，一进门，看见白茹正在酣睡，屋子暖暖的，白茹的脸是那样地红，闭阖着的眼缝下，睫毛显得格外长。……她那美丽的脸腮更加润细，偶尔吮一吮红红的小嘴唇，腮上的酒窝微动中更加美丽。她在睡中也是满面笑容，她睡得是那样的幸福和安静。两只净白如棉的细嫩的小脚伸在炕沿上。
>
> 少剑波的心忽地一热，马上退了出来，脑子里的思欲顿时被这个美丽的小女兵所占领。二十三岁的少剑波还是第一次这样细致地思索着一个女孩子，而且此刻他对她的思索是什么力量也打不断似的。

以上文字，里面尽管有"她在睡中也是满面笑容，她睡得是那样的幸福和安静"这样的句子在暗示"好"（革命伦理）的

---

[1] 不分性别、物种、品类。
[2] 多少年后，爱智如王小波者，也同样过于轻巧地避开了这一难题。

主导地位，但是像"两只净白如棉的细嫩的小脚伸在炕沿上"这样的描写却使"美"可以随时随刻逸出"好"的领土之外，进而形成某种自足性，而后面的"此刻他对她的思索是什么力量也打不断似的"心理描写，则更是对"美"的这种自足性的强化。倘若再说得粗暴些，任何一件作品，当它对"美好之争"这一难题的自觉意识未曾得到有效呈现之时，其对"美"的表现就很容易在无形间造成一种毋庸置疑的"美"的独立性，而其叙事者对"美"的倚重也就很可能变成一种对"美"的无意识的供奉。因此，就算这种"好而且美"的理想化叙事在客观上也是一种对于"美好之争"的解决方案，这一解决也是饱含风险。其唯一切实可贵之处，便是"美"的身边始终有个"好"在。

而当"美"越过"好"，越过善与恶的冲突，进而成为天然合法之物，乃至成为某种绝对目的，成为众人的宗教和神话之时，我们就在时间上皈依了 1980 年代。

猪尾焦虑与屠苏之死

——周晓枫《离歌》"阅读笔记"

零

弗洛伊德有一个十分幽奥的理论假设，早在他 1892 年写给友人的信中，就已显露端倪，然而直到 1920 年代，该假设才被正式码放在世人面前，但也从此在老弗洛伊德的著述中盘桓不去，它便是著名的"死亡本能"假说，即假设生命体内存在着一种让生命向着无生命状态复归的力量或冲动，这一力量或冲动既能越出所谓"快乐原则"的疆界，更能突破所谓"现实原则"的禁令，其终极目的，乃是让生命恢复无机物式的"平静"。对于这一"谜一般"的理论假设，笔者倾向于认同拉康的说法和做法，即将"死亡本能"假说视作弗洛伊德最具天才的发现之一，同时，又将其中的生物学意味悬置起来，而凸显其思想开启功能。譬如：老弗洛伊德的这一理论，其核心是生命的无机化冲动，而笔者可以借此追究的一件大事，便是人的精神的无机化冲动。

一

人常常会"独持偏见，一意孤行"，也常常会三心两意，戏花如蝶。人既可能死心塌地地跟现实同床共枕，也可能一辈子念念不忘欲与梦想成欢。有的人呵护信仰，有的人撕碎一切，等等，等等。所有这些，都是人在一瞬间、一时间乃至其一生所呈现的反思休歇和思想凝固，此种情形，笔者称之为人的精神的无机化。

人的精神无机化是人的另一种"死亡"，也是人的"销魂"之道，其中以欲求欢乐者居多，但也不限于此，诗人们说，"黯然"亦可，"远游"亦可。由是观之，则人世间到处都是"死者"，睁眼可见"亡魂"。

二

在各种"亡魂"中，笔者欣赏这样一些，他们或是命令自己"在自己身上克服他的时代，做到'不受时代的限制'"[1]，或是让自己陷入一种"最耗精力、而又几乎无望的造反"——即

---

[1] ［德］尼采:《瓦格纳事件·尼采反瓦格纳》，卫茂平译，华东师范大学出版社，2007，第13页。

"反对自己的狭隘和隋性"的斗争中，[1] 尽管他们有的最终逃向了病，有的则迅速沉入肉体的死亡，但在我眼中，他们一直是人类心灵史上的英雄。

现实生活中，笔者所见、所知极多的"亡魂"，是像周晓枫所作《离歌》中的屠苏这样，他们既不能克服自己和时代的丑恶，也不能克服自己和时代的颓废。在今天，对此类"死者"进行各种精神考古，实在大有必要，这不仅是因为他们在世界上为数众多，而且是因为他们很可能就是你我自己。

三

2015年1期的《十月》杂志卷首有言："本期始，将开设'思想者说'的新栏目，旨在召唤文学与当代思想对话的能力，记录当代人的思想境遇与情感结构。"2017年5月，周晓枫《离歌》发表，刊于《十月》"思想者说"一栏。在笔者看来，"思想者说"比非虚构或散文更准确、更具体地说明了《离歌》的文本样貌，《离歌》一文的紧要之处，便是文中之"我"对屠苏这位"双重"的死者进行了一次单方面的精神考古，笔者也正是将《离歌》作为一篇思想随笔来阅读的，而先不去管它是非虚构还是虚构，是散文还是小说。

---

[1] ［奥地利］卡夫卡口述、［捷克］雅诺施记录:《卡夫卡口述》，赵登荣译，上海三联书店，2009，第156页。

四

人的一生，其实是一条由数个乃至无数"亡魂"流转、接续而成的河流。早在六到十八个月大的"镜子阶段"，人就经历了一次重大的"亡魂"流转事件，[1]自此以后，我们混沌的心灵就从无所固执的无政府状态中越出，转而献祭于对某种"理想自我"和世界统一性的狂想与追逐。

《离歌》中，现在之"我"通过阅读小夜的博客而"追踪"到，十七岁时的屠苏曾将"未来的理想"定位为："要做官！"（《离歌·四十》）"我"因此被"尖锐地刺痛"，其实大可不必。在无数人的无意识深处，所谓官，便如同低级别的国王，或者国王的某种替代，因此在将人的内部世界与外部世界统一起来方面，他拥有比普通百姓更多的可能，如若放在史诗时代，他应该就是史诗中的主人公。在这个意义上，文本之内的"我"和屠苏其实是一样的，而在文本之外，我们和屠苏也常常是一样的。我们都曾有过甚或至今仍藏有类似的梦想，不能在人群中建国，我们就在沙上、纸上、屏幕上建立自己的王国。"我"和屠苏的"文学梦"，其根底也基本在此，包括"我"在文中追怀的80年代及其理想主义，其根底也基本在此。

---

[1] 可参见［法］拉康：《拉康选集》，褚孝泉译，上海三联书店，2001，第89—96页。亦可参见李新雨所译拉康：《镜子阶段作为我们在精神分析经验中揭示出来的"我"的功能之构成者》，载于"豆瓣"网页：https://www.douban.com/note/507902381/。

就其欲望满足的情形而言，屠苏最接近此种销魂的时刻，大概是他高考一飞冲天的时刻——农家贫苦子弟，以地区状元身份考取北京大学，受万人仰慕，在那一瞬间，屠苏完全可以将自己想象成有关创造历史的史诗的主人公。

后来的屠苏，一直想要"重建"这一"原初的满足情境"[1]，或者说重抵这样一种精神上的美妙的"死亡"境地。然而在他厕身其间的现实语境中——被文中之"我"命名为"体制绞肉机"（《离歌·四十》），那种高考式的"简洁的公正"（《离歌·三一》）不见了，在"严酷的真实"面前，屠苏显然缺乏真刀真枪创造历史的巨大能量，辗转反侧之间，他选择倒向对道德和伦理的撕毁，于是由此而来的数次"重建"，也就倒向了丑，倒向恶。

五

精神的转折与更迭已然发生，究其本质，乃又一次"亡魂"的飘移，并且前后内里相通——一个人坚持理想和倒向现实之间，往往只有一墙之隔，而贯通于墙下的，是他不由自主地想要销魂的欲望，或者说是他在精神上想要摆平自己，进而"静止"下来（"无机化"、"死亡"）的欲望。不过，对于这个叫作

---

[1] 弗洛伊德语。见［奥地利］弗洛伊德:《梦的解析》，高申春译，中华书局，2013，第472页。

屠苏的"亡魂"来说，无论是坚持理想还是倒向现实，里面都不存在尼采或卡夫卡所为的自己反对自己的"造反"行动，因此尽管同为"亡魂"，此"亡魂"却非彼"亡魂"的同道。

屠苏倒向现实后的苦恼在于，在某些分外幽暗的具体处境中，比如在"体制绞肉机"中，丑恶也需要资本，比如关系，比如金钱，比如一个人既不把别人当人也不把自己当人的钻营与投机本领，等等，这些屠苏基本乌有，因此，在其个人的"机关时代"，屠苏成了一个长期的失败者。

> 在鼓城中学一动不动站了几分钟，我恍然明白屠苏的处境。他从最苦的农村来到鼓城，从血肉相搏的鼓城中学考上北大，再从北大到机关工作，层层晋级……背后是家乡人的羡慕和惊叹，对他们来说，这是美妙而狂喜的成功；然而对于不断置身新环境的屠苏来说，是他一次又一次，把自己重新放到最底端的位置、最惨痛的角色里。从鸡头变凤尾，从零开始，在崭新的底层从头再来。每一寸向上的光荣，都是由更低一些、更深一些的黑暗换来的。如同屠爸爸乐于示人的合影，看似辉煌，可屠苏永远占据可有可无的边角。屠苏向陡峭而凛冽的高处，攀援。没有援手，只有黑暗和内心里，呼啸的风声。(《离歌·三一》)

六

有一个问题：屠苏赴京后所处的位置，是"凤尾"吗？

自古以来，人们对凤凰的想象数不胜数，郭沫若的《凤凰涅槃》一诗，更将国外的不死鸟（Phoenix）传说融汇进来，从而使浴火重生的凤凰成为新世界或理想的共同体的象征。抽象而论，在一个理想的共同体之内，或者说在一种朝向正义、良善、美好的社会总体性之内，每一位共同体成员都该有其不可替代也不容忽视的价值所在，都该享有其应享的财富和自由，受到应受的承认和尊重，任何个人都应该作为全社会的中心（平等化），就仿佛亿万条溪流"相造乎道"，反过来说，任何个人都不应该成为全社会的中心（反等级化），即不应该成为那少数的国王或主人，换而言之，共同体的所有史诗，其主人公只应是无数个人的联合体，即共同体本身，同时，每个个人又能感同身受，将自己认同为主人公中的一员……如此，那么一个常年居于凤尾的人，内心会是怎样？

七

屠苏所在的共同体显然不是我们想象的凤凰式。"毕业屠苏留在北京。不算如意。文笔出色的屠苏本来分配给某位领导当秘书，没想到，最终被才华略输但更有背景的同学代替。为了留京，慌不择路的屠苏流落到工厂，在蒸汽、齿轮和噪声中写材料、写报告、写领导讲话稿。"（《离歌·十四》）即便一飞冲天时刻的少年屠苏曾经有过对凤凰式共同体的想象与期待，可当他真正从校园下山时，社会给他的这一刀，已足以葬送其所有的想象。更何况之后又是："作为薪资微薄的小公务员，在北京的汪洋中，他只是近于无限的分母之中微小的一个。北京是个黑洞，有多少明亮的起飞，就有更多的陷落和葬送；每个成功者的励志故事背后，是一万个失败者的悲剧结局被掩埋。"（《离歌·十四》）

屠苏心中，很可能，他会觉得自己只是个猪尾。

八

文中之"我"分析说："屠苏私下非常羡慕得势者，又不甘心，他们明明技不如己。可屠苏不愿亲力亲为，他的提起和放下都不够彻底。就像他为自己的不得意寻找外在借口一样，屠苏寻找外在的援助——这种祈求，就像虚弱者祈求神明。一浪一浪地被推动，丧失定力的屠苏像被迫离开的海星，吃力挪动自己看似钙化的触角，寻找新的礁岩。位置还是不够好，他祈盼洋流把自己带到更为理想的位置。与明慧的婚姻不够好，喜欢的文学太冷门，落脚的单位太清贫，屈就的职位太低微……一介书生的屠苏，没想到书本之外的世界复杂得难以圆融应

对。"(《离歌·三九》)

这一灰暗进程中，屠苏的焦虑感必然会越来越重。但他的焦虑，绝非什么"凤尾焦虑"，而是"猪尾焦虑"，且此焦虑本身，已然显露出这个人可能躲向病甚至躲向死的征兆。到最后，除非是他杀，否则我们可以断定，是脑神经物质或别的身体物质的造反，将屠苏带入最为彻底的销魂和无机化状态。人在其根底上的不自主与不自由性质，可见一斑。

九

所谓"凤尾焦虑"中的"凤"，其实已经离我们所想象的理想共同体相去甚远，但既然称"凤"，至少应该有其较为可观的社会公正性，也应该有其较为可观的社会保障和补偿体系，及其精神氛围，所谓世道人心，尚善存焉。如此，则"凤尾焦虑"当属于一种程度较轻的焦虑，其中一个关键，有此焦虑之人心中会有个"服"字，用在屠苏身上，他心中存有的当是"技不如人"之感，而非"他们明明技不如己"之感。当然，一个中年人能不能"正常一点"地拥有一套可供栖居的房子，也很关键，在"凤"式共同体中，岂能出现如下情况：

环顾亡友的家，我暗暗感慨。屠苏年近半百，来北京三十年头，和同龄人相比，居住条件欠佳。单位的周转房，合住，屠苏的使用权只限于两室之一。好在另外那屋主人住到岳父岳母家，屠苏这才享有基础的隐私。家里布置堪称简陋，像年轻北漂住的过渡房。桌椅是在夜市大排档常见的，桌子是可折叠的简易桌子，椅子是圆小、无靠背和扶手的简易塑料椅——我小心坐下去，姿态谨慎，怕坐翻摔在地上。(《离歌·八》)

而在"猪"[1]式共同体中，屠苏生前的焦虑必重。心里不服，且苦，再加上恼，加上恨。在此种共同体内，巨大的社会分化和人心分化无疑会不断催生各种"中心"对众多心灵的魅惑与专制——宏观的，微观的，权力的，财富的，消费的，娱乐的，军事的，文化的，等等。向往中心，必定会成为无数人的迷梦，不由自主地将自己乃至亲人的灵魂和血肉献祭于斯，也必定会成为一种流行的疯狂或社会神经症，且代代相传。当然一开始，大约人人都不会想象或承认自己只是祭品，大家至少希望有朝一日自己或家人能"翻身"。屠家一家，一度就被嵌入了这样一种命运。

与此相反，在"凤"式共同体内，应该会有许许多多迷人且能留人的"地方"、角落和边缘，这件事情也很重要。从《离歌》中我们可以隐约见出，这样的"地方"、角落和边缘在屠苏

---

[1] 只取其比喻意，非对猪这种动物本身的不敬。

所属的共同体中不多：

> 鼓城在宣传语中是座历史文化名胜，但到处，都是极
> 力掩盖却依然裸露出来的贫穷，从物质到精神都在没落。
> (《离歌·三十》)

十

屠苏在北京人中的位置，就如同他的房子在北京城的位
置：

> 屠苏家的位置，恰在贫富夹层里：一边是富丽堂皇的
> 新建筑，一边是散发排泄余臭的危旧房。自律且自傲的屠
> 苏，多么怕沦入后者之境，中年已无多少余勇和体能的屠
> 苏，即使只是背负小夜的包袱跃向前者，最终还是从裂隙
> 之间掉了下去。(《离歌·二七》)

可哀的是，屠苏的北大基因，似乎在任何层面都不曾耸立
于"体制绞肉机"对面，成为这位北大毕业生的有力支援，大
学及其化育力量对阵社会收编时的惨败，不言而喻。并且，"屠
苏同一宿舍的兄弟，竟然先后走了四个"(《离歌·十三》)。无
论他们各自的情况具体如何，这都是一个令人感到不安的现象，

除非，这只是一个莫大的巧合。

十一

小夜的出现，在刹那间肯定曾给屠苏带来了一线非比寻常的光亮。小夜是屠苏"有生以来第一个暗恋的姑娘"，"是他中学老师的女儿，她写诗，因此卓然不群"，但是这段暗恋"徒劳无功"，后来，"两人失散江湖"。（《离歌·四》）可以说，屠苏记忆中的小夜离他记忆中的那一"原初的满足情境"极近，因此，选择跟小夜在一起，应该包含了屠苏进行自我治疗和自我拯救的勇气与决心。不过很快，小夜这道光便熄灭了，现在的、真实的小夜不是精神上的革命者，因此不可能召唤屠苏去做"精神界之战士"，进而从这样一条"亡魂"之路拯救他，或者说创造他。小夜如今只是一个地地道道的服从者，对于屠苏，她所能给予最多的，是一种其真实性尚待考证的"仰望"，以及无须考证的"怂恿"。

文中之"我"认为此时的屠苏，"维系内心平衡和成就感的，只剩一个女人的歌唱。他是坐在小夜神坛上的男人。除此之外，他找不到一把舒适的座位"。然而，"这是一把杂技团的座椅，被一根危险的长竹竿抬升到高处。每把高高在上的椅子，下面都有支撑的基础，有人靠权力，有人靠财富，有人靠艳遇，有人靠亲情……支撑屠苏的，是小夜的仰望和倚仗"（《离歌·三二》)。

可是很显然，小夜并不足以使屠苏摆脱焦虑，屠苏需要另寻安魂之道。"年近半百"的屠苏选择在职读博，且读的是"教育学博士"(《离歌·十八》)，"企望重走金榜题名之路，这也是唯一的血路，尽管渺茫，至少尚有窄窄的缝隙……"(《离歌·三一》)而屠苏之死，就在读博期间。

屠苏究竟因何而死？也许是他自己绝望，放弃，也许是他的身体造反，强行替他做出选择，以此结束焦虑，结束苦恼。总而言之，"屠苏退到死亡的极夜里"(《离歌·四五》)。

十二

经由《离歌》，我们试图考古一条名为屠苏的"亡魂"之河。

笔者认为，除了《离歌》文末提到的"屠苏酒"，屠苏二字，还可解为杀苏——苏字为姓，抑或是名；杀为自杀，众人杀，我杀。所谓自杀，要么是屠苏自我厌弃，要么是屠苏厌弃世界，要么是他要跟二者同时撇个干净——由于在之前许久，屠苏就已经成为一个精神无机化了的"亡魂"，因此自杀，本质上仍归于"亡魂"的流动。所谓众人杀，是指社会、家人、同事、小夜、世道等等都跟屠苏之死脱不了干系，无论大家曾对他施以什么——期待，催逼，还是压迫。所谓我杀，则指文中

之"我"对屠苏的告别与清剿:"我所怀念的那个人,早已不是屠苏。"(《离歌·四六》)

十三

老实说,文中之"我"对屠苏的告别有些太过急切,尽管"我"也在不时地审视自己,比如坦承自己的"还击""像在被污染的河里,一条鱼指责另一条鱼","这是我们的相似、我们的残忍。"(《离歌·四六》)但是"我们"之间更大的相似,在于别处。

十七岁的屠苏和四十七岁的屠苏一样,所有人同十七岁的屠苏和四十七岁的屠苏一样,本质上都是"死者",都是"亡魂"。我们生命中最光辉的时刻,大概是我们用那朝向善的精神无机化去克服那朝向恶的精神无机化的时刻,多么希望,它们也有机会成为我们生命中最美好的时刻。而我们生命中最阴暗的时刻,大概是我们用那朝向恶的精神无机化去埋葬那朝向善的精神无机化的时刻。在这样的意义上,十七岁的屠苏和四十七岁的屠苏之间只有咫尺之遥,我们同十七岁的屠苏和四十七岁的屠苏之间也只有咫尺之遥。因此,屠苏并未远去,也很难清剿,屠苏就在我们身边,屠苏就在我们身上。

当然无论如何,屠苏已无法开口说话,而他在《离歌》中说的话语和留下的文字,还显得有些稀薄。因此,如果《离歌》

是非虚构之作，这便是一个很大的遗憾，可能的弥补，是作家去做更多的调查和访谈，比如去访谈屠苏更多的同事，访谈屠苏各个时期的同学和老师，等等。由此想到，卡波特创作《冷血》时的种种努力，着实令人佩服。

村部

常人世界及其活口

——《一地鸡毛》《一腔废话》《一句顶一万句》对照记

对于一些时时处于某种政治焦虑、文化焦虑的作者和读者来说，最具逼迫性的问题只有两个——未来世界的形式如何？主体为谁？所谓"世界的形式"，其根本在于人与物、人与人乃至人与神之间的关系形态；所谓"主体"，则终究要落实为一个个有着活生生的情感流淌和精神飘移的个人。前者，生成"世道"；后者，搭构"人心"。

多年以来，刘震云的小说创作一直在做的事情，便是对"世道人心"的反复勘探与呈现，而其小说世界的核心操持者——或者说其小说中的主人公们，则被作家长期锁定为非神非圣的常人。

或有论者称，刘震云笔下多是小人物，其实不尽然。《塔铺》里的农村大龄复读青年，《新兵连》里的入伍新兵，《单位》《一地鸡毛》里的小公务员，《我叫刘跃进》里的刘跃进，

147

《一句顶一万句》里的杨百顺和牛爱国，等等，这些固然都是中国社会中的小人物，但除此之外，刘震云小说中还有许多主人公是社会上的大人物，比如《故乡相处流传》里的曹成和袁哨，在历史上一个当过丞相，一个当过主公，《故乡面和花朵》里的孬舅则是"世界恢复礼义与廉耻委员会的秘书长"，属于国际政要，还有小麻子是大资本家，瞎鹿是影帝，冯·大美眼、呵丝·温布林、巴尔·巴巴、卡尔·莫勒丽等则都是世界级的明星，《一腔废话》里的老杜、老蒋等，也都是实权派。《手机》里的严守一和费墨虽非大富大贵之人，却也属于当代中国的中产者和精英人士，而非社会下层的小人物。另外，当有记者问到："你笔下有很多的小人物，没有打算写一些大人物吗？"刘震云尝作如是答："人物大小要辩证来看，因为社会标准和生活标准不同。比如《一地鸡毛》中的小林，他们家的豆腐馊了比八国首脑会议更重要，所以小林们的生活逻辑和价值标准与所谓的大人物是不同的。"[1] 综上种种，尽管刘震云笔下闻名者多是小人物，但小人物却非刘震云小说世界唯一的主人公和落脚点，更何况，作家本人并不认为这些小人物是"小人物"——在其各自的生活世界和生活逻辑中，他们同样也是"大人物"。这就意味着，人物大小之辩并不能解决我们最初提出的问题——"谁才是刘震云小说世界恒久的主人公？"

---

[1]《刘震云：小人物也有大事件》，《楚天都市报》2008 年 1 月 18 日 17 版。

好在，人物大小之辩虽不能直接解决问题，却可为我们牵连出一条很不错的思考路径。通过阅读刘震云的全部小说，我们发现这些作品里的主人公们无论小大，实际上都被作家施以一种常人化的处理，因而都属于非神非圣之辈。《塔铺》《新兵连》里的"我"和《单位》《一地鸡毛》的小林，以及《温故一九四二》里逃荒的河南灾民自不必说，《官场》《官人》里的各级官员和《新闻》里的各路记者，包括《温故一九四二》里的蒋委员长在内，也都各有各的毛病和小样，都跟"给世人以指引"的神或"止于至善"的圣实在相去甚远，也跟那些始终将他人的幸福作为自己幸福前提的圣徒相去甚远。在刘震云的小说世界，神或圣以及圣徒的形象本来就十分罕见，且一旦出现，也往往会被作家"发配"到小说的"附录"或"插页"里面，从而成为一个在场的缺席者，比如《故乡面和花朵》里的"姥娘"。[1] 又比如在《一句顶一万句》里面，主人公杨百顺数来数去，发现在他交往过的人当中，也就老詹"算个忠厚人"，"虽然不会传教，但也从来不害人"，[2] 而且老詹几十年如一日地在延津传教，虽历经挫折与失败却至死不渝，还真有点超凡入

---

[1] 只能出现在小说"插页"而非正文中的"姥娘"有这么几个特征：第一，过于善待这个世界；第二，从来没有给世界制造过任何麻烦；第三，在世界的大棋局旁边，"姥娘"习惯于问："谁输了？"；第四，姥娘有三个习惯性的表情：灿烂的笑、当别人说得对的时候频频点头、当她觉得世界出了问题和有一个人在拼命地诉说自己而在精神上已经在剥削和压迫别人的时候，她总是将脸扭到一边一言不发；第六，一生苦难，却又对这个世界始终有所惦念；第七，"姥娘"屋里和心里的灯永远向世界点亮着。

[2] 刘震云：《一句顶一万句》，长江文艺出版社，2009，第144页。

圣的意思，可问题是，"从来不害人"的老詹却是个意大利人，是个天主教神父，他虽然在河南延津生活了五十来年，但其精神根底恰恰在中国的文化系统之外。对于从不跟神对话且不知信仰为何物的延津人来说，老詹的存在简直无足轻重，众人从来不把老詹的信仰与传教当回事，同时也就不把老詹这个人当回事。

在刘震云笔下，非神非圣的常人构成了历史与现实最持久的担当者、承受者和挟持者。换句话说，常人构成了刘震云小说世界最为普遍的主体和最大的势力。也正因为如此，小说家刘震云对世界的悲观与乐观、绝望与希望，皆自常人出。此可谓常人死，则世界死；常人活，则世界活；常人得救，则世界得救。

一、无名小林被现实"砍了头"

《一地鸡毛》中的小林是刘震云笔下著名人物，不过著名的小林也只是个有姓无名的人，小林之"小"跟阿Q之"阿"颇为神似，其所呈现的，乃一种极其广大、日常、弱势的常人化存在，小林与阿Q最大的不同是阿Q最终稀里糊涂地被莫名砍了头，小林则选择了对现实生活死心塌地的归顺。但对于自我而言，这两种不同的人生走向所呈现的又都是同一种生命的折断，都是生命自主性的破碎或缺失。特别是在小林身上，日常生活的难度与阴险可谓暴露无遗，大学时代，小林也曾"发奋过，挑灯夜读过，有过一番宏伟的理想，单位的处长局长，社会上的大大小小机关，都不在眼里"，然而工作几年，经过种种日常操练与磨难，小林"很快淹没到黑鸦鸦的千篇一律千人一面的人群之中"。这个"淹没"不仅仅是小林与众人在日常生活方式层面的趋同，更是人的少年情志的拗断与丧失，比如生活热情和诗意的消散，比如对自由意志和自我主张的删除，比如对他人的爱与温情的阉割，等等。小林有个曾教过他五年的小学老师，姓杜，杜老师当时既教数学，又教语文，"一年冬天小林捣蛋，上自习跑出去玩冰，冰炸了，小林掉到了冰窟窿里。被救上来，老师也没吵他，还忙将湿衣裳给他脱下来，将自己的大棉袄给他披上"。因此对于杜老师，小林一直心存感念。十几年后，杜老师来北京看病，找到小林，小林却是有心无力，饭后送老师上了公交车，小林一个人往家走，感到身上沉重极了，"像有座山在身上背着，走不了几步，随时都有被压垮的危险"。在此，我们一定要提出一个问题：这份像座山一样的沉重对小林而言究竟意味着什么？首先，小林之所以感到沉重，是因为他对老师朴素的温情依然强烈，而愧疚感和无能感正在折磨着这个"小人物"的心，也就是说，在这一刻的小林身上，人与人之间朴素的温情还在发挥着一种正向的生产功能，生产着人对现实的不满，不满就意味着人对现实的改变和超越可能。但与此同时，这份沉重也构成了一种严酷的心理逼压，许多人正是因为受不了这个温情与不满之"重",才选择了忘却与自裁之"轻",尤其是当合情合理的解决之道根本无望之时。三个月后,小林在办公室收到一份信,是上次来北京看病的杜老师他儿子写的:"说自上次父亲在北京看了病,回来停了三个月,现已去世了;临去世前,曾嘱咐他给小林写封信,说上次到北京受到小林的招待,让代他表示感谢。"小林读完信,想起当时老师来看病,自己也没给找个医院,在家里也没让老师洗个脸,心里难受一天。不过这个"短暂"的伤心最终还是被更加现实的大白菜问题给取缔了,小林下班后"一坐上班车,想着家里的大白菜堆到一起有些发热,等他回去拆堆散热,就把老师的事给放到一边了。死的已经死了,再想也没有用,活着的还是先考虑大白菜为好"。其实最令人揪心的,还不是小林这一伤心的被取缔,而是伤心背后人对现实不满的被取缔,唯有人对现实的不满被取缔了,人才能完成其忘却和自裁的历史行动,小林接下来要做的事情恰恰就是这个:"小林又想,如果收拾完大白菜,老婆能用微波炉再给他烤点鸡,让他喝瓶啤酒,他就没有什么不满足的了。"[1]

在讨论人之所以为人的问题时,黑格尔有云:"人既是高贵的东西,同时又是完全卑微的东西。它包含着无限的东西和完全有限的东西的统一,以及一定界限和完全无界限的统一。人

---

[1] 以上引文分别见:《刘震云文集·一地鸡毛》,江苏文艺出版社,1996,第183、184、196、199、233页。

的高贵之处，就在于能保持这种矛盾。而这种矛盾是任何自然东西在自身中所没有的，也不是它所能忍受的。"[1] 说人是"有限"的，这从人的肉身性和社会性层面便可一目了然，但人和动物的不同之处在于，人同时又拥有一种能够从一切生物、社会的现实规定性中抽象出来和超拔出来的可能，这便是人的"无限"性，人的"无限"性意味着："我能摆脱一切东西，放弃一切目的，从一切东西中抽象出来。"黑格尔认为，尽管这是一种"否定的自由"，是片面的自由，但这种"片面性"始终包含着一个关于人的"本质的规定"，它是人兽之分的界碑所在，是我们身上弥足珍贵的东西，"所以不该把它抛弃"。[2] 然而《一地鸡毛》中的小林最终所为，恰恰跟黑格尔的提醒迥然相反，在小林身上，人的"无限"性遭遇了一次又一次的切割，而人的"有限"性（或者说现实规定性）则上升为绝对的主子。对师恩与温情的忘却，对伤心和不满的放弃，为查水表老头解决盖章问题，并最终坦然收受和享用作为贿赂的微波炉，给女儿所在幼儿园的老师送"炭火"，等等，这些都构成了小林匍匐在人的"有限"性之下的隐喻，同时也是小林成为各种宏观或微观权力之服从者、侍应者和再生产者的隐喻。关于这点，小说靠近收尾处的一句话可谓明证："小林老婆高兴地说，微波炉用

---

[1] ［德］黑格尔:《法哲学原理》，范扬、张企泰译，商务印书馆，1961，第35节补充部分。

[2] 同上，第5节补充部分。

处多，除了烤白薯，还可以烤蛋糕，烤馍片，烤鸡烤鸭。小林吃着白薯也很高兴，这时也得到一个启示，看来改变生活也不是没有可能，只要加入其中就行了。"[1] 可问题是，一个不再具有强烈的无能感和屈辱感的小林，一个不用再在"漆黑的夜里"扇自己耳光的小林，或者说一个从此奉行"只要加入其中就行"的小林，也恰恰是一个被现实"砍了头"的小林。

对于阿Q和祥林嫂等人的悲剧，人们往往习惯用鲁迅先生的"哀其不幸，怒其不争"进行品判。可是除去死亡这一等价交换物，阿Q和祥林嫂究竟拿什么去"争"？这是一道实实在在的大难题。同阿Q和祥林嫂一样，小林也只是个常人，并且也属于常人中的非强势群体，对于小林，我们无法寄望太多，尤其是不能把他事先神圣化，然后再按神圣的标准去要求他如何如何。让小林像史诗中的英雄一样去"改变世界"甚或像神一样去"创造世界"，显然有些不切实际，小林既没有那么多的可持续的力量，也没有那么大的可持续的心志。更加要命的是，围裹在小林四周的，恰恰又是一个由无数强势或弱势的常人编织而成的灰色世界，用韩寒的话说，"方圆几百公里内，连个现实的励志故事都没有"[2]，因此换了谁是小林，谁都难免对理想绝念。而一个人如果长时间找不到出口，就很容易会认同某种

[1] 《刘震云文集·一地鸡毛》，第230页。

[2] 韩寒：《青春》，见韩寒博客：http://blog.sina.com.cn/s/blog_4701280b0100iy7s. html。

流行的大众生存哲学——"如果你改变不了这个世界，就让这个世界改变你"。也正是在这个意义上，刘震云的《一地鸡毛》是在有意无意间以一种十分阴郁的方式提出了一个事关当代政治和未来正义的命题——要改写小林，先改变世界。[1]

二、无可救赎之众

从《新兵连》《单位》《官场》《官人》和《一地鸡毛》而来，再加上《故乡天下黄花》和《故乡相处流传》，刘震云笔下的常人以及由常人编织而成的世界可谓越来越混沌冥顽，越来越莫名无解，而这种混沌冥顽与莫名无解之集大成者，便是作家历时八年创作完成并于1998年出版的长篇小说《故乡面和花朵》[2]。在《故乡面和花朵》中，众生无论高低贵贱，全都被作家给常人化了，所谓"故乡"则被处理成一个横跨五洲、纵贯古今的常人世界，在此世界之内，时间与空间不再对人类构成任何阻绝和威胁，"故乡"以前所未有的敞开姿态怀揽了无数在时间中出生入死和在历史上蹿下跳的人们，并任由他们在这里跌打、翻滚、踢腾、胡闹。在此常人世界，生命得不到任何终极性的价值或意义许诺，"自渎"成为活着最后的目的和理由，

[1] 或者还可以这么说——要改写自我，先改变他者。另外，"世道"不仅包括社会制度建设，还包括如汪洋大海般的群众习俗和社会惯例。

[2] 可参见姜广平：《胡思乱想·胡说八道·冷幽默——与刘震云对话》，收于《经过与穿越——与当代著名作家对话》，广西师范大学出版社，2004。

而活着的过程不过是众生进行控制与被控制、消费与被消费的过程。[1]《故乡面和花朵》之后，也许是认知世界和摆放世界的写作惯性使然，或者是想将人类臣服于"有限"性的生存情态开掘到底，在2001年第5期的《大家》杂志上，刘震云又发表了一部新的长篇小说《一腔废话》，并于次年初由中国工人出版社出版发行，通过《一腔废话》，刘震云将自己已然呈现在《故乡面和花朵》中的某些思想或情绪发挥到了极致。

在《一地鸡毛》中，小林最终被人的"有限"性和现实"砍了头"，从而将黑格尔所言之"人的高贵之处"（即人有保持和承受"无限"与"有限"之争的能力）丢进垃圾桶里，因此无论小林将来"混"得如何，以及他能否彻底实现其日常生活中的"快感大转移"，小说所包含的"受难"与"堕落"主题将始终存在。但正如我们前面所说，要想改写小林，先得改变世界，因为对于像小林这样的弱势常人而言，开启解救之"门"的钥匙并非揣在自己手里，而是揣在世界和他人手里，也就是说，要想探讨小林的"出口"问题，先得讨论小林所生活的这个世界以及他人的"出口"问题。可是经过《故乡面和花朵》这趟近200万言的艰苦跋涉，刘震云所能带给读者的却是"探讨"和"拯救"的失败，随后而至的《一腔废话》非但没能扭转败局，反倒将这一失败开掘得更加阴森可怖和令人绝望。

---

[1] 相关讨论可参见我的硕士论文《玩笑的深度及其限度——论刘震云之〈故乡面和花朵〉》，浙江大学，2001。

在《一腔废话》所构建的"常人世界"里，就连人类对拯救之道的"寻找"本身也成了十分可疑之事，因为"寻找"行动的发起者和组织者往往都是些阴谋家，而一次又一次的所谓"寻找"最终都现形为一个又一个的政治圈套和话语圈套，这些阴谋家发起"寻找"的真实目的并非启蒙大众，指引大众摆脱"疯傻"和苦难，而是要借此实现其统治"五十街西里"或者兜售"五十街西里"的欲望，比如老杜是想要人们继续"疯傻"下去和将这"疯傻"推广出去，好继续他的独裁统治，老蒋的目的则是要将"五十街西里"浓缩成一个微缩景观，以方便摆放到动物园里让人参观，而两百年之后重返"五十街西里"的老马则以救世主自居，他不但改头换面姓了叶，还宣称自己的生日是阳历十二月二十五号，他这次回来，是要将苦难深重的故人"带到那美好的寂静的乳白色和牛奶世界去开 Party 和过狂欢节"[1]，可真正的结局却是：老马通过"乳白色和牛奶世界"理论一步步地给众人洗了脑，并最终达到其对众人"敲骨吸髓"的目的。也就是说在刘震云的《一腔废话》中，所谓启蒙者、统治者和救世主等等，统统是些披裹着神圣旗帜的各色常人——老杜是屠户与强权的合体，老蒋是不知来历的皮包商与资本的合体，老马（也就是改姓后的老叶）是鞋匠与教主的合体，这些合体就跟睢景臣《哨遍·高祖还乡》中"刘三"与

---

[1] 刘震云:《一腔废话》，中国工人出版社，2002，第 251 页。

"汉高祖"的合体一样，皆未脱恶的本性和欲望，需要大家分外小心和仔细提防。可问题是，生活在"五十街西里"的众人却也总是一群目光短浅、没心没肺和不长记性的庸常之辈，为了获取一时之欢或蝇头小利，他们随时准备出卖别人和整个世界，包括出卖自己，简直是浑得离谱。他们一方面感到被统治、被压榨、被出卖的苦难，另一方面却又沉溺于自己和世界的"疯傻"，并且习惯于上演各种饮鸩止渴的历史剧目，他们"由疯傻到聋哑，由聋哑到缺少心魂，由缺少心魂到变成木头，由木头到糟木头，由糟木头到废物、垃圾和破烂，由废物、垃圾和破烂到猿猴，由猿猴到傻鸡，由傻鸡到苍蝇，由苍蝇到炭末"[1]一路奔来，并最终奔入一种既无休无止又无可救赎之境。如此一来，《一腔废话》也就明确回答了我们从《一地鸡毛》中挖掘出来的问题：小林的命运能否被改写？或者说，小林能否在常人世界得救？答案无疑是否定的，因为《一腔废话》告诉我们，小林所置身其中的常人世界本身就是一个无可救药亦无须拯救的世界。

在当代大陆作家群体中，刘震云属于那种一直在努力勘探人类生存真相和不断对世界进行"重新摆放"的顽固分子，关于这一点，作家曾借《故乡面和花朵》第四卷的叙事者"白石头"之口做过一次颇为明确的自白："活着还是死去，原谅还

[1] 刘震云:《一腔废话》，第329页。

是不原谅，什么时候来，是一个什么样的姿态，来的是万千种头绪中的哪一丝和哪一缕，你整天闷着头在缜密周详地考虑的就是这个。它占了你一生的绝大部分时间。你对世界的揣想和假设、你对世界的摆放和摇摆已经超过了你对世界和人生的度过。"[1]换句话说，在当代大陆文坛，刘震云是一位有着明显的"深度情结"的作家，对历史与现实进行根本性的深度认知和摆放，是作家自己留给自己的一份经年累月的作业。通过对《故乡面和花朵》与《一腔废话》这两部长篇的漫长写作，整个世界都被刘震云叙述为一个完全由凡俗之辈配置而成的巨大时空广场，或者说一片由无数常人漫漶而成的汪洋大海，这个世界既无从救赎，也无所谓救赎，此正如《故乡面和花朵》中的白石头所说："空心对着空心。这是一个中空的世界。"白石头还说："人已经成熟到吃人不吐骨头脸上还笑眯眯的程度。所有的人都开始一头扎到具体事物里永不回头和毕其一生。所有的人都那么自信和拿根针就当棒槌，可笑、固执和偏执地在世界上活了一天又一天。"[2]

一旦同这样一种历史和现实相遇，任何具体的个人或者个人的具体都将被碾得粉碎，从而难逃被同一化和扁平化的命运。因此在《故乡面和花朵》与《一腔废话》当中，表面上看似人物众多和人头攒动，实则只有某种常人之众和世界之大体，而

---

[1] 刘震云:《故乡面和花朵》，华艺出版社，1998，第1758页。
[2] 同上，第1680、1681页。

159

少有真正具体、特殊的个人或个体。对于刘震云而言，这未必完全是一件美妙的事情。一方面，它虽然暂且满足了作家对世界进行深度认知的叙事冲动，但另一方面，世界被盖棺定论的同时也被单一化和贫乏化了，从而成为作家对世界"一时"之"揣想和假设"的文学投影，而非包含了种种历史、现实与未来，包含了种种不可能与可能，包含了"有限"与"无限"的世界本身。更重要的是，世界的核心操持者——或者说核心主体，即常人，也就被作家单一化和贫乏化了。事实上，常人是阈，而非定值，譬如说，《一地鸡毛》中的小林只是常人，但常人却非只是小林，同样，《一腔废话》中无可救赎的"五十街西里"只是常人世界，但常人世界却非只是无可救赎的"五十街西里"。

三、"心倒是有，就是苦得很"：杨百顺的出走

在《故乡面和花朵》与《一腔废话》中，刘震云已然抵达了一个叙事的临界地带，因为当作家笔端众生皆被界定为一个个"空心"无赖，而世界则被界定为一个"中空的世界"之时，历史和现实在本质上就被终结了。这样一来，此后的刘震云要么寻求对自己的"深度"的反动，要么不断自我重复或者干脆停止写作，此外无方，而从《一腔废话》发表十年之后的今天去看，刘震云显然选择了前者。不过到目前为止，刘震云对自

己的反动乃一种微观反动，而非宏观反动，在推翻自己曾经对世界之大体所做的"揣想和假设"层面，刘震云似乎还没有寻找到足够的力量和信心。于是，他选择了从具体的个人层面下手，更为关键的是，其小说的叙事支点也从《故乡面和花朵》与《一腔废话》中的"世界之大体"转入了未知其可与不可的"个人之具体"，而2003年出版的《手机》和2007年出版的《我叫刘跃进》可谓作家在其摇摆状态与过渡时期向读者们交出的半成品作业，里面的主人公严守一也好，刘跃进也好，在心魂上皆属于一种"准无赖"或"半无赖"状态，对人对世界依然"浑"得很，因此都还无法真正承担或呈现刘震云在临界之后的自我反动。真正的反动是在2009年发表和出版的长篇小说《一句顶一万句》里出现的，在《一句顶一万句》中，不管是主人公杨百顺和牛爱国，还是其他人物如曹青娥、老汪、老詹等等，皆为读者带来了一个让人颇为感奋的消息——具体的个人在刘震云的小说世界得以复活了，被《一腔废话》等作品无情解构掉的"寻找"行动，也再次成为刘震云小说中的一大主题。当然，这一回的寻找不再是以往那种抽象的集体的寻找，而是一些具体的个人的寻找。

在写个人的寻找之前，刘震云先写了个人的出走，而在写主人公杨百顺的出走之前，又先写了私塾先生老汪的出走。"老汪大号汪梦溪，字子美"，曾在开封上过七年学，老汪之所以能上学，是因为老汪的爹与人赌气打官司，非但两年未赢，还把自家的三间箍桶铺子全给折进去了，于是想指望儿子去考个功名，回来报仇，不想供读供了七年，老汪却在开封被人打了，还鼻青脸肿地拖着半条伤腿辍学还乡。为供老汪读书，他爹后来都累吐了血卧病在床，"见老汪这个样子，连病带气，三天就没了。"此后七八年间老汪便以教书为生，四处流落，最后好歹在杨家庄所属镇上的东家老范家落了脚。"老汪教学之余，有一个癖好，每个月两次，阴历十五和阴历三十，中午时分，爱一个人四处乱走。拽开大步，一路走去，见人也不打招呼。"问起缘由，原来是在"想一个人"，可是又"找不得"，当年他就是因为个找，差点丢了性命，如今"半个月积得憋得慌，走走散散，也就好了"。老汪有四个孩子，唯一的一个闺女最小，名叫灯盏，灯盏只有六岁，却淘，结果一次玩耍时掉进牲口棚的大水缸里淹死了。灯盏死后一个月，老汪想默写司马相如的《长门赋》，里面有两句话他尤其喜欢："日黄昏而望绝兮，怅独托于空堂。"不想去窗台上拿砚台时，突然发现灯盏吃剩的一块月饼，月饼上还"留着她小口的牙痕"，老汪顿时悲从中来，大哭一场。再过三个月，老汪带着老婆银瓶和三个孩子，离开了老范家，一路西去，但凡到了一处却仍觉伤心，就又往前走。一直出了河南地界，"沿着陇海线到了陕西宝鸡，突然心情开朗，不伤心了，便在宝鸡落下脚"，开始在大街上给人吹糖人，如果哪天老汪喝醉了，还会吹出一个花容月貌的小媳妇，十八九岁，模样像是低头在哭。[1]

古往今来的文学作品中，出走的形象或主题并不鲜见，比如《水浒传》中的众好汉聚义梁山就是一种出走，他们造反也好，被招安也好，主动也好，被逼也好，其实都绕不开"九纹龙"史进在落草前说过的那句话："要讨个出身，求半世快活。"易卜生《玩偶之家》里的娜拉为了不做别人的傀儡或玩偶，也选择出走。"五四"以后在中国，出走曾作为一个时代的母题影响过无数青年人，鲁迅还特意作《伤逝》以析涓生和子君出走之后的情形。1990 年，王朔发表了一篇名为《给我顶住》的作品，里面的主人公方言则在撮合了自己妻子和自己朋友的婚姻之后干脆玩起了人间蒸发，从此音信全无。比照起来，《一句顶一万句》里老汪的出走要平淡得多，其出走的目的也很简单，就是要离开伤心之地，从河南延津一直走到陕西宝鸡，其实是老汪的一次更加漫长的"走走散散"，他最终得到的并非内心彻底的安宁或解脱，而是略微的舒缓，但也正是因为有了这个略微的舒缓，人才不至于憋死或疯掉。实际上，舒缓之后的老汪心里面还是会想，还是难忘，因此也就还会感到焦苦，不仅是生活本身苦，想念也苦，所以在醉酒后会吹一个"开封小媳妇"的糖人出来，以寄相思。我们知道，如果碰上老汪这样的境遇，许多人都会选择绝念不想，《一地鸡毛》中的小林还没老汪这般

---

[1] 见刘震云：《一句顶一万句》，上部第三章。

163

苦，就已经放弃念想了。如此看来，老汪的出走并不是真地为了"忘"，而是为了护佑那份"想"，他是要到一个能够容他想念的地方，既想死去的女儿灯盏，也想自己早年在开封的那个相好的。忘却，不想，忍，可以让人告别痛苦，与现实和解，但也容易让人变得麻木不仁，无情无赖。老汪为了持存心里的那份"想"，几经犹豫、挣扎，最终放弃了自己流落多年好不容易才获得的安稳生计，选择离开，从而让围拢在他四周的那一小块正在板结的历史与现实有了一丝松动，也让作为读者的我们觉得这个人始终还有口气在，还不是一个"死人"。

杨百顺第一次出走是在十六岁那年，他本来就跟他爹老杨有些不对付，同时也对老杨的营生卖豆腐有些厌烦，于是当他爹和他弟弟杨百利合伙谋算他的事情暴露之后，杨百顺便跟老杨彻底闹翻了，一个人扒墙而去。但是，杨百顺这一回的出走只能算个半成品，因为他虽然投奔老曾学起了杀猪，但老曾管吃不管住，杨百顺晚上还得回杨家庄睡觉，因此对他爹和豆腐的脱离"就不能像杀鸡杀狗一样，一下子了清楚"。后来，杨百顺因师娘做人"不地道"而跟师傅老曾也闹翻了，于是连杀猪这碗饭也没法继续吃下去，一时又没个别的去处，"只好又回到老杨身边做豆腐"。然而到这年腊月十九晚上，杨百顺再一次离家出走。这天本是杨百顺的哥哥杨百业成亲的大喜日子，弟弟杨百利因是司炉，在杨家庄也算见过世面的，就被老杨安排到婚宴第一桌去陪贵宾，杨百顺却连酒桌也捞不着上，而是被使唤到杨元庆家的茅房给人垫土，碰巧当年在"延津新学"这件事上给老杨出损招的老马来上茅房，无意中把一口浓痰吐在茅坑边，结果引发了杨百顺极大的误会和愤恨。晚上客人散尽，杨百顺一个人钻到杨元庆家的厨房吃些东西，又喝了几口婚宴上撤下来的烧酒，结果没一会儿就喝大了，晕晕乎乎间将自己对所有人的恼火与仇恨皆倾注到老马头上，觉得自己与此人有不共戴天之仇，于是回家抄了自己的杀猪刀，立即赶往马家庄去杀老马，还好在马家庄村头被夜宿草垛的小来喜绊了一跤，彻底酒醒，才收起杀念。可是杨百顺想到自己心里不但对老马起了杀念，对自己的爹老杨、兄弟杨百利也都起了杀念，便决意再不回杨家庄，打算离开故乡延津，到开封另谋生路。

然而事不由人，此后杨百顺并未能立刻走出延津，而是一路坎坷，屡遭磨难。他先是在蒋家庄的染坊挑水，后又在延津县城北街老鲁的竹业社破竹子，却都没能干得长久，随后只得四处打零工，给货栈扛过大包，沿街给人挑过水，过着饥一顿饱一顿的漂泊日子。中间活得唯一精彩与忘形的一回，是正月县城闹社火那次，被临时抓去扮阎罗救场的杨百顺舞着舞着就"舞出花"，结果被县长老史看中，成了县政府后院的一个种菜的，也因此得以入赘寡妇吴香香的馒头铺，从此更名吴摩西。吴香香之所以相中杨百顺，首先是因为杨百顺好歹算个县政府的人，却不料县长老史因自己的关系上峰被撤而跟着被撤，新县长老窦一到，杨百顺便丢了饭碗，且随即遭了倪三的一顿毒

165

打，指使倪三打人的则是想要夺回馒头铺子的老姜家。吴香香知道杨百顺被打，非但不劝慰，反而以言语相激，唆使自己的丈夫去杀人，这才有了那出"吴摩西大闹延津城"的传奇故事。杨百顺得胜归来，双腿发软，吴香香抱住他直喊"亲人"，但杨百顺觉得这个喊他"亲人"的人不亲。可是比杀人还让杨百顺头疼的是，"过起琐碎日子，两个人说不到一起"，除了跟杨百顺不亲和脾气不投之外，吴香香还视杨百顺为一个"没用的人"，事事压他一头，更为阴森可怖的是，吴香香跟隔壁老高一直在暗里偷情，闷在鼓里的杨百顺却一直当银匠老高是好朋友，没事的时候喜欢到老高的银饰铺串门说话，直至吴香香和老高二人的东窗事发。这回杨百顺可真是要杀人了，吴香香于是同老高私奔而去，把馒头铺子和五岁大的女儿巧玲扔给了杨百顺。

杨百顺跟吴香香说不着，跟巧玲倒是说得着，他本想咽下这口气，从此守着馒头铺子，再等个李香香来，说不定互能说得着，可延津城的众人皆不让他安生，皆要他出去找人。杨百顺原本盘算着演一回戏，出去假找一趟蒙混过关，便带着巧玲在百里外的新乡住了下来，不想半道却把巧玲给丢了。对于杨百顺来说，巧玲现在是他世上唯一的亲人，回想他这些年的遭遇，没一步不艰辛，没有一步不坎坷，"但所有的坎坷加起来，都比不上巧玲丢了"，于是杨百顺拼了命去找，可哪里找得着。

郑州是杨百顺寻找巧玲的最后一站，此后，杨百顺第三次踏上出走之路。如果说前面两次出走杨百顺还只是对家庭伤了心的话，那么这一次的出走则是杨百顺对所有他认识的人伤了心，对一切他去过的地方都伤了心，同时也对寻找巧玲死了心，从而要彻底离开伤心之地。这时杨百顺想起老詹生前讲经时说过的一段话——"亚伯拉罕离开了本地和亲族，往神指引的地方去"，自己"却无处可去，也无人指引"，心中悲苦莫名。

在《一句顶一万句》里面，杨百顺也好，老汪也好，俱非英雄，他们的形象实际上是反《水浒传》的，他们既非本领高强，亦非胆色过人，且都有些迂直，例如在延津人的眼里，杨百顺简直就是都谁可以欺负的"懦人"一个，就他本人而言，杀人放火之事也只能被埋在心底而无法真正上演——真正上演的终究不过是杀猪、杀狗而已。因此，当杨百顺和老汪遭遇自己不愿意面对的人和事，当他们心里的苦难无处排解之时，唯一果敢决绝的方式便是出走。在《一句顶一万句》中，杨百顺就是一个出走者，除了出走，其他方面几乎全被他人攥在手里。但也正是因为这个不断的出走，使青年杨百顺成为一个与《一地鸡毛》中的小林不一样的常人。对于身边的现实以及无边的现实，青年杨百顺没有像小林那般无限妥协，忍了再忍，而是一次又一次地离开，放弃到手的利益或苟且之乐。小林的生存律令是"只要加入其中就行"，杨百顺心头的闪念却是：不管将来如何，同现在做个了断。在我看来，这足够算得上是一个常人对人的"有限"性的造反，算得上是一个常人对冷森森的客观世界的微型拆卸，在杨百顺和老汪身上，出走就是传奇，出走就是神话。对此，刘震云尝言："他们经历的事儿特别地惊心动魄，不小于一场战争、一场政治改革，不小于一场社会改革，不小于人类往哪儿去……"[1] 在杨百顺三次出走的历史瞬间，一个具体的个人的故事获得了改写可能，这是一个常人所发动的微观起义，对世界而言，它或许只是一个过于微弱的变量，根本无足道哉，可对于心中有着同样渴望的人们而言，一个杨百顺就意味着世界的一道裂缝，一百个杨百顺就意味着一百道裂缝，一旦这样的微弱变量在人口统计学意义上变得可观起来，其对现实的拆卸功能就会变得无可估量。在此意义上，杨百顺的一次微观行动，或者以杨百顺为"倾听"对象的一次微观叙事，有可能就是一星遥远而幽隐的燎原之火。

必须承认，出走所创造的只是一种否定性的自由，它只负责生产各种未被现实化的可能和一颗不死之心，却无法兑现更多，而任何一个个人都不可能永远停留在否定性的自由里面——只有肯定性的自由才能为我们提供更为有效的栖居之所。因此，现实中的出走同时就意味着寻找。从延津出走的杨百顺曾经发动过两次刻骨铭心的寻找——一次是寻找巧玲，一次是寻找栖身之地，但皆以失败告终，杨百顺也从此撤出了《一句顶一万句》的中心。几十年后，曹青娥——也就是当年被杨百顺弄丢的巧玲——时常会梦见自己的两个爹，一个是刚刚去世

---

[1] 张英:《话找话，比人找人还困难——专访刘震云》,《南方周末》2009 年 6 月 10 日。

几个月的养父老曹，一个是失散多年不知死活的继父杨百顺，曹青娥先是梦见两个爹都没了头，后来又梦见老曹头虽有了，却捂着胸口说里面难受，曹青娥以为爹又"没心了"，老曹回答说："心倒是有，就是苦得很。"[1] 这实在是一个令人动容的句子，它不仅是老曹的内心剖白，同时也是后来在咸阳落脚的杨百顺的内心剖白，还是包括曹青娥在内的许许多多中国人的内心剖白。刘震云在分析国人的精神特征时曾言："对于普通的中国人来讲，人跟世界存在三种关系：跟物的关系、跟人的关系、跟自身的关系。在一些有宗教的国度里，除了这三种关系，还有一种非常重要的关系：人跟神之间的关系。人神社会和人人社会的最大区别，不在于生活中多出一个神，而在于多出一个可以说话的地方，而且可以随时随地说，因为神无处不在。在人人社会，知心朋友难觅。知心朋友和神最大的区别是，神的嘴是严的，朋友是会变化的。无处吃饭可以乞讨，无处说话就把人憋死了。"[2] 人活在世上，却觉得这个世界跟自己不亲，不但世界不亲，也没几个跟自己亲的人，总是怀揣一颗出走的心，却又总是落在这个不亲的世界之内和众多不亲的他者之中无处可遁，进而陷于无物、无人、无神的孤苦境地，此可谓杨百顺一生最大的不满与愤恨。

---

[1] 刘震云：《一句顶一万句》，第 273 页。

[2] 刘雪明：《刘震云：探寻中国式孤独》，《乌鲁木齐晚报》2009 年 6 月 19 日。

四、"重新创造习俗，重新构造起源"：从出走到寻找

"不杀人，我就放火。"[1] 这是杨百顺生前留下的一句狠话，被写在老詹画的那张教堂图纸上面。类似的话曹青娥和牛爱国也说过，曹青娥说这话是在她结婚以后，因与自己的男人牛书道说不到一块儿，常常后悔，于是在跟好朋友赵红梅诉苦时说过："我光想杀人，刀子都准备好了。赵红梅，你让我杀人吗？""除了杀人，我还想放火，我从小爱放火。赵红梅，你让我放火吗？"[2] 牛爱国说这话则是因为发现老婆跟别人常年偷情，自己却又离不起婚，心里憋屈了三年之后喝了闷酒跟老同学冯文修说的——"我想杀人。"[3] "我想杀人"，或者"不杀人，我就放火"，再或者"除了杀人，我还想放火"，这些并未真正兑现的狠话所呈现的，实际上是人的一种发恨的心情，它们说明了人内心的苦难是何等深重。同当年的杨百顺一样，牛爱国最终也选择了出走，有一次他贩了车酱菜在天黑时疲劳驾驶，结果一头撞到了路旁的槐树上，醒来之后，牛爱国"看着山脚下万家灯火的沁源县城"，"突然感到自己要离开这里，不然他真要杀人"。

但如果牛爱国的出走也仅仅是出走，那么他跟杨百顺之间

---

[1] 刘震云：《一句顶一万句》，第 354 页。

[2] 同上，第 267 页。

[3] 同上，第 288 页。

就不会有任何区别，而小说《一句顶一万句》的下部"回延津记"和上部"出延津记"之间也就不会有什么实质上的不同，最多只是个历史性的重复。好在刘震云让出走之后的牛爱国遇到了章楚红，并由此顿悟了世上"相好"者的精神密码——两个人在一起说得着。有一次，牛爱国和章楚红在床上说话，章楚红突然对牛爱国说："再没有跟你在一块儿好，你带我离开这里。"牛爱国张口答应道："我回沧州盘算盘算，咱就离开。"此时此刻，牛爱国正在获得一个可以超越杨百顺的"出走传奇"，并创造一个新的传奇的可能。可回到沧州一盘算，牛爱国"才知道自己在世界上可去的地方少"，再加上被朋友崔立凡一说，牛爱国更是觉得自己缺乏跟章楚红在一起的资本，又担心如果犹豫下去，闹不好还会出人命，"左思右想，不敢再带章楚红走，决心与她断了。"如此，牛爱国就又退回到了类似老汪和杨百顺的苦境与绝境当中。当年，老汪就是怕出人命，最终放弃了找寻，而杨百顺在对寻找巧玲死了心之后，则是无人可寻，无处可去，还有曹青娥，乃因父母之命和自己一时之气未跟真正欢喜的人在一起，结果造成了一辈子无以化解的心灵怨结。从杨百顺到曹青娥，这父女两代实在是遭遇过太多的断裂事件——出走，漂泊，寄居，再出走，失散，被贩卖，被收养，被嫁人，彼此间杳无音信等等，然而最要命的还是人在遭遇断裂之后的无处安身立命，于是一次次的断裂就累积成了一道道无从疗治的伤口。在某种意义上，这也是现代中国人集体的精神写照，时光将逾百年，我们却始终无法按照一个好的精神统一性牵系自身，而是总处于一种莫名的断裂感和不安当中。

多亏牛爱国的胆子最后又大了起来，原来对亲人之往事和历史的找寻并不能解他心头烦闷，正如何玉芬一语道破的那样——牛爱国心里的烦闷比他找的事大，牛爱国缩在自己的心里躲来躲去，结果却不得不向自己承认，唯有章楚红才能彻底打开他心头那把锁，于是，出走就变成了寻找。两个人分开之前，章楚红曾说她有一句话要讲给牛爱国听，如今七个月过去，跟李昆离了婚的章楚红不知去向，牛爱国现在要找到章楚红，已不是要听章楚红想说却没说成的那句话，而是他有一句新的话要告诉章楚红。胆子大起来的牛爱国想：七个月前他"逃回山西，闪了章楚红，是怕出人命；现在就是出人命，为了这句话也值得"。[1] 作为刘震云小说的一个忠实读者，我常常琢磨，在刘震云笔下的常人世界里，这趟以章楚红为目的的寻找对于弱势常人牛爱国来说究竟意味着什么？或许，正是因为这趟寻找的开启，牛爱国才得以从一种逃离的"否定性"跃入一种创造的"肯定性"之内，因此在其个人的生活史和心灵史上，此可谓革命性的一跃，虽幽微，却伟大。海德格尔曾说过："只有革命的行动，才能达到历史的深度。革命并不是颠覆和破坏，而是一种起义，是重新创造习俗，重新构造起源。"我认为这话

---

[1] 刘震云：《一句顶一万句》，第361—362页。

放在牛爱国身上倒也十分妥帖，尽管牛爱国所达到的历史深度首先是一个具体个人的历史深度，他所要进行的"重新创造习俗，重新构造起源"也首先是一个具体个人的"重新创造习俗，重新构造起源"。在《一句顶一万句》里面，有太多的人未能抵达自己的历史深度，未能开启自己"重新创造习俗，重新构造起源"的革命行动，哪怕只在其个人的、微观的领域。就此而论，牛爱国最终成为了一个英雄，一个反英雄的英雄，一个常人世界的微观英雄，至于缔造过"出走神话"的杨百顺和老汪，却只能算是半个英雄。

杨百顺曾经最大的梦想是像罗长礼那样"喊丧"，而"喊丧"的实质，是想"虚"一下，是想借此摆脱或超越"眼前的生活"，就跟杨百利的"喷空"和老鲁的"走戏"一样，眼前的日子实在是"太实了"，让人活得像个没有魂儿的死人。瞎子老贾弹三弦，老胡做木工，老史听戏与"手谈"，老冯张罗"闹社火"，多少都有点这个意思。其实脱离"眼前的生活"也非最终的目的所在，关键还是想让自己无着无落的心或魂儿有个安放之处，当然，这其中有不少路径也只是一种替代或补偿，是退而求其次，因此未必能真正解决问题。还有比"喊丧""喷空"和"走戏"等更虚的事情，那就是老詹对主的信仰[1]，但老詹对主的信仰却也彻底安妥了老詹的灵魂。而就牛爱国来说，以上

---

[1]　参见程德培：《我们谁也管不住说话这张嘴——评刘震云的长篇〈一句顶一万句〉》，《上海文化》2011年第2期。

提到的物也好，事也好，神也好，皆不能治好他现在的心病，他现在唯一的解救之路是一个人，一个在这世上曾经真正跟他"相好"的人，那就是章楚红。在牛爱国这里，对章楚红的寻找就是对自己内心最真实、最宏大的欲望的确认，就是对自己历史过往和现实的革命。因此，我不太能同意陈晓明先生对《一句顶一万句》的一个说法："这可能是真正的零度叙述，没有历史，没有变革的奇迹，没有未来面向……"[1] 我反而认为，如果说从《一地鸡毛》一直到《一腔废话》途中，刘震云所进行的是一种为其笔下人物"哭丧"式的写作的话，那么自《一句顶一万句》始，刘震云便开始了一种为其笔下人物"叫魂"式的写作——尽管"哭丧"的行动也还在继续。

---

[1] 陈晓明:《"喊丧"、幸存与去历史化〈一句顶一万句〉开启的乡土干叙事新面向》,《南方文坛》2009 年第 5 期。

文本世界的青年往何处去
——石一枫小说里的斗争与无望

一

近几年来，我心头常常会萦绕一则略显抽象的故事：起初，每个人都是自己想象中的国王或英雄，后来多数人失落了，沦为被流放、被关押、被挟持、被异化的对象，大家一同忘却了自己想要"解释世界"、"改变世界"、"与世界执手相欢"的原初热望和极乐未来，也忘却了自己并非天生就孤苦一人的创世神话和英雄史诗。因此，当我看到在《b小调旧时光》[1]的作者简介中，石一枫说，"五岁的某一天上午，我是这副模样：艳阳之下，肥白的小胖子，将一只电视机纸箱子套在身上，把自己想象成了一辆坦克，嘴里砰砰有声，在大院的林荫道上开动。已经过二十多年了，我不时幻觉自己仍然是那模样。一颗稚嫩

---

[1]　石一枫：《b小调旧时光》，中国青年出版社，2007。

的、充满个人英雄主义的心，比任何东西都有资格成为人所追求的理想。"我直观地认定，这是一个青年作家对自身完整历史的某种呼唤和重构行动，而当他将自己童年时代的那一"模样"和"游戏"命名为"个人英雄主义"之时，也必埋伏着他对现在的自己、他人和整个世界的某种新的想象和命名。

当然，小说家总免不了命名，其中之一种，便是给自己作品中的人物取名号。石一枫的作品中，许多主人公的名号都带个"小"字——赵小提、李小青、陈小米、安小男、颜小莉、小李……给自己创造出来的主人公取什么样的命字或称呼，无疑是一个作家面对世界、解释世界的重要方式，这么多带"小"字的主人公接二连三地出现在石一枫的文本世界里，应非偶然现象。而在今天中国人的阅读语境中，"小"既可能意味着还原和真实，也可能意味着无能或丧失——比如一个人在全社会中（而非小说中）的"主人公"地位或精神的丧失，比如一个人的生活疆界、思想疆界和行动疆界的不断坍缩与板结。对此，最具文学性的传递之一，就是刘震云的小说《一地鸡毛》，尽管刘震云本人在事后时不时地会为"一地鸡毛"和生活在其中的有姓无名的"小林"正名，说那"一地鸡毛"同时也是"一地阳光"。让我感兴趣的是，石一枫小说中的这些"小字号"人物会跟那个最终在"一地鸡毛"间死心塌地的"小林"有所不同？还是不外乎某种换了套新装束的文字重演？

在论及史诗、悲剧和小说的区别时，青年卢卡奇曾说，"史诗的主人公"一定是"国王",因为"严格地说,史诗中的英雄并不是一个个人","史诗的一个本质标志就是它的主题并不是一个个人的命运而是一个群体的命运这一事实。……在其内部,每一部分都无法在其自身中与自己的内心相分离,成为一种充分地自我封闭、自我依赖的个性存在。"[1] 我们知道,卢卡奇彼时所指的国王还是传统意义上的国王,直到 1917 年之后,他才找到了无产阶级联合体这一新的历史主体和史诗主人公。与此同时,我们也会听到来自梭罗的声音:"不,做一个发现你内心的新大陆和新世界的哥伦布吧,开辟新的海峡,不是贸易的海峡,而是思想的海峡。每一个人都是一个王国的君主,和这个王国相比,沙皇的尘世帝国只不过是个区区小邦,冰原上留下的小圆丘。"[2] 读了《瓦尔登湖》的人们应该清楚,梭罗此处所邀约的,并非某个充满等级制的政治共同体的君主,而是那些古往今来既彼此独立又互相对话的思想国的君主,是那些地位平等的思想界的同道中人,这样的同道中人,无形中也构成了一个可视或不可视的生命共同体,一个特殊的民族,并一直在创造、书写着属于自己的史诗。然而,无论是在卢卡奇话语意义上,还是在梭罗话语意义上,刘震云的《一地鸡毛》显然都不能被归入史诗的行列——即使有人祭起"平民史诗"的概念,

[1] 〔匈牙利〕卢卡奇:《卢卡奇早期文选》,张亮、吴勇立译,南京大学出版社,2004,第 42—43 页。
[2] 〔美〕梭罗:《瓦尔登湖》,王家湘译,北京十月文艺出版社,2007,第324 页。

也仍是如此。小林的命运虽然具有一种普遍化的悲剧色彩，但他对灰色现实的忠心归顺使其同各种心怀不满且坚持抗争和历险的群体彻底脱落开来，并最终隶属于一个数目广大却支离破碎、孤独分化的人类物种。借此，我实际想要追问的是，石一枫小说中这些"小字号"人物会成为当代社会中的另类"英雄"或"国王"么？或者说，石一枫这些以"小字号"人物为主人公的作品会成为某种另类的"史诗"么？再换而言之，石一枫这些作品的主题有没有可能被我们理解为：它们指向的并不是一个个人的命运，而是一个潜在的或无形的群体的命运？

二

在石一枫的小说中，经常会出现一个叫赵小提的人物，比如《恋恋北京》《合奏》和《世间已无陈金芳》，而这个人物之所以名叫"小提"，大概跟他少年时代曾经苦练过小提琴的经历有关。这便涉及到一个人的精神前史，以上三篇小说给三个赵小提安排了一个共同的命运：告别小提琴。个中原因不尽相同，《恋恋北京》里是因为一次可悲的"开窍"事件，使刚拿到一个全国性比赛金奖的赵小提猛然意识到自己在拉小提琴这件事情上的天赋限止，同时也触发了他对自己这一"平庸"或"无能"的分外恐惧，因此决意自伤左手中指，以断绝小提琴之梦；到了《世间已无陈金芳》中，是音乐学院的主考教授在"艺考"

环节直接给赵小提判了"死刑";在《合奏》中,则是一场自身的情感暴力给赵小提留下了意想不到的精神创伤,从而导致他"再也无法用小提琴拉出一个音符了"。

千万不要小看这个"事件",照我理解,赵小提的这段精神前史,同时也构成了我们许多人的精神前史。在各自的童年或少年时代,我们都曾梦想过以某种自己欢喜的方式抵达生活的中心或峰顶,"长大后我要当科学家","我要当医生","我要当画家","我要当作家"……每一种愿望背后,其实都矗立着一个英雄或国王般的自我理想"镜像"。因此,无论现实中究竟是什么样的屏障挡住了他,对于成年后的赵小提而言,跟小提琴告别,本质上是跟那个自己曾经无限止地投入其中并对之满怀期待的"世界"告别,是跟自己想象中的无限欢乐和"淡紫色的远方"告别。唯其如此,我们才能真正"共情"性地理会到,为什么赵小提高考时凭着"几十分的特长生加分",最终拿到了一所综合性大学"烫金的录取通知书"后,"心情仍然颓丧极了,整个儿人沉浸在漫无边际的失败主义情绪之中",有时甚至还会"恶狠狠地诅咒自己:让车撞死才好呢"[1]。

更具灾难性的后果在于:跟小提琴"分手"之后,赵小提在长时间内既找不到新的支撑性的爱欲对象,找不到他可以为之"献身"或值得他勇猛"捍卫"的事物,找不到实实在在的

[1] 石一枫:《世间已无陈金芳》,北京十月文艺出版社,2016,第28页。

生活的"热情";也找不到他进入社会并与之顺畅欢合的"合法"路径，成年人必须要摆放稳妥的道德和伦理难题，在赵小提这里以一种精神焦虑的形式出现了。赵小提既做不了 b 哥（大名龚绍烽）式轻松穿越"底线"的黑暗投机者，也没有勇气成为时代的叛逆，他于是将自己"半吊"在中间，如同他跟陈金芳所说的那样："比起那些狠捞人间造业钱的主儿，我宁可把自个儿的欲望尽量降得低一点儿，当个无伤大雅的寄生虫，这也是一个混子、一个犬儒主义者最起码的道德标准了……"对此，陈福民的评论可谓体现出一个批评家应有的了然于情和体贴之心，他说："石一枫小说中的人物，多是一些无所事事之徒，他们顽固持守着一些不明所以、不可理喻的信念，貌似在一塌糊涂的泥浆里打着滚而又努力抬头仰望着什么。""石一枫通过自己的写作见证并呈现了致命的时代病——一个多元混乱的社会表象背后，赫然矗立的无坚不摧冷酷无情的商业逻辑以及由此形成的单向度一体化的价值系统对人的赤裸裸的压迫。在这个时代的对面，在几乎所有人的对面，石一枫小说中的人物并不敢以真理自居，但却勇猛无畏地无所事事。也许可以把这一点理解为石一枫文学写作的脆弱的先锋性和批判性所在。""在小说中，石一枫始终被一种力量纠缠着，换言之，一种让他无法彻底放下的东西支撑着他的写作。我姑且把它叫做'青春后遗症'吧。作为一位标准的'青春后遗症'患者，石一枫通过自己的写作，生动刻画出这个时代中各个患者的艰难挣扎及其负隅顽抗。他以自己的小说写作捍卫了少数人的青春后遗症的权利与合法性。"[1]

严格地说，即使是在中国当代文学史上，"无所事事"的青年人形象也并不罕见，譬如在朱文和韩东笔下，就有不少这样的人物。但是相比较而言，赵小提这个人物的独特性在于，"无所事事"并非其固有的生命情态，当他回望自己的少年时代，就曾发出过如此这般的自白："我是多么热爱小提琴啊。如果不热爱，我怎么可能忍受十几年严酷、枯燥的琴童生涯呢？"（《恋恋北京》）因此所谓"献身艺术"的说法，也全非事后的自我调侃之语。可问题也恰恰出在这里，因为自从艺术和科学在人类生活整体中被专门化以来，人们就一直在将它们抬举为离真、善、美最近的事物之一二，从而使其拥有近乎天然的正当性和合法性，甚至使其拥有在道德质询和伦理审判层面的优先豁免权。因此，对于少年赵小提来说，对小提琴的投入和热爱不仅为其提供了一条可能通达人生胜境的幽曲小道，同时也在无形中为其提供了一处道德和伦理上的临时庇护所，使其在有意无意之间，以为自己会在世界总体化的利益交换链条中享有某种自然而然的洁净和清白，尽管在一些具体而微的事情上，他们也可能"从来没在道德品质方面过高地信任过自己"[2]，但这并

---

[1] 陈福民：《石一枫小说创作：一塌糊涂里的光芒》，《文艺报》2011年11月7日。

[2] 石一枫：《世间已无陈金芳》，第17页。

不会妨碍其在想象和抽象的层面，培养出一种根深蒂固的自我道德期许。我认为，成年赵小提之所以反复念叨他作为"一个混子、一个犬儒主义者"还操守着的"最起码的道德标准"，还操守着他自设自认的伦理"底线"，此乃一个极其重要的精神来源。而在《我妹》中，面对好友李无耻及其所代表的现实世道，杨麦最后之所以会激烈地"呕吐"起来，以及在《我不是陈金芳》中，庄博益最终在心里选择了对中国贪官二代兼美国商人李牧光的倒戈，也都与这样的"底线"伦理及其精神起源相关。在这个世界上，并不是人人都拥有一个类似赵小提般的"小提琴少年"心灵史，但的确又有许多成年人仍拥有着自己的"底线"情结和道德冲动，无论其各自的精神起源与维护机制如何，赵小提这个可谓折射出了当代许许多多人共同的道德和伦理心象。说实话，我个人倒是非常希望，石一枫在之前创作中所行的这些对赵小提的"零敲碎打"，乃是在做有意识的演练和准备，而非真的出于某种写作上的"推卸责任"和"自我逃避"[1]。我更希望有一天，石一枫会"创造"出一部属于赵小提其人的另类"史诗"，以扫荡或摆脱那种"一地鸡毛"式的旷日持久的宿命。

---

[1] 石一枫：《世间已无陈金芳》，第233页。

三

与成年赵小提式的小资产阶级知识分子比起来，陈金芳这个人物的可爱之处在于，她不会轻易死心。这是一个来自当代社会底层和精神荒原的"孤魂野鬼"，却有着一种超乎寻常的、与命相抗的生命力，在遭遇小说中"最后"的失败之前，陈金芳一直怀有对世界和未来的某种热望。陈金芳在少年时代就是一个对生活有着"非分之想"的人，在这一点上，她倒还真有点"女版盖茨比"（《十月》杂志责编季亚娅语）的味道。巨大且现代的北京，无疑是在无限黯淡且令人绝望的故乡对面，为少年陈金芳扮演了一个神奇召唤者和"美丽新大陆"的角色。但是，"知识改变命运"的道路是被封死的，陈金芳自己也未奢望过多，由于种种原因，她上课常常睡觉，课程从来就没有跟上过，然而音乐，具体说是赵小提在夜晚拉的小提琴，却给陈金芳带来一种奇异的启蒙。初中时代，陈金芳常常把自己藏在夜色深处听赵小提拉琴。琴声、音乐或者说所谓艺术，定然在这个少女心中划破了黑暗，划亮了一道勾引梦幻的光，使她不由自主地向着模糊的未来眺望着什么，就像盖茨比朝着"通向树顶上空一个秘密的地方"[1]眺望一样。包括后来辍学跟了豁子，陈金芳在二人的服装生意"赔了个底儿掉"之后，"还一个

---

[1] ［美］菲茨杰拉德:《了不起的盖茨比》，巫宁坤译，中国宇航出版社，2013，第124页。

劲儿地逛商场、吃西餐，每逢北京有小剧场话剧、音乐会之类的演出，都会死磨硬泡地让豁子给她买票"。而最让豁子想不通的是，就这样陈金芳还"不知足"，"后来居然偷偷把店里所有的钱都拿出去，说是想买钢琴"，就跟"疯了"似的，豁子说，"我到现在都不明白这人脑子里想的到底是什么……"[1] 到此为止，我相信，石一枫笔下的陈金芳和菲茨杰拉德笔下的盖茨比一样，都会让那些神经尚未完全钝化的读者打开一间人类所共有的心灵秘室。

不过，石一枫并没有真的将陈金芳塑造成一位"女版盖茨比"，虽然他在后面也让陈金芳接近了"财富"，踏入了当代城市中产和上流社会，从而在一些表面的设计上与《了不起的盖茨比》有相似之处。但是小说结尾处，在作者的"指使"下，陈金芳亲口供认了自己孜孜以求的梦想不过是"想活得有点儿人样"，一下子，一棵枝叶自在的文本之树被砍得只剩下光秃秃的主干，或者说，小说主人公之一陈金芳的故事顿时被落实为一个与"失败"相关的时代寻常故事，陈金芳这个人物也因此失掉了她对许多人心灵幽秘处的隐喻或象征功能。至于豁子所说的陈金芳的"不知足"，及其对陈金芳"脑子里想的到底是什么"的巨大悬疑，也最终就成了不了了之之物。当然，拉低陈金芳这个人物形象的描写，不仅仅在小说的结尾，小说中间也

---

[1] 石一枫:《世间已无陈金芳》，第37—38页。

有。例如陈金芳对意志消沉且玩世的赵小提的体己式劝慰，乍一看似乎颇有些深刻之处，可实际上并未高出现时流行的心灵导师们多少，更与盖茨比的心灵深度距离甚远。而同样是言笑晏晏之态，成功实现了其"变态发育"的陈金芳给赵小提带来的心灵击打，至多是"花媚玉堂人"般的美好，而盖茨比给尼克造成的感觉却是："这是极为罕见的笑容，其中含有永久的善意的表情，这是你一辈子也不过遇见四五次的。它面对——或者似乎面对——整个永恒的世界一刹那，然后就凝住在你身上，对你表现出不可抗拒的偏爱。"[1] 由此可见，走出少年时代的陈金芳，似乎已经不再拥有朝着树顶上空的某个神秘地方眺望的能力，无论是其心灵的疆界还是性格的深度，都比之前窄了许多，也浅了许多。因此，如果说小说的名字"世间已无陈金芳"能够成立的话，那么这个陈金芳，应当首先指向少年陈金芳，而非成年陈金芳，成年陈金芳在这个时代是无穷尽的，这一个倒下去，更多的站起来。如此看来，在《世间已无陈金芳》中，除了成年陈金芳的失败这一显在的悲剧之外，还有一个潜在的悲剧未被写出，或者说未被十分真切地写出，那便是成年陈金芳对少年陈金芳的"失去"。

---

[1] ［美］菲茨杰拉德:《了不起的盖茨比》，第53页。

四

《地球之眼》中的安小男是一个将其少年情志保存完好的人，同时也是一个真正意义上的时代叛逆。不过与赵小提或陈金芳不同的是，自从其父亲跳楼自杀后，安小男最核心的少年情志就不再是对世界和未来的某种热望，而是试图解答父亲临死前留下的那句关于道德的"天问"。也正是由于这一隐秘的心结，安小男拒绝同"敌人"苟合言欢，而是决意通过自己的技术专长对李牧光及其贪官父亲进行惩罚。从社会学的角度看，安小男的斗争精神和他所实施的"个人化"惩恶行动可能并不会对当前社会的总体疾病形成多少有效的治疗，但从文学的角度看，安小男这个人物形象却具有一种正当其时的感召与唤醒功能。小说最后刹尾在中华人民共和国北京市海淀区中关村一带的一个叫作挂甲屯的地方，无疑也传递出一种复杂的意味：微观英雄安小男带着双眼近乎失明的母亲在此隐遁，而"我"（庄博益）却经由安小男这个人，"对于身处其中的这个世界的观念，似乎也发生震撼性的改变"。

这并非石一枫第一次写到"斗争精神"，当然更不是最后一次。之前在长篇小说《我妹》[1]中，石一枫就已经书写过几位"战士"——陈小米、肖潇和老岑，老岑甚至被作者塑造成

---

[1] 石一枫：《我妹》，外文出版社，2013。

一位"圣徒"，尽管在"我"（杨麦）的眼里，老岑有一种被迫成为的"中国式的圣徒"意味，可是在许多时候，老岑却实实在在地担当了陈小米、肖潇和"我"的精神父亲的角色。小米是"我"同母异父的妹妹，比"我"小很多，这是一个连老岑都会另眼相待的、"跟别人不一样"[1]的孩子，中学时热爱新闻专业，却因患有色盲症而无法报考，并放弃了南京大学的会计专业，在小米身上，一直升腾着一种近乎天然的对真相、正义和爱的固执要求，后来，她自愿加入老岑和肖潇的队列，和他们一道，用他们能够守得住的方式果决地生活和行动着。并且，这老、青、少三代人的会师，也给早年离开老岑、退出"战场"的"我"带来一种新的激荡和召唤，让"我"在某个瞬间忽然觉得，"多年前的那个自己也被找回来了"[2]，而在之前的许多年里，"我"却长期不愿直面鲁迅所说的那个"皮袍下面藏着的'小'"，这也恰恰是"我"一直"害怕见老岑的真正原因"[3]。至于比《我妹》《地球之眼》更加晚出的《营救麦克黄》中，小说主人公颜小莉则因无以解除的良心自责而走到了退无可退的精神悬崖边上，好在，她也终于选择奋起相抗，跟货车司机于刚联手，用计对黄蔚妮实施了一次必要的"惩罚"，以此尝试纾解自己心中的焦苦难安。及至再后面的《特别能战斗》中，石一

---

[1] 石一枫:《我妹》，第 262 页。

[2] 同上，第 281 页。

[3] 同上，第 259 页。

枫则干脆"创造"了中老年妇女苗秀华这一嫉恶如仇且永不缺席的"斗士"和"勇者"形象，上班时期她跟单位头目斗，跟深得单位头目欢心的女办公室主任斗，退休后跟违约的房产开发商斗，跟无良物业斗……不过在这篇作品中，石一枫也写出了他对苗秀华这样的斗争者的疑虑和担心。

书写"斗争精神"的同时，石一枫也触碰到众人感同身受的巨大愤懑与悲怆，比如在《地球之眼》中，这种愤懑和悲怆是连"我"（庄博益）这种精神上的"丢盔弃甲者"也轻易拆除不掉的：

> 按照我惯有的那种嘲讽性的、自以为世事洞明的思路，安小男的生活可以被定义为一场怪诞的黑色喜剧，而我也可以一如既往地从几声苦涩的冷笑中重新获得轻松。
>
> 但我没能做到。夜已经深了，窗外的天空静谧、幽深，连风的声音都没有。孩子吃饱了奶，和保姆睡在隔壁，小张正靠着枕头看书，脸色在台灯下分外光洁。在这安详得暄软的氛围里，我却感到了浩大无比的悲怆，仿佛肉体以外的东西都被震成了粉末。[1]

一个人的胸口如果还能生出悲怆与愤懑，就可能意味着他

---

[1]　石一枫:《世间已无陈金芳》，第209—210页。

还揣着一颗未死之心。不过这悲怆和愤懑亟待人们去实施更进一步的动作，否则就会让人产生极大的焦虑和极深的抑郁，而这正是一个时代患有集体焦虑或抑郁症的根源之一。对此，不同的人有不同的疗治方式，在《世间已无陈金芳》中，最终混迹文化圈的赵小提选择同他的许多同时代人一样，乃是通过虚无主义和玩世不恭式的"放纵生活"，才"成功地克服了那如影随形、让人几乎想要自杀的抑郁"[1]的。但是对于有些人来说，这样的治疗恐怕未必有效，哪怕只是换一个赵小提，或者给赵小提换个不一样的人生处境，情形就可能会大不相同。于是我们看到在石一枫所创造的文本世界中，不断有人开始从脆弱、无能的精神泥泞中站起身来，从各种卑贱、苟且之中爬了起来，走向斗争和叛逆，比如《地球之眼》中的安小男和《营救麦克黄》中的颜小莉。至于《我妹》中的陈小米，则似乎从一出场就比别人"多了一分从凡俗生活里挣脱出去的力量"[2]，当然在更加真切的意义上，小米那种果决、坚定的生活态度，恰恰是她很早就开始面对和治疗自己所遭受的特殊创伤（色盲和丧父）的结果。

我想，上述这些，已经构成石一枫写作中的一个多少有些"与众不同"的起点。我甚至猜想，在石一枫今后的写作中，将会有更多的少年、青年、中年乃至老年人出来重拾他们的"英

[1] 石一枫:《世间已无陈金芳》，第 42 页。
[2] 石一枫:《我妹》，第 281 页。

雄"或"王者"镜像以及"原始自恋"[1]，去直面自己的失落与创伤，以个人或集体行动的方式去操持必要的良善之心，践行应有的正义之道，从而实现对其个人创伤乃至时代疾病更加长久、深远的疗治。当然，这样的"英雄"或"王者"——文本世界的"主人公"——最好能具备卡夫卡般的"自我革命"意识，懂得在所有的斗争中，一个人"反对自己的狭隘和隋性"的斗争才是"最耗精力、而又几乎无望的造反"[2]行动。如此，我相信，在未来的某一天，人们将有机会阅读由石一枫"创造"出来的别样的"史诗"系列。

---

[1] 此处引用的虽然是拉康在讨论人的"镜像阶段"所提及的一个概念（见《拉康选集》，褚孝泉译，上海三联书店，2001，第95页），但我并不完全同意拉康对人的"童年大梦"的那一判决。

[2]［奥地利］卡夫卡口述、［捷克］雅诺施记录:《卡夫卡口述》，赵登荣译，上海三联书店，2009，第156页。

湖部

罗陀斯的天光与少年

——从吴亮的长篇小说《朝霞》而来

评论家吴亮给他的长篇小说处女作取了个十分动人的名字——《朝霞》，与尼采那部著名格言集的中文译名相同。与此同时，吴亮还将尼采版《朝霞》中的那句题词"还有无数朝霞，尚未点亮我们天空"作为通向他自己的《朝霞》的一道秘符，而该句的出处，则可追溯至古印度颂歌经典《梨俱吠陀本集》。如此，单单一个题名宕拓开来，作者所欲传递之深，之远，便可见一斑。除却题名，不知吴亮是否在文本形式上也有意与尼采达成某种共契，纵观《朝霞》全篇，与其说吴亮是在写小说，不如说他是在"画"小说：一小幅一小幅，一小帧一小帧，一小篇一小篇地用文字画出一部"思絮体小说"，或者说一轴写意长卷。我们看到在这轴"写意长卷"中，几乎每个人物都头顶天光，心怀异象，都隔了岁月在历史现场独白与对话，凝滞与逸出。而作者吴亮想要完成的，便仿佛是将这许多人的秘言隐歌汇聚成川，使之在今日以朝向未来的形式流淌。

从时间上观之，上世纪六七十年代是吴亮笔墨的集中倾注点，然而作为读者，必定有许多人不单单会从今日之日（"后革命年代"）重新凝望过去（"革命年代"），同时会从众人对过去的凝望中反复探看长远的未来，这似乎也正是无数"尚未点亮我们天空"的"朝霞"尤为重要的启迪功能。在我看来，所谓"尚未点亮"，既可以包含"革命年代"国人集体化和个体化行动的多重缺憾与失败——其中织满了群体和个人的欲望与无能、生长与病痛、成功与灾难，也可以包含种种"合理"存在的未曾显形或隐而不彰。如果我们能够跳出某些流行的历史解释和想象而逆向行之，就有可能发现，即便是在那个让无数个人遭受压抑、创伤甚至死亡的"革命年代"，一些异常重要的"存在"仍为个人和群体所共享、共通——或公开或隐秘地，比如人们头顶的天光，比如大家对生命燃烧的渴望与投入，比如自我对他者无以拔除的爱，它们既不会因历史与现实行动的失败而彻底虚无化，也不会被流行一时的历史解释和想象永远遮蔽掉。因此，这些异常重要的"存在"及其启示，便构成了本文评述的中心。

一、天光泄露

朝霞，乃无数天光之一种；天光，乃召唤人心且泄露人心之景；与天光相契相和，则源自人心最深沉最辽阔的冲动。因而，所谓"朝霞"者，既是天地自然神奇的造化，亦是人心深处燃烧的火焰。有些人，凭借其所处年代或地理的馈赠，将终生敏感于天光四泄的自然景象，譬如无边的朝霞，漫天的繁星……而卢卡奇就曾这样描绘过他所追慕的"史诗时代"："在那幸福的年代里，星空就是人们能走的和将要走的路的地图，在星光朗照之下，道路清晰可辨。那时的一切既令人感到新奇，又让人觉得熟悉；既险象环生，却又为他们所掌握。世界虽然广阔无垠，却是他们自己的家园，因为心灵深处燃烧的火焰和头顶璀璨之星辰拥有共同的本性。"[1] 当然，无论是吴亮笔下所书年代，还是作者本人当前所处年代，都与古希腊"史诗时代"和卢卡奇当时所处时代不相同，但是天光——那些不止于朝霞或星空的天光，那些散落四处的天光，一样于无形间做了串通深远的精神秘使。比照之前的《我的罗陀斯：上海七十年代》[2]，吴亮这一次，是用更复杂的曲调，去哼出时间深处的隐歌，里面天光、人心交相泄露之处，不在少数。其中之一，便关乎红色年代里灰色个体的精神幽闭与洞开，以及扭曲伸张的灵肉秘史。

"差不多整个夜里，宋老师打开窗户，明月当空，夜上海，冷冷清清，难得，给自己倒一小杯桂花酒，茫茫烟水着浮身，

[1] ［匈牙利］卢卡奇:《卢卡奇早期文选》，张亮、吴勇立译，南京大学出版社，2004，第3—4页。

[2] 吴亮:《我的罗陀斯：上海七十年代》，人民文学出版社，2011。

哎呀呀，湘弦洒遍胭脂泪，香火重生劫后灰，她还是心仪苏曼殊，李清照，语文课早就不讲这些封资修了……"（《朝霞·16》）

"明月当空，夜上海，冷冷清清"，这是《朝霞》里较早出现的一个天光辉映人间的意象，但是与卢卡奇所描绘的那种完满的、总体性的生命图景（"在那幸福的年代里，星空就是人们能走的和将要走的路的地图"）不同，1974年的上海语文老师宋筝却处在某种与时代总体性的断裂之中，作为一个异质性个体，她近乎置身于历史的背阴面，世界虽然广阔无垠，却非其个人所适之家园。因此，皓月当空光耀人间，具体触发的却是"幽僻处可有人行"的孤独、惆怅，以及由此而生的对于"地下"阅读和私人爱欲的内向性寄寓——贪恋某个人，喜欢某些书。这种寄寓无疑也会带来生命的自由欢畅与飞升之感，可终究无法同更加广阔的世界、天地或舞台相联通，相契应，而只能生产出受限制的、孤岛式的自由欢畅，不时露出幽闭、压抑、残缺的底色。在此意义上，由"明月当空"所传递的自然存在的普遍性——如"海上生明月，天涯共此时""滟滟随波千万里，何处春江无月明"等诗句所呈示的那样，就不仅比照出宋筝女士的生命残缺（个人有限性），而且比照出当时社会集体行动的残缺（公共有限性），即这样一个宋老师，她并非是自由自在、与生俱来的，而是被一个无法将其成功纳入的革命年代"失败性"地生产出来的。

易言之，眼前孤独、幽闭的中年女教师宋筝未必就没有一

个别样的精神前史。尽管如程德培所言,《朝霞》中的诸多人物
"都是革命之后的残余之物","被称之为寄生虫、社会闲杂人员、
多余的人、卑微者、罪犯与贱民、资产阶级的遗老遗少,他们
像废品一样被遗弃,或者像'丧家之犬'无处藏身";尽管其
中的少年或青年,如阿诺及其伙伴,时常"请病假消极怠工,
抽烟并且过早地谈情说爱,不务正业且'游手好闲'。他们的
行为特征就是闲逛、游荡、不合时宜地阅读与思考,脱离'政
治'地议论政治,整日生活在漫无边际的聊天和格格不入的闲
言碎语之中"[1],但无论如何,大家其实都曾对世界和未来抱有
过某种尚未折损的想象和期待,譬如八岁时的阿诺:"复兴公园
大草坪,一九六四年的一个夏夜,阿诺想起他躺在草坪上看天
空,天气晴朗,繁星笼罩了阿诺,大草坪很大,除了浩渺的星
空,周围的纳凉者都在阿诺视线里消失了,那是多么大的天空
啊,默默地,姆妈的说话声就听不见了,阿诺好像脱离了地面
漂浮到半空……"(《朝霞·56》)又比如十几岁的东东(1972年):
"东东无比细心地将那两颗薄如蝉翼的玻璃纸五角星用清水贴附
在米格7的机翼两侧,迎着午后洒落在天井里的逆向阳光,他
把那架泛着银光的战斗雄鹰高高托向蓝天,沉浸在一种只有他
感觉得到的幻想中,呈现在几乎要让他眩晕的天光之下的两道
舒缓的机身弧线,以及伸开双臂般的两翼,东东窒息了,为它

---

[1] 程德培:《一个黎明时分的拾荒者》,《收获》2016 年长篇专号"春夏卷"。

的不可一世，为它想象中的舱体、构件、性能、航速、攻击力，他窒息了。"(《朝霞·18》)

当讨论到人之为人的问题时，黑格尔有云："人既是高贵的东西，同时又是完全卑微的东西。它包含着无限的东西和完全有限的东西的统一，以及一定界限和完全无界限的统一。人的高贵之处，就在于能保持这种矛盾。而这种矛盾是任何自然东西在自身中所没有的，也不是它所能忍受的。"说人是"有限"的，这可以从人的肉身性和社会性层面一目了然；但人和动物的不同之处在于，人同时又拥有一种能够从一切生物、社会的现实规定性中抽象出来和超拔出来的可能，这便是人的"无限"性。人的"无限"性意味着："我能摆脱一切东西，放弃一切目的，从一切东西中抽象出来。"黑格尔认为，尽管这首先表现为一种"否定的自由"，具有严重的"片面性"，但这种"片面性"始终包含着一个关于人的"本质的规定"，它是人兽之分的界碑所在，是我们身上弥足珍贵的东西，"所以不该把它抛弃"。[1] 在人类生活中，阿诺、东东式的个人与天光之非凡相遇绝非孤例，而是属于一种普遍现象。不论何人，其生命中总有那么一些时刻，某道天光或某些天光仿佛神意施授，于无形间担任了指引一颗少年心朝向"世界尽头"的灵媒角色，进而对这少年发挥巨大的启迪和照亮功能。因此作为读者，我们单从《朝霞》中

---

[1]　[德]黑格尔:《法哲学原理》，范杨、张企泰译，商务印书馆，1961，下同，第46、15页。

人跟天光这种神秘契对的幽微瞬间便可见出，压抑、断裂、孤独并非一个人与生俱来的故事基调，亦非这故事中最隐秘、最深邃的情节。而要求真正的、理想的自由，才是个人和集体共有的梦幻。至于在现实世界，集体化（共同化）则又担当了一种极其复杂的社会功能，比如被许多人视作人类普遍迈向自由王国的行动阶梯……

从八岁阿诺到十八岁阿诺，从此一少年到彼一少年，从每个少年、青年到中年、老年，其间总是塞满了各种悄无声息却又惊心动魄的精神迁移或变形，而当这些迁移或变形层层叠叠地蓄积、围裹起来，就很容易从里到外给一个人带来种种生命的遮障。"夜晚来临，黄浦江西岸下沉的夕阳在象征殖民主义屈辱历史的高楼大厦一侧投下绛红色的光芒，东边的天空已经隐进晦暗不明之中。"（《朝霞·60》）在最直观的层面上，这一天光渐淡的自然景象隐喻了一个时代总体性及其未来的"晦暗不明"，与此同时，它也再度隐喻了阿诺等人同其生命总体性、完满性想象与欲求的严重失散或断裂，隐喻了宏大集体行动的种种无能和无效。于是，投奔个人情欲便往往成为一个少年或中年曲折回返"原型家园"最有效、最暧昧的法门。那些天光见证和说明了一切——"阿诺暗笑着把眼睛转向了窗外，深秋阳光真灿烂，女人的屁股，哎哎。"（《朝霞·53》）自从阿诺与偶然邂逅的殷老师偷欢之后，那一道道原本通天彻地的总体性的光芒，便日益碎化为一个个受限制的存在局部——"不要把面孔别过去，转过来好吗，给我看看你的脸，侧面，正面，纤纤你的下巴真好看，轮廓，睫毛，鼻翼，冬天的太阳很亮……"（《朝霞·87》）

不过，恰恰是在这样的历史时刻，我们才特别需要记起尼采说过的一段话："假定我们要在某个独一无二的瞬间表示肯定，那么，我们借此就不只是对我们自己，而是对所有此在（Dasein）都表示了肯定。因为没有什么东西是自为独立的，无论是在我们自己身上，还是在事物中，都没有这样的东西。而且，如果只有绝无仅有的一次，我们的心灵犹如一根弦因幸福而颤动，发出鸣响，那么，为了肯定这个唯一的事件，就必须要有所有的永恒性在场——而且在我们进行肯定的这样一个唯一的瞬间里，所有的永恒性都已经得到赞成、解救、辩护和肯定了。"[1] 在这个世界上，至少有一种宿命或本能真实存在：那彼此失散的，永远渴盼着重新团聚。而这也正是每一个个人同他所属的国家重新上路、重新进发的原始动因。

如此，我们方能更好地解释《朝霞》中人与天光的另一些相遇，比如在1976年的9月9日——一个特殊的日子，一个可被赋予无数象征意味的日子，上海青年林林正在中国西南边陲进行一场孤独的漫游。"林耀华的计划安排得很缜密，成都向南，第一站昆明，再西行，沿路停留大理、保山最后落脚腾

---

[1] ［德］尼采：《权力意志》，孙周兴译，商务印书馆，2007，第354页。

冲，山路崎岖，长途汽车摇摇晃晃西照阳光透过车窗玻璃，树影婆娑忽幽暗忽耀眼……"长途，远方，偏离，天开地阔的西南，寂静的西南，放任自流的西南，未知的西南，在那里，似乎连日光都失去了其普遍性。林林不知道，同时远足的，还有身在安徽齐云山地界的孙继中、何显扬、沈灏和李致行几人。本来，这只是几个少年或青年带着压抑无解情绪的一种散漫浪迹之旅，但是毛泽东的逝世让事情发生了逆转，"阳光下的一团影子，林耀华恍兮惚兮，这是一个陌生的南方公路哨卡，他怎么会看见自己的影子木然站在长途汽车旁边，那个人似乎在流泪，可不是四天前的哽咽，云南烈日暴晒干枯的藤蔓，一刹那，林耀华改变计划了。"(《朝霞·99》)此时此刻，作为小说的《朝霞》行将结束，而一个时代和人们想象中的远方正在开启。当然在此之前，吴亮就已经写道："朝霞满天，一个新世界将在悲剧之泪中诞生，此岸的记忆必须在彼岸那头得到恢复。"(《朝霞·95》)

二、隐歌

在《朝霞》中，禁忌、压抑、隐匿、幽闭、孤独、自怜、暴力、恐惧、灰暗，苦恼与苦难、荒芜与贫瘠、衰败与无聊、灰头土脸与无精打采、厌倦与悲哀等等这些固然都是分量极重的书写对象，然而归根结底，它们最多只是阿诺等人心中显现的表层镜像。如前所述，每当天光照彻之处，现身的往往是深藏众人体内的灵魂隐歌，那是镜像后的镜像，是欲望中的欲望。也恰恰是在个人与外部世界一体化的意志与行动发生断裂之后，在个人成为"革命年代"的游离者或局外人之后，这些凶猛顽强的生命隐歌才显现出它们的深刻性和终极性，与此同时，它们也以一种历史悖反的形式揭示了革命者、圣徒、庸众、疯子、暴徒、恶棍、酒鬼、恋人、自闭与自戕者、施虐与受虐者的同等秘密。

　　她渴望获得，要么枯萎，要么燃烧，她伸出丰饶的手臂做了一个蛙泳划水动作，必须专注于现在的这个男人……（《朝霞·95》）

　　马立克说，我爱你，贺子蓝说，你说什么？你再说一遍，马立克说，我爱上你了，贺子蓝说，来吧，我的爱人，来把我粉碎。（《朝霞·98》）

　　翁史曼丽魂飞魄散如升入天堂，但她此时从喉咙深处发出的痛苦低沉的呜呜嚎叫，却让翁柏寒浑身发抖，这个在他并不陌生的声音来自地狱，而不是天堂。（《朝霞·64》）

此处，我们无须再度停留于情欲、性爱、自由之类的陈词

之上，而应该去追问这所谓"燃烧"、"粉碎"、"魂飞魄散"到底意味着什么？《朝霞》中，叙事者曾将这些词语归为"另外一种语言和文字"："当局对文字书籍的过于关注，却无法控制无法监视到众多男人女人的私人生活尤其是他们的肉体生活，在这个无处不在时时刻刻骚动喧哗的秘密世界有着另外一种语言和文字，这种语言和文字汹涌而无声地被几乎一切男男女女使用着：放荡、肮脏，默契，含蓄，不贞洁，甚至于无耻、诲淫、亵渎、放纵无度。"（《朝霞·51》）事实上，这"另外一种语言和文字"并不仅仅朝向私人性的"肉体生活"，它们同时也朝向个人或群体性的精神生活。它们离政治经济学并不遥远，但又离精神分析学更近，而精神分析学的一个根本追问就是：你究竟屈从于何种欲望？[1] 在此追问之下，情欲、性爱、自由等等已经远远不足以道明一切。在《事关未来正义的正义》一文中，我曾将那个为世间所有人所共享的"欲望中的欲望"命名为"销魂"（或言"忘我"）。此概念从弗洛伊德的"死亡本能"假设推演而来，用以指称生命的"无机"化和精神的"无思"化幽暗冲动。面对这个概念，我们需要有一种敢于跳出西方理性传统的思想勇气，因为在弗洛伊德"死亡本能"神话的烛照之下，包括黑格尔之"绝对精神"在内的种种哲学话语，实际上

---

[1] 变形自拉康的名言："不要屈从于你的欲望。"拉康此语则转引自霍瓦特：《前戏——坠入爱河，或革命》，见 "Art-Ba-Ba" 网站网页：http://www.art-ba-ba.com/main/main.art?threadId=89626&forumId=8。

皆不外乎人类之反思性自我最终休歇下来的明证，不外乎人类"欲仙欲死"的一个又一个经典版本。[1]"人在每个时刻都是以自杀来构成他的世界的。"[2]同弗洛伊德的"死亡本能"假设一样，拉康的这句话也以一种令人不安的方式直言人类最根本的欲望，即人对反思性自我的擦除。而所谓"饮食男女"，恰恰是人类抵达"销魂"之境的路径典范。至于人对自我的"固执"，包括人的自恋在内，也不过是众人抵达"销魂"之境的一条秘密通道，其所呈现的，恰恰是自我与无我的对接或短路。事实上，人们对所谓自我越是固执，或其自恋行为越是强劲，其反思程度就越是稀薄，而其自我与"销魂"（"忘我"）之间的距离就越短。因此人们无论做什么，事情进展得越是顺利，其自我意识就越是匮乏，从而人也就越能"销魂"；与之相反，当事情越是不能正常运转，其自我意识就越是强烈，从而人也就越是不能"销魂"。[3]而这个不能"销魂"，恰恰是人类最不愿意承受的。由是观之，一个奋斗目标，一次热烈的追求，一套话语，一种信仰，包括自我与他者的普遍统一或者主观世界与客观世界的普遍统一，都不过是一枝枝"吊死"所谓自我的树杈罢了。这样的树杈还有许多，一个词，一个句子，一段音乐，一种味

---

[1] 详见拙文:《事关未来正义的正义——从蔡翔新著〈革命/叙述〉而来》,《上海文化》2012 年第 1 期。

[2] ［法］拉康:《拉康选集》,褚孝泉编译,上海三联书店, 2001, 第 121 页。

[3] 此处参考了齐泽克对人的意识发生机制的讨论,见［英］格林·戴里:《与齐泽克对话》,孙晓坤译,江苏人民出版社, 2005, 第 62 页。

道，一件事，一些人或一些物，皆可置人于"死地"。

> 　　以上帝的名义对魔鬼起誓，最不可能有爱情的时期有
> 人如此疯狂，竟然毫不胆怯，精心策划，将一切危险抛置
> 脑后，……飞蛾扑火式的爱欲献祭，战战兢兢，即便是荒
> 唐的一时冲动，也比深思熟虑的心灵受辱好上千倍，最黑
> 暗的地方才是最有可能找到光亮的地方，烈日即深渊……
> （《朝霞·89》）

毫无疑问，"疯狂"、"献祭"、"黑暗"、"深渊"也属于那
"另外一种语言"，但它们似乎比"燃烧"、"粉碎"、"魂飞魄
散"更进一步，愈发临近了人类欲望的根底。从《朝霞》中我
们可以看出，个体生命如此这般"疯狂"和坠入"深渊"之举，
绝不仅仅显现于人们的肉体爱欲之内，而且显现于私人癖好、
异端式思想与信仰、与情欲缠绻一处的审美等等之中，显现
于"躲进小楼"的音乐、绘画、建筑、古典诗词、日常闲谈和
某个"一直被反复深情回忆并绘声绘影描述的银色夜晚"（《朝
霞·81》）之中。这里面，有语文老师宋筝对古版纳兰词笺的
迷恋，有阿诺对朱莉、宋老师和纤纤等"火焰般的女人"（《朝
霞·73》）的无边思慕与眺望，也有社会主义劳模孙来福在其
"革命行动"受挫后，对玻璃花房、鸽子屋、水族箱和邮票的
"玩命"式的移情：

一块邮票大小的地方，无限斑斓的家庭自然博物馆，袖珍水族馆外面阳光明媚，房间里滴滴嗒嗒小气泵嗡嗡嗡彩色窗户晶莹透亮，躲避这座城市又返身于它，它的私密和自给自足，躲进阁楼成一统异国风情白天放鸽子晚上踏进家门投身另一个世界，红绿灯红宝石蓝宝石黑玛丽玻璃猫珍珠灯孔雀鱼神仙鱼金陵十二钗，与世隔绝舒适的角落，碎片的法则也适用于集邮爱好者，成群结队，变向，断裂，延伸，插入，关闭，捕获，充斥各个国家与地区，无止境的收集，不成系统的博闻，三脚猫学问，一间采样教室，活标本，不同时空的异域物种，中国业余者的汇编与命名，土法上马，乱世桃源。(《朝霞·68》)

　　注意，在这段看似纷杂凌乱的文字中，吴亮暗自埋伏了一个极为重要的短语："碎片的法则"。当然，它最重要的地方在于，吴亮将它跟"世外桃源"和"升入天堂"捆绑在一起。如此一来，则无数个人在革命年代的无数碎片化行动——除去上述，还可再加上散落各处的阅读、对话、日记、书信、闲逛、漫游……就都跟卡夫卡所言之"诗"和"祈祷"一样，显形为一只只"伸向黑暗的手"，而正是经由这种种碎片化的行动，人们渴望把自己的身体和灵魂"跃入消逝与创造之间的改变一切的弧光中"，并且"把它无法估量的光包容到自己的生存这张极易破碎的小摇篮里"[1]。易言之，所有这些碎片化的行动，无一不是通往人们各自所认领的"终极家园"的道路，无一不是"疯狂"，无一不是"玩命"，无一不是"销魂"。"来吧，我的爱人，来把我粉碎。"贺子蓝如是说道。

但问题是，总有各种源自人类世界总体性的苦难和压抑会不断将人唤醒，使其承受焦虑，感到苦痛，无从"销魂"。在这一点上，那个跟"世外桃源"捆绑一道的"碎片的法则"注定是无能为力。总体的事，仍需总体地解决。因此属于活人的更大更远的解放，尚待另外的反动。

三、逆向同行

无论是遵循"碎片的原则"，还是奔赴"总体性"道路，行动的人都渴望创造某种神话，或者说成就某种意义非凡的家园，革命和爱情，便是其中典型。在革命和爱情中，行为主体总要将一些分量极重的他者引入自我的国度——对于革命者而言，这他者首先是总体性的革命理想，然后是形形色色的同道中人和社会共同体；而对于坠入爱河的人来说，这他者首先是那被爱恋的对象。须知，这样的他者，绝不是主体的自我倒影，不是主体自我膨胀、自我扩张的手段和路径，而是足以引发主体

---

[1] ［奥地利］卡夫卡口述、［捷克］雅诺施记录：《卡夫卡口述》，赵登荣译，上海三联书店，2009，第 40 页。

自我敞开、自我突破、自我转化的目的和家园。只有在这样的他者与自我的深度交互当中,"返乡"或"在家"般的桃花源意识或乌托邦精神才在现代人心中得以存留与伸张——他们已经不再习惯以头顶的星空作为地图。

巴迪欧曾言,"爱"是"最小的共产主义"[1];而在《朝霞》收尾之处,则闪耀着这样的句子:"我将在尘世找到我的天堂。"在我看来,少年(或青年)阿诺对纤纤的眷恋,本质上就属于这样一种爱情,它同时也是一个"在尘世找到天堂"式的未完成的神话。"接受爱,忍受被拒绝的沮丧,无人知晓的失恋,单相思的愉悦与煎熬,……纤纤,纤纤,纤纤,纤纤纤纤,纤纤纤纤纤纤,我的纤纤,然后咬咬牙,把'我的'两字慢慢抹去,先是轻轻的,留恋的,诀别式的,直至完全抹去,纤纤,纤纤,纤纤纤纤……"(《朝霞·5》)"你的所有幼稚,傻冒,口气,局促,失态,都值得留念,永志不忘,为了爱","这就是你的全部真理"。(《朝霞·23》)为了爱,为了接受爱,一个人愿意将所谓自我不断打破、揉碎、重装,以此获得他再生的狂喜与甜蜜,并抵达某种体小量微的乌托邦家园。突然,我们发现一个被掩盖了许久的秘密:正是少年或青年阿诺所反对的时代,催发着他所希冀的爱情。在"革命年代",尽管将革命理念现实化的行动和手段存在巨大问题,并给无数人带来了分外深重甚至

---

[1] 〔法〕巴迪欧:《爱的多重奏》,邓刚译,华东师范大学出版社,2012,第118页。

是毁灭性的压抑，但是在革命的意识形态和文化氛围当中，某些他者的极端重要性，以及无处不在共同体式家园想象，却是革命与许许多多被革命压抑的个人所共享的时代精神资源和集体无意识。也就是说，在革命的意识形态和阿诺等人的爱情期许之间，存在着一种逆向同行或者异体同构的关系——革命压抑甚至捣毁爱的肉体，却在无形中扶持着爱的精神。唯其如此，我们才能更好地解释，为什么"最不可能有爱情的时期有人如此疯狂"，愿意不惜一切投向"飞蛾扑火式的爱欲献祭"(《朝霞·89》)。

与之形成鲜明对照的，则是我们当前所属的时代——一个似乎是中国历史上最无妨于自由恋爱的年代，却恰恰是一个爱情荒芜的年代。个中原因或许有很多，但我认为最为关键的，便是某些"超级"的"自我神话"[1]实现了其对社会的霸权统治之后，所造成的他者意义的普遍隐没和家园感的总体性亏空。黑格尔说："在市民社会中，每个人都以自身为目的，其他一切在他看来都是虚无。但是，如果他不同别人发生关系，就不能达到他的全部目的。因此，其他的人便成为特殊的人达到目的的手段。"[2]细思1990年代以降之中国社会，你会发现它是多么像一个无比广阔、庞杂的"市民社会"，尽管它的农村人口依然

[1] 这些"自我神话"享有一个共同的观念内核，即认为所谓"自我"才是世上最大、最高、最真实、最可靠的存在，是一切的起点和归宿，是居于一切之中和超出一切之上的"神灵"或"上天"。

[2] ［德］黑格尔：《法哲学原理》，范扬、张企泰译，第197页。

很多。而在这样一个时代总体性内部，当自我之外一切俱成虚无，当那些本应无比重要的他者被贬黜为自我达成目的的工具或手段，所有"抬举"他者的爱情，自然会遭遇前所未有之困境。

关于这点，金宇澄的《繁花》可谓是一个极佳的参照。在《繁花》尾程，一次酒宴欢场，"夜东京"的女老板玲子，从那一桌来这一桌搬救兵，要叫上她的小姐妹小琴去跟陆总喝酒，小琴的现任相好，小老板陶陶不让去，彼此僵持之际，小说中有一段描写："玲子说，陶陶认得小琴，也就是这种胡天野地场面嘛，不要忘记，是我摆的场子，现在一本正经，像真的一样。陶陶不响。玲子说，我早就讲了，样样事体，不可以当真。陶陶不响。玲子喉咙提高说，现在，我屁话少讲，陶陶，我当真了。陶陶不响。玲子面孔变色说，还以为是童男童女对吧，有结婚红派司吧，拿出来，我当场就滚蛋，回去睏觉。"[1] 从这段描写中，我们可以捕获两个极具"杀伐力"的经验主义判决：

第一个判决，作为1990年代中国都市风月场的老手，"夜东京"女老板玲子死死认定，当下中国之中年男女的风月实质，就是"胡天野地"，"样样事体，不可以当真"。第二个判决是，玲子压根不相信当下中国之"中年风月"有转向"少年爱情"的可能，因而她也就认定陶陶现在的情况是当事者神迷，是误把自己和小琴当作了"童男童女"，或者说误以为他们俩现在所

---

[1]　金宇澄:《繁花》，上海文艺出版社，2013，第382页。

为不是风月，而是爱情。

然而真实的情形是，陶陶所求之"温柔同眠"（与小琴）刚好朝向了我们所言那种渐趋荒芜的爱情：在自我之外，出现了一个至关紧要的他者——主体的爱恋对象，为了这个爱恋对象，主体不惜牺牲自己的重大利益。很显然，这样的他者，属于一种至少与自我平起平坐的目的，而非低于自我的手段。无论是对陶陶本人、对小琴，还是对时代、对世道，这件事情都构成了一个非常大的挑战和反叛。当然在小说中，陶陶最终是失败了。胜出一方，自然是"夜东京"女老板玲子，及其所认领的所有人皆以自身为目的，以他者为手段的当代风月。而这种风月观念或风月精神，绝对是1990年代以来中国大众意识形态的一个强大隐喻，它足可成为我们探查一个时代的活标本。"从三楼落地大窗往外瞧，可以看到正在升高的城市夜景，极目远眺，头顶前方一大片灯光璀璨，泛光射向天空，白天的杂乱拥塞污秽沉入了城市底部……"（《朝霞·33》）这是吴亮笔下偶尔露出的1990年代的人世暧昧之光，它的灿烂透出了另外一种虚无和荒凉。

《繁花》中，本待由风月转向爱情的陶陶差点成为一个例外，可惜最后还是被吊在了半空，动弹不得。而真正摆脱了"风月独裁"的中年人大概只有两个：一个是李李，一个是小毛。但他们的行动和声音最后也都以一种退出搏斗现场的方式弱化和空洞化了——李李是剃度出家，以一种自我大告别和大清洗的方式逸出当代风月的统治；小毛则是病逝，以此了断了遥遥无期的"幽暗"考验与煎熬。而对于同这二人都密切相关的阿宝来说，真正的爱情最终只能归于他的少年和青年，只能遥寄于少女蓓蒂和青年雪芝，可她们，却属于一个截然不同的时代——上世纪六七十年代。

那是一个至今有待于我们反复去辨识的时代，是众人的苦难与爱欲并生之地，是无数少年只得在其上"跳远"或"跳舞"，同时感到亢奋、失落、恐惧、悲伤、痛苦、烦闷、无聊的罗陀斯岛。无论书写《朝霞》的吴亮本人对这一"罗陀斯"抱有何种看法，他只要真诚，就有可能带出许多意想不到的文本后果。

"我们"向何处去
——由话剧《WM（我们）》和《我们走在大路上》而来的一份时代精神考察

我在《谁是刘震云小说世界恒久的主人公》一文中曾言："对于那些处于种种政治、文化焦虑的人来说，最具逼迫性的问题或许只有两个：未来世界的形式如何？主体为谁？"[1] 而关于这两个问题，作为活生生的具体总体性的诸般呈现，以及 W. 布斯所言思想认知、情感实践和审美形式的聚居之所，优秀的文学作品每每拥有非同寻常的表现力和存储功能，即在深入勘探世界"形式"的同时，为读者提供各种有关"主体"的想象。在此意义上，任何一件"好"的作品都是一份不可替代的社会记录和生命绘图，是经由作者之手投递给世界的"公开的情书"。也因此，文学研究与评论的任务之一，便是努力打捞或推举这些"情书"，以保障它们能够时时发出应有的声音。

---

[1] 吕永林:《谁是刘震云小说世界恒久的主人公》,《上海文化》2012 年第 6 期。

中国当代文学史，若以"新时期"开启为界，则之前作品，以"我们"为名且入史者众；而之后作品，以"个人"为名且入史者众。早在 1970 年代末 1980 年代初期，那些可用"我们"一词去指称的集体行动者形象就已经开始从当代文学中快速隐没——包括在聚啸一时的"改革文学"谱系当中，像"乔光朴"这样能够召唤出新的集体行动或共同体观念的"改革者"形象，也很快跌落为历史低语，而覆盖其上的，则是众多或直接或间接地催生各种社会分化的时代"弄潮儿"。至于"改革文学"之外，则更是属于个体行动者的形象世界，顾城的诗歌名篇《一代人》虽然题以复数，其间主词却是个体之"我"："黑夜给了我黑色的眼睛／我却用它寻找光明"[1]；被称为"一代中国青年的思想初恋"[2]的"潘晓讨论"，其核心文本《人生的路呵，怎么越走越窄……》[3]也是以"潘晓"个人的名义在向历史、现实和未来发问；张辛欣《在同一地平线上》的男女主人公虽然是一对夫妻，但小说首节的一句话却早就表明俩人各自为战的性质——"我和他就这样分开了"，因此整篇作品的主词也只能是两个"个人"，而非一个"我们"。纵览之后的文学史，以上三

---

[1] 顾城：《一代人》，《星星》1980 年第 3 期。

[2] 见彭波主编：《潘晓讨论——一代中国青年的思想初恋》，南开大学出版社，2000。

[3] 在《重温那个"个人"——关于一个久已消散的文学史印迹》一文（《上海文学》2008 年第 2 期）中，笔者曾将"潘晓"的信《人生的路呵，怎么越走越窄……》"界定"为一件文学文本。

例，不过是"以个人为名"的叙事洪流开始淹没各种集体行动者形象——"我们"的先声。也正是在这样的文学史迁变之中，话剧《WM（我们）》和《我们走在大路上》等作品才日益凸显为一种与时代潮流相背的"异类"之声，同时也凸显出其弥足珍贵之处和久远可存的文学史价值。

一、"我们"在何种意义上"无法重新生活"

在某些局部的历史时空之内，所谓"时势"乃至"世道"每每会裹挟一切，不容回旋。对无数普通人而言，新时代的开启，既有可能意味着一种新的人生境地豁然开朗，也有可能意味着一场巨大心灵磨难由此萌芽。置身于两个时代板块的交接之处，"大家都在重新选择生活"[1]，然而，每个行动者看似在进行自由选择，其实皆身不由己地被裹在道道洪流之中。洪流之一，便是在 1980 年代前期所发生的，将"个体"快速普遍化为新的社会基本行动单位的历史巨变——"在城市，无数的个体被从除经济维度外尚包含政治、伦理、精神、文化意涵的社会主义单位共同体中释放出来；在乡村，无数个体被从组织严密、管理严格，同时规划设计亦包含政治、伦理、精神、文化内涵

---

[1]　张承志:《北方的河》(第四节),《十月》1984 年第 1 期。

215

的农村集体经济共同体中释放出来"[1]。对于许多习惯于或倾向于以"我们"作为其行动单位和人生目标的人而言，在这样一个历史转型时刻，"共同体的幽灵如何摆放"这一命题，势将造成种种刻骨铭心的悬疑和不安。所不同的是，有的人最终从这个历史性的悬疑和巨大不安中挣脱出来——哪怕只是临时的和自以为是的，有的人却长时间地受困其中，找不到让灵魂安妥的真正出口。比如在《北方的河》的"题记"中，张承志就曾写道："我相信，会有一个公正而深刻的认识来为我们总结的：那时，我们这一代独有的奋斗、思索、烙印和选择才会显露其意义。但那时我们也将为自己曾有的幼稚、错误和局限而后悔，更会感慨自己无法重新生活。这是一种深刻的悲观的基础。"如今，带着另一个时代的普遍不安和社会分化之痛来考察当代国人跨越半个多世纪的"心灵史"，有心人自会发觉，张承志此言实在值得深究。

就在《北方的河》发表后的第二年，即1985年，一部话剧于无形之中对张承志的话做了一个极为深刻而具体的回应，这部话剧，便是由王培公编剧、王贵导演的《WM（我们）》[2]。在中国大陆文坛，1985年是一个收获颇丰的年份，"现代派小说""寻根文学""第三代诗歌""先锋文学"等等在这一年形

---

[1] 贺照田：《从"潘晓讨论"看当代中国大陆虚无主义的历史与观念成因》，《开放时代》2010年第7期。

[2] 王培公、王贵：《WM（我们）》，《剧本》1985年第9期。本文之后所引该剧本文字均来源于此。

成了众声喧哗的创作盛况，张辛欣、桑晔的《北京人》、阿城的《孩子王》、马原的《冈底斯的诱惑》、史铁生的《命若琴弦》、刘索拉的《你别无选择》和《蓝天绿海》、王安忆的《小鲍庄》、莫言的《透明的红萝卜》、韩少功的《爸爸爸》和《归去来》、残雪的《山上的小屋》、刘心武的《5·19长镜头》、张贤亮的《男人的一半是女人》、高行健的《野人》、林子的诗集《给他》、傅天琳的诗集《音乐岛》等作品也都在这一年纷纷亮相。同以上作品相比，无论是从面世时的社会反响来看，还是从文学史或社会文献学价值来看，话剧《WM（我们）》都并不逊色多少。但是从后来的受关注度和进入文学史的程度来看，《WM（我们）》却一直是一部相对沉寂的作品。尽管 2008 年它曾受到被"复排"的礼遇，并且也跻身于《中国新文学大系 1976—2000》[1]，可事实上，就它所发出的最隐微、最晦涩，同时又最深切、最揪心的声音而言，这部作品的文学史价值还是被远远低估了。这固然跟它当时被明令禁演和后来长久失声有关，但更重要的，恐怕还是同后来整个时代"以个人为名"话语的全面胜出及其强大的宰制力有关，与之相反相成的，无疑是"以我们为名"话语及其社会竞争力的失落与消隐。

在 1985 年的争议现场，最具代表性的反对意见，是认为《WM（我们）》没有写出当时社会的"本质真实"——"没有

---

[1] 沙叶新编：《中国新文学大系 1976—2000》（第 25 集），上海文艺出版社，2009。

反映出 80 年代青年奋发进取的本质特征，没有反映出新时期社会主义建设和改革的主流，不能给人以积极、正确的思考，给人以力量和希望"，反倒塑造和渲染了几个"歇斯底里"、"精神变态"的人物形象，"他们的灵魂都被扭曲了，伴随他们的只有寂寞、苦闷、颓废和懊丧"，"他们都在声嘶力竭地挣扎，找不到出路"。这一反对意见还特别强调："这种情况在十年动乱中出现是可以理解的，但到'三中全会'以后仍未见显著改变，就不好理解了。"[1] 客观地说，此类批评意见倒也准确抓住了《WM（我们）》中几位青年人核心的精神特征：寂寞、苦闷、颓废、懊丧。如其所言，剧中的"我们"也的确是在"文革"后的新时期"声嘶力竭地挣扎，找不到出路"。然而这个所谓的"找不到出路"，却并非"我们"几个跟不上时代的步伐，或者无法顺应"三中全会"以来的社会潮流，而是"我们"在紧跟时代步伐和对社会潮流的不断顺应中，所领受到的巨大失落感和虚无感的特别体现。剧中，在 1984 年的秋天 [2]，"我们"七人再度聚首，这些曾经的"集体户"伙伴们，一个个升官的升官（"板车"），发财的发财（"大头"、"小可怜儿"夫妇），成名的成名（"公主"），深造的深造（"修女"），发达的继续发达（"鸠

---

[1] "本刊记者"：《对〈WM（我们）〉的批评》，《剧本》1985 年第 9 期。

[2] 人们常常将秋天比喻为"收获的季节"，《WM（我们）》也不例外，但在《WM（我们）》中，秋天还被定义为"思考的季节"。

山"），在社会上可谓各有斩获和成就[1]，然而令人颇感意外的是，《WM（我们）》中的这几位"成功人士"在各自成功的同时，内心却不断滋生一种强烈的丧失感和虚无情绪。他们对人生的感慨也一如其在1976年冬天所哀叹的那样："人哪，人是什么？""人是可怜的小石头子儿！"而他们曾经忘情歌唱过的"共产主义接班人"之歌仍旧只是一种遥不可及的梦想——"准备好了吗？时刻准备着！……将来的主人，必定是我们。……我们的前途是无穷的呀！将来的主人，必定是我们！"[2]也恰恰是这种伏匿于"成功者"灵肉深处的"失败感"让我们看到：走出"文革"的"改革"年代，也照样存在着各种异化力量，也照样生产着它自己的言行禁区和思想苦闷。而与"共产主义接班人"之歌所传递的人生自由美好境况相比，"我们"几个所实际遭受的，恰恰是新的失落与人生扑空的叠加——"改革"所允诺的社会共同体形式理想的落空，能够去实现共同体形式理想的总体性主体理想的阙如。

在"我们"当中，"大头"（于大海）所表现出来的丧失感和虚无情绪尤其突出。按理说，在1984年秋天，这位钱已经多到连自己都"说不清"的"大经理"应该是最符合"三中全会"以来全国上下齐搞经济这一时代主旋律的，何况他发家不忘社

---

[1] 只有"将军"（岳阳）是个例外。

[2] 佚名：《共产儿童团歌》，本文在此借用了徐荣街、钱祖来发表于《中国青年》1963年第12期的诗作《接班人之歌》的名字。

会，经常大量买进"国库券"，还给"修长城"文物保护项目捐款……可是跟"集体户"朋友们聊起来，他却"苦笑"着说："我忙得自己都没有了！"结合《WM（我们）》的上下文，"大头"此言绝非某些成功人士所惯用的那种自嘲式自诩[1]，而是一种远离了自己理想抱负的苦闷自白。1981年夏天，下定决心要大干一场的"大头"曾经说过一句十分悲壮的话："只有走一条路——开公司，搞个体企业，实现我的理想！"［《WM（我们）》第三章，"夏（1981）"］那么什么才是"大头"的真正理想呢？1978年春天，当时"大头"念大学的道路虽然被切断了，但他依然斗志昂扬，一个人在家啃"民间刊物"和大学经济管理课程的全套教材[2]，［《WM（我们）》第二章，"春（1978）"；第三章，"夏（1981）"］还对"将军"说："我怀疑，有些口口声声'大干社会主义'的人，他们懂不懂什么叫社会主义？我劝你看看。甭管说得是不是都对，保证你感觉不一样！都是一样的年轻人，瞧瞧人家在想什么？在干什么？"接着他很有些自负地说："我认为：中国的希望，就在像我们这些人自己的手里！'天生我材必有用'！干吧，兄弟！"听了这话，"将军"当时不由一震。［《WM（我们）》第二章，"春（1978）"］从上述可以见出，在"搞个体企业"的商业进路中，埋伏着"大头"强烈的"共同

---

[1] 这种"自嘲式自诩"表面上看去，似乎是说很想为自己或家人腾出一些时间、享受一下生活，骨子里却始终将个人的功名利禄视为最高的生存价值或自我理想，并乐在其中。

[2] 后来发展到系统地自修大学课程和参加"存在主义"讨论。

体情结"和理想主义精神，他心中预约的最终的行动主体，也绝非一个个孤立的个人，而是朝向社会普遍的"我们"。然而从1981年开始"搞个体企业"到1984年已经腰缠万贯的几年，除了在个人财富上的"暴发"之外，"大头"所要面对的现实状况，却是他所追念的旧有共同体的分崩离析和他所想象的新共同体的无着无落。

首当其冲的，是新的社会共同体想象的无以维系。在1980年代，对于"大头"这样的成功者而言，虽然"人与物"的关系理得比以前顺畅了，但是"人与人"的关系却进入一种始料未及的恶化状态：当时的国家政策在保证政治稳定的大前提之下，开始对人的"不平等冲动"实施了全方位的解禁甚至鼓励，这就使得全社会的竞争普遍丛林化、幽暗化——不平等、不规范、不透明，使得陌路人的关系日益冷漠化、无情化——强者漠视弱者的苦痛，富人漠视穷人的死活，同路人的关系日益流氓化——相互利用、相互依存、相互撕咬、相互拥抱，如在剧中"鸠山"对"大头"所言："你不了解文艺界。跟你们一样，做生意。不过你们还好，在明里。这？全在底下玩'猫儿腻'，什么手段都使得出来。"［《WM（我们）》第四章，"秋（1984）"］。与此同时，各种权力和财富日益趋向一种新的不合理的集中，而在实质上，这无疑属于社会主义实践一直试图破解与祛除的"垄断"，如在剧中"大头"对"鸠山"所言："我们办个事儿怎么就那么难？你们怎么就那么容易？敢情中国这点儿'自由'、

'民主'，全让你们这帮少爷秧子占了去了，连一点儿也不给老百姓留下呀！"[《WM（我们）》第三章，"夏（1981）"]

其次，几个"集体户"伙伴所构成的友谊共同体也日渐崩溃——高干子弟"鸠山"和高知子女"公主"搭乘着现行体制谋求个人发展和生存快感去了[1]；工人子弟"板车"和普通职员子女"修女"则一个走了"搞关系"的路子，成为国家机关干部，一个走了上大学"搞知识"的路子，以求纯粹个人意义上的"知识改变命运"，这跟"大头"的共同体抱负无疑相去甚远；而在1981年毅然决然地同"大头"走到一起"小可怜儿"，也陷入了一种富而无聊的空虚状态，转而又跟旧情人"鸠山"来往起来，并且对"鸠山"知心地说："你只有搞艺术！"[2] 而她跟"大头"的爱情和婚姻则走到了解体的边缘。唯其如此，才会出现1984年秋天几个老友聚会时的讽刺性一幕："青年们走到一起，微笑着招呼、握手，彬彬有礼地拥抱。他们拉开长桌，就座。"这情形与陌生人之间的碰面几乎毫无差别，直到"将军"上场，大家才又迸发出久违的热情与激动，纷纷"狂喜"地叫着，奔过来，"高兴地拥抱在一起"。[《WM（我们）》第四章和"引子"部分] 但是，只剩下"将军"这一个情感挂钩的友谊共

---

[1] 这两个人一个在搞电影，一个在搞美术，其职业身份恰恰是新一代的文艺符号生产者。

[2] "小可怜儿"这句话其实可以引发许多疑问，比如她所说的"艺术"到底是指什么？它跟政治的关系如何？它跟市场的关系又是如何？它在新的社会演进当中扮演怎样的角色？对此，《WM（我们）》一剧并无太多交代。

同体，早已经脆弱之极。

如此看来，对于《WM（我们）》中"我们"几个而言，埋伏在1984年秋天的一个十分紧要的"问题"是：当以往种种由人类的"自然需求"、总体性的社会实践以及具体的人生际遇合力打造和维系的共同体及其想象普遍消隐之后，个人又将如何重置"他者对自我的重要性"问题？或者说，当友谊、爱情、家庭、社群、集体等共同体形式纷纷遭遇危机之后，个人又将如何处理自我的生命归属与心灵寄托问题？[1] 比照来看，在1976年的那个历史临界点上，正是由种种因素所促成的、并不明晰的甚至可能充满"错觉"的友谊共同体——包括其中的爱情共同体，近乎先验般地构成了正在绝望中苦熬的"我们"几个所能拥有的最大情感支柱，同时也构成了"我们"几个跨入"新时期"之时的一笔极其宝贵的精神财富。但是跨入"新时期"后不久，"我们"及"我们"的共同体意识便开始分解、弱化及至退场，当时代"共名"化的"自我实现"冲动同每个人的生存实际相铰合之时，"我们"几个中的多半便和当时许许多多的个人（特别是作为利益主体的个人）一样，很快从旧有的

---

[1] 如今重新翻看，一些同样是诞生于1985年，但被分别纳入"现代派文学""寻根文学""第三代诗歌""先锋小说"等等范畴的文学作品，其实都是在不同的角度或层面上试图回答这同一个问题，包括稍后而起的"新写实小说"乃至"新历史小说"，也都是如此。

各种共同体中析解出来，[1] 在那历史性的所谓自由之中，大家似乎通通看不到弗洛伊德早已发布过的精神分析学告知："集体心理是最古老的人类心理。我们撇开所有的集体成分而分离出来的个体心理只是通过一个渐进的、目前可能仍然被描述得不完全的发展过程，从古老的集体心理中分化出来的。"[2] 从现实的层面来看，"重新选择生活"的"我们"似乎都成功了（只有"将军"除外）；然而从理想的抱负来看，"我们"又似乎都失败了，并且都在"感慨自己无法重新生活"（包括"将军"在内）。

二、"我们"走在什么样的"大路"上

2008 年 12 月 23 日，在濮存昕等人的策划之下，由七十多岁的王贵导演出山复排的话剧《WM 我们》[3] 被重新搬上舞台。对于此番复排、重演，一些观剧者尝做如是描述与评价："冬夜清冷，朝阳文化馆内却热气腾腾。毛主席的大幅画像俯视群伦，灿然生辉。人头攒动，但不再是平日剧场里看得脸熟的文艺青

---

[1] 蔡翔在其《私人性及其相关的社会想象———一种历史沿革的关系描述》一文中对此有详细的描述与分析。可参见蔡翔：《回答今天》，上海人民出版社，2000。

[2] ［奥地利］弗洛伊德：《弗洛伊德后期著作选》，林尘等译，上海译文出版社，1986，第 133 页。

[3] 1985 年该剧问世时的标题书写形式是《WM（我们）》，2008 年的则是《WM我们》，前者为"我们"加了括号，以此凸显大写字母 WM 所象征的人的正立 / 倒置意味，但不少论者对此并未加以严格区分。

年们，而多是一些五十开外的中年人"，曾经的副标题"谨以此剧献给国际青年年"（1985）也被置换成"纪念知青上山下乡四十周年"的新名目，"八〇后的年轻人演绎着他们父辈的痛苦，一句句台词显然没往心里去"[1]。"看过《WM 我们》，有朋友惊叹的是'速度'：只二十年的功夫，就把当年的先锋戏剧磨成了仓库里的储藏物品，拿出来，只是在展览着当年的神情风貌，很难与当下的'我们'有什么关联了。这话不假，我看着现在舞台上的《WM 我们》，只觉得它如孤魂野鬼，絮叨着自己曾经的艰涩命运。"[2] 最终，2008 年的复排很快也遭致了停演的命运，只不过这一次停演的原因不再是官方禁令，而是票房冷淡。观众对 23 年后上演的这出《WM 我们》隔膜甚大，有评论认为："我们再看《WM 我们》的时候找不到感觉，是因为我们所面临的问题改变了。我们的隔膜是内心深处对于自身的隔膜，我们不再是'我们'了，我们需要再一次自我拯救，但《WM 我们》已经不能提供新的思想资源。事实上，我们也只能往前走，也许我们对前面的风景并没有把握，不过，我们却清楚后退是没有希望的。这样看来，对于我们而言，《WM 我们》不妨被看作是一次怀旧。"[3]

[1] 思伽:《〈WM 我们〉：剧场考古》,《书城》2009 年 03 期。

[2] 陶庆梅:《"我们"随风而去》,载于 http://blog.sina.com.cn/s/blog_5540382b0100e9qf.html。

[3] 解玺璋:《〈WM 我们〉：我们的思想在走下坡路》,载于 http://blog.sina.com.cn/s/blog_475b6ef80100e801.html。

但事实上，对于23年前《WM（我们）》所发出的最隐微、最晦涩同时又最深切、最揪人的声音而言，"怀旧"本身就是一种南辕北辙的精神错会，以"纪念"为名的复排不但很难起到重新打开剧本的作用，反倒容易对之造成新的遮蔽，从而引发话剧《WM我们》"很难与当下的'我们'有什么关联了"之类的感受，这种感受自然又会阻碍大家对当年的"我们"做更多更深的倾听，继而对"《WM我们》已经不能提供新的思想资源"式的评论产生认同。在这一点上，笔者更愿意赞同另一位论者思伽的见解："《WM我们》的作者，无意中描绘了今天羽翼丰满的'社会精英'的雏鸟阶段。他当年为剧中人选择的社会身份，经过二十余年的变迁皆已开花结果。正是在这个意义上，《WM我们》可以视为一部独特的历史文献剧。如果它当年确实是贴近生活提炼生活的，那么，它作为今天的伏笔实在并非儿戏。剧中人的沉浮荣辱，恰似一个无意识的预言。"即使在今天，"这出戏依然有耐人寻味之处，甚至可以说，表现出某种不同寻常的'敏感'"，尽管戏剧停滞在过去的时光里，但"生活的舞台却从未落幕"。[1] 只可惜，在世事变幻之间，1980年代的中国社会并未能好好珍视这份"不同寻常的'敏感'"，而今的众人则又似乎不知道该以何种方式去重新倾听和激活这份近乎"早产"的"敏感"。也许，在实际行动的层面，今天中国社

---

[1] 思伽：《〈WM我们〉：剧场考古》。

会对《WM（我们）》的重新倾听只能首先借助于某些消极的"中介物"，比如正在持续爆发的人与人之间的关系危机，包括随之而来的普遍不安和心灵灾荒——其最直接的反应，首先呈现为一种"消极"的危机反应。毫无疑问，这是一种错失了某些正向的历史机缘的反应模式，而它恰恰是当下最为真实的反应模式。

其实在 2006 年，一出同样"以我们为名"的话剧就已经在这一反应模式的思考框架之内，向人们发出某种对应于当下现实的尖厉提醒和温情召唤了，这出话剧，便是由黄纪苏编剧、王焕青执导的多媒体舞台实验剧《我们走在大路上》[1]。在黄纪苏等人的构想当中，该剧的主要旨趣是对中国"近三十年的社会心理史"和中国人"三十年的道路以及行走"进行一个总体展示，而在笔者看来，《我们走在大路上》还具有一个非常特别的附加功能：它无意中完成了一次对《WM（我们）》的"补写"与"续写"工作。

每次重读《WM（我们）》，几个疑问总是挥之不去：为什么"我们"的苦恼没有成为当时整个时代的苦恼？为什么"我们"的切肤之痛没有成为一个时代的切肤之痛？为什么"我们"对他人和共同体重要性的意识没有成为一个时代的集体意识？为什么"我们"式的心灵苦痛没能对"文革"后中国人的精神

[1] 该剧剧本全文可见"北京市东城区图书馆"网站网页：http://www.bjdclib.com/dclib/photoreading/reading1/zpxd/hangjisu/201004/t20100401_31791.html，本文之后所引剧本文字均来源于此。

构造产生显著影响，进而对"新时期"以来中国的社会文化和心理进程产生显著影响？难道仅仅是因为《WM（我们）》只是一部文艺作品吗？难道仅仅是因为《WM（我们）》迅速被禁吗？如今将话剧《WM（我们）》和《我们走在大路上》进行对照阅读，一些之前不曾有过的对 1980 年代的反思开始慢慢变得清晰起来：原来在 1980 年代，"我们"几个其实只是"少数派"，而人们后来追忆和想象的诸多所谓"美好"，在许多层面很有可能既受不住经验的碾压，也经不起知识的考古。[1]

《WM（我们）》是以"我们"七个人作为叙事焦点的，因此对于"我们"之外的社会总体状况，其直接描写非常有限，多数是通过"我们"来进行折射或间接呈现的，在这方面，《我们走在大路上》恰好可以形成极好的补足。同样是表现 1980 年代中前期，在《WM（我们）》的"第四章"中，"我们"几个当时正遭受到价值虚无感的猛烈袭击，但是大家心中都还有着某种深深的犹疑和挣扎，都还没有彻底丢掉"追求、探寻真理的激情和热诚"[2]，而是处在一种既彷徨失落又苦苦求索的复杂情态当中，因此对于"将军"最后所言——"人呢，活着总得有点精神，总得奉献点什么，创造点什么。没有这个支柱，恐怕一天也挺不下去"[《WM（我们）》第四章，"秋（1984）"]，剧中的"我们"几个都还有着明显的认同感。然而比照《我们

---

[1] 或许，这也是今天还原 1980 年代时所需的一种必要的思想准备。
[2] 解玺璋:《〈WM 我们〉：我们的思想在走下坡路》。

走在大路上》一剧的剧本，读者就会看到当时某种普遍而凶险的大众情绪：

> 管它正义路西斜街——只抄那道近的 / 管它红砂掌黑砂掌——只练那致命的……

> 人，就这么逼出来 / 事，就这么拼出来 / 命，就这么争出来 / 历史就这么踏着尸骨前进……

> 楼，就这么盖起来 / 家，就这么发起来 / 国，就这么强起来 / 历史就这么踏着尸骨前进……

对于以上的"群舞群诵"和社会心理氛围，《我们走在大路上》"第三幕"一开始就用多媒体投影嵌入了一种解释："作为社会转型的前奏，社会心理发生山河巨变。这一切都伴随着对'人'的重新发现：人的真相是兽（弗洛伊德），人的本质是私（黑格尔），人类历史是欲望的跑道，人类社会是强者的猎场（李劫）……"当然，这个解释所表现的，只不过是当时民众对各种思想自取所需式的误读与误认，然而恰恰就是这种"误读与误认"的思想与情绪混合体，后来却在种种社会力量之重重铰合中上升为普遍流行的社会观念，而无数操持与认同这种"误读与误认"的中国人，则在各自的精明算计与理性投机中

229

释放出种种野蛮前行的癫狂力量，进而对当时的理想主义和反思精神造成了巨大冲决。关于这点，黄纪苏本人是有自觉考量的，他说："当我写到1980年代各个时期的特征的时候，就发生一些分歧。一些朋友都在说1980年代的特征是理想主义。在戏中，我认为1980年代是价值观念天翻地覆的时期，出现实用理性、世俗理性、个人主义、强者哲学、精英路线等等。变化的价值观、商品社会与政治激进主义把中国社会推到一个状态。一些人说我没有把1980年代的理想主义表达出来，这与我个人的感受不太一样。"[1]我们倘要在文学领域寻找该时期"另一"时代精神的对应物的话，应该就是先锋文学、王朔小说和新写实小说等等在1980年代中后期的兴起及至盛行，而它们书写的中心恰恰是：恶、虚无主义、私人情欲和财富观念的主宰性、近乎于"死心塌地"的物质化和世俗化……[2]

不过，这一知识的考古工作还可以再往前推进一步，因为早在"文革"之末与"改革"之初的历史铰合处，就已经潜伏了各种社会分化可能与历史幽暗面。对此，《我们走在大路上》"第一幕"可谓有着十分直观的"虚构"式传递，如在舞台"投影时间—路线图标示"的"1976年"，台上众人"依次宣告自己的心事"，其中，"插青"的心事便是："反白造了，乡白下了，

---

[1] 靳大成等：《话剧〈我们走在大路上〉讨论会纪要》，《文艺理论与批评》2007年第1期。

[2] 与此相关的详细论述可见拙著：《个人化及其反动——穿刺"个人化写作"与1990年代》（东方出版中心，2010），第一章第三节"共同体叙事之消隐"。

苦白受了；梦白做了，心白跳了，血白热了；风白吹了，水白流了——谁也别跟我白乎了：谁让我回城进工厂吃商品粮我跟谁走……"而当众人"手挽手沿着解放大道走向未来"之时，他们"或单人或双人在热烈的行走中"喷涌而出的话语则是："腰肢要解放，到春风里扭一扭/腿脚要解放，往野地上走一走/脑筋要解放，顺自己想一想/心情要解放，由性子嚷一嚷……利益要解放，恶的本是真的/效率要解放，善的净是蠢的/差距要解放，齐的都是死的/个人要解放，小的才是好的……想象要解放，西风起了/理性要解放，世道变了/欲望要解放，上帝完了……"应该说，这种种或潜伏于历史地表之下或早已公然播洒其上的社会普遍心理，无疑是1980年代的一个重大的精神起源。

从文本上与之相应证的是，在《WM（我们）》中的"1981年"，高干子弟"鸠山"曾有过一次同当时社会风气直接相关的自白："我像钻进了下水道，哪儿都脏！……我换了很多地方，可到哪儿都看得见趋炎附势、尔虞我诈、虚伪欺骗！我的朋友可以说很多，可没有一个是真的，都是想利用我。（惨笑）互相利用！可你们这些真朋友一个也不来找我！"可见，在新一轮的社会"解放"体系之内，历史与现实的阴影可谓无处不在。如果说"鸠山"所揭发的是当时社会中上阶层的生存情状，那么工人子弟出身的"板车"对"鸠山"和"将军"的一次当面情绪宣泄，则充分传达了当时社会中下阶层积压已久的不满

231

与怨恼:"我哪点儿比你们差? 凭什么你们当官的儿子就注定当官,我他妈就注定还得住大杂院儿? ……总有一天,你们会对我'板车'另眼看待!"[《WM(我们)》第三章,"夏(1981)"]而在"我们"这个充满象征意味的小共同体内部,个人与个人之间的分化其实从大家参加高考那一幕就开始了:当榜单放出之时,过线的"修女"先是"几乎不相信自己的眼睛",接着是无以自禁的"狂喜",她希望与伙伴们分享自己的喜悦:"你们看哪! 我超过分数线啦! 哈哈哈哈! 我考上了! 考上啦!"然而现实的难题在于,青年们根本无法和她分享喜悦,"修女"猛然清醒过来,"看看同伴,感到惊恐和尴尬",她向伙伴们致歉,甚至"乞怜地望着大家",但是各怀伤心的青年们"有的扭过脸去,有的勉强笑笑"。最终,"修女"捂着脸哭了,"她抽泣着向大家鞠躬,然后转过身,一个人孤零零地走了……"此后,《WM(我们)》中连续出现了好几处类似的"走了"、"散去"的情形,这些无疑都是"我们"这个友谊共同体的一次次危机绽裂。值得留意的是,每次散去,高干子弟"鸠山"多半是那个最后留在现场的人,也就是说,不管主动被动有意无意,以"鸠山"为代表的得势群体和成功人士始终是真正强大的在场者,而"将军"、"大头"们貌似积极主动地"走了",实际呈现的乃是他们在新的历史进程中的无奈让道和倒伏。

如此看来,即便是1980年代前期这个看似"载满每个人的梦想,充满所有人的力量",或者说"对几乎所有人都欣欣向荣"的年代,(《我们走在大路上》,第二幕)实际也同时是一个众生野蛮滋长和朝向分化的年代。因此当时之众人,多数可能并不具备多少倾听"我们"心声的耐心和诚意,相反,他们更容易接收的,很可能是类似《在同一条地平线上》式的冷酷宣告:"不管人们承认不承认,不管每一个人在用什么样的速度、节奏活着,整个社会,跟大自然,跟生物界一样,都被安排在生存竞争的和谐之中。……人,有无数的欲望,整个世界就在竞争中推进。""这是一个没有定局限制的拳击赛。连正儿八经的比赛规则都没有。不仅是用拳,而且是用膝,用脚,用肘,象暹罗拳那样。又像柔道,带衣领绞杀的手段。"[1] 如今回头重温此篇小说,可知作家当时经由作品人物所说的所谓"生存竞争的和谐",原不过是一种自欺欺人的社会生态想象,而这想象跟它在现实生活中的具体显形——社会丛林法则一道,皆汇入了一个民族在历史转折关头所进行的那场精神大迁徙。

当我们如此这般地将目光从《WM(我们)》移向《我们走在大路上》,然后再投向远远近近的历史和现实,或者反过来行之,就不免会问:"文革"结束后的数十年来,在各种文本和剧场内外,"我们"究竟走在一条什么样的"大路"上?未来的"我们"究竟要朝着何处奔去?而话剧《WM(我们)》所演绎的80年代青年之痛、青年之惘和青年之问在今天是否还有其并不过

---

[1] 张辛欣:《在同一条地平线上》,《收获》1981年第6期。

时的精神价值？如果有，这价值又当在何种意义上等待着人们去开掘和珍视？我想，若要对上述问题做出更多回应，就需要大家一方面继续将话剧《WM（我们）》和《我们走在大路上》合在一起进行"互文"式阅读，另一方面又将其同"后革命时代"的社会生活相对照，进而将这场"多方互文"式的精神勘探尽可能地深入下去。

相对于《WM（我们）》在剧本层面即已呈现的真切具体和细致幽微，《我们走在大路上》主要是动用舞台形体、音乐、高密度的话语和多媒体投影等元素来表现"近三十年的社会心理史"的，其中，各种信息量极大的话语——包括众人物的言语、"说唱人"的唱词、舞台上的"群诵"、叙事者的声音，等等，常常相互交织，此伏彼起，并像泥石流般地直扑观众和读者，令人闻之震撼。如它们共同完成的这种对"中国近三十年当代史"的总体勾勒：

"这是历史举办的一堂喜宴"，几乎所有的人都"意气风发、高歌猛进、不舍昼夜"。不过与此同时，另一种"低徊"之声已然浮现："再往前流，水就混了／再往前走，路就分了／再往前看，眼就迷了／再往前想，心就沉了。"（1970 年代末、1980 年代初）

"八十年代的启蒙路灯，就是这样把路照亮"："人性就是恶"，"人类的本质只能是你追我赶／人类的宿命只能是你争我抢"，"他人是你的地狱"，"要不你给社会下跪，要不社会给你

下跪"。（1980年代中期）

"我们走在跳板上／飘飘忽忽悠悠荡荡"，"世人喧腾躁进，魂不附体；社会分化由心而境在广大人群中展开"。（1980年代后期）

"强者跟菜刀接轨／弱者跟肉末接轨／人心跟防盗门接轨／人际跟大峡谷接轨／人情跟打火机接轨／人世跟火药桶接轨"，"1980年代确立的虎狼之道至此通过全面的市场化私有化政策展开为虎狼世界，一时间磨牙吮血之声、伤心惨目之象充斥华夏"。（1990年代）

"大款跟大官组合／大官跟大腕组合／大腕跟大师组合／大师跟太极阴阳组合／太极阴阳跟软玉温香组合／软玉温香跟紫檀家具组合"，"没钱跟没势组合／没势跟没声组合／没声跟没辙组合／没辙跟素质低能力差组合／素质低能力差跟下岗组合／下岗跟上访组合／上访跟爬楼组合／爬楼跟跳楼组合"，"被精英阶级挟持的改革事业，终于以中华民族的崛起为抵押，将中国社会带到富者奢靡无度、穷者苦难无告的境地"。（20世纪与21世纪之交）

"当精英们在弥漫的不祥之音中开始新一轮奔走时，他们发现被移至舞台中前场的中国另一半挡住了去路"，"这是1789、1870年的路况啊／一直甩包袱，怎么越甩越多呢？／都是咱的债主，咱的影子，根本甩不掉"，"不让他们走，咱也走不动，就这么简单／只好——一块走了？"。（21世纪之初）

235

一叶落知天下秋，可以说，话剧《我们走在大路上》是以高度凝缩的形式实施了一次难能可贵的宏大叙事实验，其中包括近三十年的线性叙事建构、码头集装箱般的语言汇演、街头橱窗式的世道人心展览、各种社会族群与生命个体的历史演进——工人、农民、知识分子、权贵、商人、混子、暴发户，老年、中年、青年……，编导者试图以此呈现和映照"我们向何处去"的问题，同时也就是以此折射和触碰"中国向何处去"的大命题。

因此，无论是《WM（我们）》还是《我们走在大路上》，其实都属于一种将各自时代的危机叙事与希望叙事集聚一身的文艺实验行动。对照观之，1985年的话剧《WM（我们）》尚且局限于用"我们"来传达"后革命时代"早期的某种尚未被正视的个体心灵危机和时代精神险象，以及"我们"对理想的回望和对未来的重设，而2006年的话剧《我们走在大路上》则表现出编导者对新世纪以来中国社会总体危机及其朝向的深切追问。但令人遗憾的是，《我们走在大路上》所描绘的全体中国人"一块走"的未来，似乎将太多寄望投注于"精英"们不得已的危机反应和功利算计上，虽然其背景叙事，乃在于弱势民众四下播洒且日益尖利的不满之声——"中国在行走中渐渐一分为二"，"高歌猛进的这一半无法摆脱穷途末路的那一半"，"对这一半来说，那一半更是某个踉跄就会应验的诅咒，某声霹雳便能成真的噩梦。那一半已在威胁这一半的复兴，正在狙击这一半的崛起。除非这一半稍稍仁慈其心肠，和缓其颜色，收敛其手脚。除非这一半同意以相互的微笑为微笑，以共同的行走为行走。"(《我们走在大路上》，第九幕）窃以为，现实的危机反应和功利算计固然有可能成为未来中国进行良性变革的直接动因，然而除此之外，各种各样的"我们"——作为新的时代和历史创造主体的众生能否焕发或者被召唤出更加积极的自由意志和集体行动？能否生产出更加激荡人心的生命状态和未来愿景？亦是极其重要——有时候甚至是更加重要——的维度，而这恰恰是《我们走在大路上》未曾回答，《WM（我们）》想要回答却又未能答好的问题。

三、文本内外的"我们"向何处去

"'我们'向何处去"？在当下的思想情境之内，这无疑是一个朝向新的"总体性"的发问。盘踞其后的，当然是"中国向何处去"这一时代大题，以及人们对它的强烈意识。而无论是"'我们'向何处去"还是"中国向何处去"，人们将之提出来和进行传递的样态有很多种。在1980年代早期，"将军"的提问方式及其问题意识是这样的："金钱、地位，难道，就比爱情、友谊还厉害？"[《WM（我们）》第三幕]这实际是面向一整代青年人的撼心之问，在那时，"我们"七人所结成的小共同体已经裂痕四绽，更紧要的是，围裹着"我们"这个小共同体的社会大共同体正在发生着一场翻天覆地的历史变迁,其实际效应与功过是非,要等到数十年后才有可能辨清。"将军"此问尽管受限于他所属时代的特殊氛围和言说方式,但究其实质,他已然将私人性的"爱情"和"友谊"之美好形态与更为普遍化的社会关系理想图景直观牵挂在一起,并视之为社会共同体的局部象征或微观堡垒,而将"金钱"、"地位"视作人与人之间关系恶化乃至社会共同体破碎的征兆。[1] 因此,对于当下和未来,"将军"这一直观考问同样有效,关键要看今天和未来的人们能否将它嵌入对各自时代的总体性考察之内。

如今数十年已逝,人们可以更加清晰地看出,对于"将军"在 1980 年代早期所发的摧心之问,之后的中国社会——更确切地说是 1990 年代以来的中国社会给出的答案可谓简单而粗暴:"金钱"、"地位"的确比"爱情"、"友谊"厉害。在今天,"金钱欲望的膨胀,就像原子弹爆炸一样……"[2] 而与之相伴相生的,则是各种生命共同体的溃败与荒芜。当然,1990 年代以来的当代岁月亦有其值得珍视的诸多面相,比如普通百姓在日常生活中的个体性和私人性得到了越来越多的尊重和社会保障,

[1] 必须看到,1970 年代末、1980 年代初的复杂性和朦胧之处在于:当以往的"社会主义革命"这一总体性的社会行动框架被普遍拆解之时,那些仍然信奉理想"爱情"和"友谊"的青年,他们既有可能朝着创造一个新的社会共同体迈进——就像《北方的河》中的男主人公"他"那样,也有可能朝着归顺于某个私人性的小共同体退缩——就像《北方的河》中的女主人公"她"那样。

[2] [白俄罗斯]阿列克谢耶维奇:《二手时间》,吕宁思译,中信出版社,2016,第 7 页。

比如人的不少自然权利和欲望得以解脱或释放，像作家林白就曾经自称是"一个特别热爱90年代的人"[1]，作家金宇澄也认为，1990年代并不全是声色犬马、尔虞我诈——"我们不能说90年代都是算计，进入经济社会，另一种正常现象，很多过程是美好的……阿宝和李李的感情很美，陶陶和小琴接触的过程也是"[2]，而无论是在对社会政治、经济和民主的认知层面，还是在对人情人性的认知层面，1990年代中人也日益趋近了某些迷雾消散后的真实，因而也就可能会为国人创造未来的行动开启一种新的起点，等等。但不可否认的是，对于无数中国人而言，1990年代终究又归于一个危机四伏的年代：政治上依旧晦暗不明，各种权力垄断并未得到根本性的祛解；经济上通行"自由的不平等交换"，资本不断上位，同时与权力同床共枕；社会文化中弥漫着色情化的意味，大众娱乐与社会总体化腐败共存；各阶层利益分化与相互区隔笼罩全局，混乱、残酷的竞争意识浸染了多数人的心灵；个人神圣的观念无限凸显，却又无法成为人们真正的精神皈依之所……凡此种种，在农村则有梁鸿的《中国在梁庄》为证；在城市则有金宇澄的《繁花》为证；在城乡连通、交错之地，则有方方的《涂自强的个人悲伤》为证。[3]

---

[1] 林白:《一个特别热爱90年代的人》,《南方文坛》1999第6期。

[2] 金宇澄、木叶:《〈繁花〉对谈》,《文景》2013年6月号。

[3] 时至今日，上述危机仍在不断滋长、漫延，甚至是激化，在此意义上，今天的中国人仍然是生活在1990年代的脉络当中，而未获得实质性的突破与超拔。

因着前文所考，此处必须特别强调的是，1990年代以来种种危机的根源并不全在1990年代自身，而应被追溯至1980年代乃至更早，关于这点，人们既能从《WM（我们）》中读出，也可从《我们走在大路上》看到。当然，更具理性思辨色彩的表述大多来自学界，比如蔡翔《革命／叙述》一书中的相关辨析："1980年代的变革是深刻的，新的思想资源的征用，对传统社会主义的危机进行了有力的克服，不能说这一克服是无效的——这一克服来自多个层面，对个人利益的正视，知识分子政策的调整（这一调整还意味着对专业化的尊重），自由的思想空气，等等。但是，更大的危机也同时被生产出来。对平等主义的实际的驱逐，导致社会分层的合法化，进而导致更为严重的两极分化；对科层制的强调，实际取消了群众参与的可能性，进而导致下层群众尊严的消失；个人生活世界的合法性确立，同时公共领域却在逐渐萎缩，阻碍群众进入公共领域的，除了政治，还在于个人欲望无节制的生产——这一生产来自于商品资本主义的强大力量，当个人进入这样一种资本的逻辑，除了对个人的热忱，同时生产出对公共领域的冷漠；'主人'概念的消亡，使得下层群众再次也是仅仅成为一个现代意义上的'合格'的劳动力，劳动再次进入一种异化的状态；未来再次失去，'西方'成为我们的未来，任何一种创造性的思想都可能被视为左翼思想的'复辟'，等等，等等。显然，社会主义的'退场'，意味着对这一'现代'最为重要的制衡力量的消失。而一旦资本的逻辑成为控制我们的最为主要的力量时，它可能导致的就是这个社会另一种危机的积累乃至爆发——三十年后，这一危机我们已经能够感同身受。"[1] 由此可见，"将军"当年的摧心之问，实在值得今天的中国人反复走近与细细倾听，也正是在这个意义上，话剧《我们走在大路上》完全可以被看作是一次对话剧《WM（我们）》"补写"与"续写"的行动。不过，在对"'我们'向何处去"这一时代大题的回应方面，《我们走在大路上》所"指望"的现实出口却又过于狭小，其剧终歌曲所寄望的"一块死""一块生""一块哭""一块笑""一块唱""我们走在大路上"的美好愿景，也极容易沦为空泛无力的单方面抒情。

笔者认为，在朝向未来生成的"大道"上，"弱者的反抗"显然是必需的，这既是危机所在，更是希望所在——社会主义"革命中国"的正当性和希望首先就建立在"弱者的反抗"之上。与此同时，未来世界也需要"强者的更新"——无论是自觉、自主的更新，还是由于"弱者的反抗"而生的被动更新，各方所谓"强者"都应当有心力去超越纯粹利益谋算式的危机反应模式，放弃制造种种"半张脸的神话"[2]，真正面向他人和共同体进行自我革新。此外，未来世界还需要那个处于强弱之间的庞大的"中间群体"双向发力——既作为"弱者"以反抗不合

[1] 蔡翔:《革命/叙述：中国社会主义文学—文化想象（1949—1966）》，北京大学出版社，2010，第388—389页。

[2] 王晓明:《半张脸的神话》，《中华读书报》2002年6月13日。

理的现实，又作为"强者"以努力自新，进而发挥其最大历史功能。更进一步言之，今天无数的中国人都亟需用一种前所未有的"新生"或"再生"姿态去锻造自己的思想和行动，唯有当越来越多的人愿意从自己身上去克服这个时代的危机，并以此寻求时代的新生，整个社会才有可能治愈各种现行的"集体盲目"与"精神失明"。就此而论，真正的行动者都必须以一种直面黑暗与深渊的勇气和智慧牢牢记住《失明症漫记》中那位"医生的妻子"的话："活着的人们需要再生，从本身再生，而他们不肯。"[1] 人们之所以"不肯"，是因为大家都被囚禁甚至是被"谋杀"在历史与现实的已有格式之内，丧失了想象和缔造新世界的能力。今天的中国人要想克服当前的巨大社会危机，追逐和实现新的共同体梦想，进而赢得个人和共同体的并蒂双生，就必须在超越以往和现行社会总体性构想的前提下，重新去创建人与人、人与物、人与自然、人与神圣的总体性关系及其具体形态。其中，人与人之间的关系体系（下称"人·人体系"）以及人与物之间的关系体系（下称"人·物体系"）之革故鼎新，则又是重中之重，而它们既属于重大的政治经济学难题，亦属于重大的精神分析学难题。

譬如，《WM（我们）》中曾反复表现过高干子弟"鸠山"对真朋友和社会共同体的情感需要，如果说这不仅仅是一种文

---

[1] ［葡萄牙］萨拉马戈:《失明症漫记》，范维信译，南海出版公司，2014，第254页。

本的虚构，那我们就有必要追问，到了《我们走在大路上》里面，"鸠山"们究竟是因何变成如此单面相的虎狼之辈，一心只念着磨牙吮血、饕餮他者（人和物）的？而在未来，"鸠山"们身上还有无可能发生某种朝向道德和伦理良善的情感革命？如果可能，其动力何在？如果不可能，其精神根源和现实机制又是什么？再比如，《WM（我们）》中的工人子弟"板车"对"公主"（与"将军"是恋人关系，长相漂亮）的爱慕和欲望，会对共同体之现在与未来构成怎样的挑战？而未来的共同体创建又当如何安置此种在人类社会十分普遍的"与情欲相关的审美冲动"[1]问题？后来，"板车"又为追逐"地位"而自绝于"爱情"，促成他此一抉择的"情感结构"和精神分析学意义上的驱力到底是什么？

　　近年来，笔者越来越倾向于认为，在精神分析学"剥皮剔骨"式的超常勘察之下，驱动人类生活的一个核心装置渐渐被揭示出来，此便是所谓自我的无限他者化，即：人的自我被不停贯注和消弭于他者的行动，许多时候，世人名之为"忘我"，或曰"销魂"。[2]而在人的所有他者化道路中，物化和他人化则是最为常见的两种，唯有辨认出人类这两种无穷无尽且无边无

---

[1] 我在《那些与情欲缱绻一处的审美》（刊于《上海文化》2014年9月号）一文中，曾就此"社会主义难题"进行过一些简单的讨论，本文暂不展开。

[2] 相关学理思辨及详细讨论可见拙文：《事关未来正义的正义——从蔡翔新著〈革命／叙述〉而来》（刊于《上海文化》2012年第1期），本篇此处只重述其中大要。

际的"忘我"("销魂")欲望，我们才能真正洞悉时刻奔流于自身体内的两种无可救药的爱欲——"恋物"与"恋人"，了然其本源或出处。

人的物化欲望有两种：一种由人的基本生存和生理需要所驱动；一种由人的趣味化、审美化需要所驱动。而人的他人化欲望亦可分为两种：当人的精力贯注对象为单个个人或小型社会群体时，此种人化可谓之微观他人化；当人的精力贯注对象为某个社会阶级乃至整个社会及其关系体系时，此种人化可谓之宏观他人化。如果说是物化和微观他人化构成了人类日常最直接、最基本的生活内容的话，那么宏观他人化则属于人们很容易会视而不见的梦念——在这个世界上，人不仅渴望同某个人或某些人发生亲密关系，人还渴望同其所属的整个阶级乃至全人类发生亲密关系。

唯有在上述意义上，人类生活中的两个重要概念——"资源"和"占有"，才会显示其庐山真面目，此即：人类社会最根本的资源，本质上只有两种——物化资源和他人化资源；而对这两种资源的占有，生产、分配、交换、消费，以及相应的社会关系配置，等等，便构成了人类日常生活的地表。如此，所谓金钱欲、名利欲、权欲、物欲、色欲等等及其相互交织便也现出其本相——它们俱为人之"忘我"或"销魂"的条条通道。一个十分关键的问题在于，人的许多跟社会等级制度息息相关的物化行动，其根本对象已不再是物，而迁移为人，在这样的物化行动中，如波德里亚所言："人们从来不消费物本身——人们总是把物用来当作能够突出自己的符号，或让自己加入被视为理想的团体，或参考一个地位更高的团体来摆脱本团体。……这种法定的区分过程是一种基本的社会过程，每个人都是通过它注册于社会的。"[1] 在《WM（我们）》中，"以工代干"的"板车"曾对"鸠山"和"将军"说："总有一天，你们会对我'板车'另眼看待！"因此，再多的维纳斯石膏像（物化对象）也无法填饱"板车"们的欲望之腹，除非，他们能够因此而得到"鸠山"、"将军"们的高眼相看和"公主"们的蜜意柔情。

辨清了这一点，我们便可以更加深入地面对"将军"式的追心之问：为什么"金钱"（资本）和"地位"（权力）会比"爱情"（人类共同体理想形式之一）和"友谊"（人类共同体理想形式之二）还厉害？同时，我们也就更容易弄清楚话剧《WM（我们）》和《我们走在大路上》所呈现的种种危机所归。要知道，在历史与现实的反复叠加中，无数不平等的物化行动和微观他人化行动造就了各种等级化的人类社会制度及其巨大的历史惯性和现实冲力，因此，在平等化的宏观他人化与等级化的宏观他人化之间，人们会在无意识中轻而易举地倒向后者。

---

[1] ［法］波德里亚:《消费社会》，刘成富、全志钢译，南京大学出版社，2006，第34页。

马克思有言："所谓彻底，就是抓住事物的根本。"[1] 今日之中国要想"彻底"解决好"'我们'向何处去"这一难题，就必须从人的物化、微观他人化和宏观他人化三个层面去重新激活权力制衡和平等主义的共同体理念，必须在物化、微观他人化和宏观他人化之间形成一种总体性的良性互动，并建立起一种更具独创性的好的"人·人体系"和"人·物体系"，从而最终让未来的生活真正成为一种"更具独创性的好的生活方式"[2]。这既是事关未来正义的大事，也是创造新时代的基底。

如果一个社会的"人·人体系"始终是朝向等级化的，其优势阶级或阶层也总是执意将等级化作为其宏观他人化和微观他人化的形式，那么这些优势阶级或阶层就会想方设法地保持乃至扩大其同弱势阶级或阶层的各种差别。如此，则无论是让自己注册于一个地位更高的社会阶层，还是让自己避免跌落至一个地位更低的社会阶层，都需要有更多的物质来铺排所谓进步或上升的道路，而这势必会造成永无休止且无限异化的恶性循环。是故，唯有创造出一个好的"人·人体系"，才有可能真正赢得一个好的"人·物体系"，从而将人们对物的欲望操持、维护在一种必要且合理的淳朴性当中，此可谓"建设"与"革命"的辩证法。如果未来中国能够创造出一个好的"人·人体

[1] 《马克思恩格斯选集》（第一卷），人民出版社，1995，第9页。

[2] 此处借用的是尤卡·格罗瑙在其著作《趣味社会学》里所使用的一个短语，但内涵不尽相同。见［芬兰］尤卡·格罗瑙：《趣味社会学》，向建华译，南京大学出版社，2002，第63页。

系"和"人·物体系"之叠加，并用真正普遍的正义观念浸润世道人心，所有的"我们"便有可能一同唱准和唱响共同体之歌。而这，当是1980年代之话剧《WM（我们）》和2000年代之话剧《我们走在大路上》最为远大的理想。

溪部

新生证实，有情有功
——读张新颖《沈从文的后半生》

　　刘震云小说《一句顶一万句》中，有一位私塾先生老汪，人已至中年，却仍受生活与思念熬煎之苦，"教学之余，有一个癖好，每个月两次，阴历十五和阴历三十，中午时分，爱一个人四处乱走。拽开大步，一路走去，见人也不打招呼"。喜欢"乱走"的老汪还喜欢默写司马相如的《长门赋》，尤其里面那句"日黄昏而望绝兮，怅独托于空堂"。[1]不过，老汪的"乱走"也好，"喜欢"也好，都只是他对世上孤独、忧伤的排遣和疏解之法，而经由这两种私人法门所实现的，也只是他内心焦灼的片刻纾解或转移，没法从根本上解决问题。然而就是因为这个老汪，因为他这种寂寞悲苦、无从求解的生命情形，使我对沈从文1952年土地改革时写的一段话感触极深：

---

[1]　刘震云：《一句顶一万句》，长江文艺出版社，2009，第26、29页。

万千人在历史中而动，或一时功名赫赫，或身边财富万千，存在的即俨然千载永保……但是，一通过时间，什么也不留下，过去了。另外又或有那么二三人，也随同历史而动，永远是在不可堪忍的艰困寂寞、痛苦挫败生活中，把生命支持下来，不巧而巧，即因此教育，使生命对一切存在，反而特具热情。虽和事事俨然隔着，只能在这种情形下，将一切身边存在保留在印象中，毫无章次条理，但是一经过种种综合排比，随即反映到文字上，因之有《国风》和《小雅》，有《史记》和《国语》，有建安七子，有李杜，有陶谢……时代过去了，一切英雄豪杰、王侯将相、美人名士，都成尘成土，失去存在意义。另外一些生死两寂寞的人，从文字保留下来的东东西西，却成了唯一联接历史沟通人我的工具。因之历史如相连续，为时空所隔的情感，千载之下百世之后还如相晤对。[1]

以此相顾，老汪之读司马长卿，岂非正是沈从文所说"千载之下百世之后还如相晤对"！可是再往深里转一层，却发现老汪只能做到从个人"抒情"意义上同古之"生死两寂寞的人""如相连续"与"如相晤对"，却不能从这些人断续相接的生命脉络或文化传统里找到自己的精神依凭。而反观阅读老汪

---

[1] 转引自张新颖:《沈从文的后半生》，广西师范大学出版社，2014，第79—80页。

之我，自然也就无法从他身上见出分外可求的非常法相。仔细琢磨，始知其中的微妙幽玄即在于，当我们同"生死两寂寞的人""如相晤对"之时，能否诚如沈从文言"在不可堪忍的艰困寂寞、痛苦挫败生活中，把生命支持下来，不巧而巧，即因此教育，使生命对一切存在，反而特具热情"？

人在寂寞孤独中行走，这是一处大关隘。你将以更加深刻的情意捍卫天真，还是从此倒伏于世故巧佞？你将抑郁消沉暗哑混日，还是坚韧振拔独行特立？或者说，你将苟延往世，还是默铸新生？经此可见分明。换言之，一个人能否在生命陷于无穷隔绝孤立之际非但不再"强持负气"以至于绝望自毁，反而开始真正"明白了自己，也明白了自己和社会相互关系极深"，反而生"慈柔"心，抵"大悲"境，[1]反而对"一切存在"抱前所未有之"热情"，进而将一己之命投入古今寂寞悲苦人的精神传统和文化创造的不尽长流，将孟子言"天将降大任于斯人也"真正理会到深处，落至实处，竭尽所能去做那些"由一个'思'字出发"的对的和好的事情，实乃革命性的考验。就此而论，《一句顶一万句》中老汪交出的答卷虽说不差，甚至于良好，但能称得上优秀的，沈从文用其后半生[2]所完成的答卷可算其一。也正是在"不可堪忍的艰困寂寞、痛苦挫败生活"的关口，在"强持负气"的自杀行为未果之后，沈从文日记中

---

[1]　参见张新颖：《沈从文的后半生》，第25页。

[2]　当然更确切地说，应当至少是张新颖笔下的"沈从文的后半生"。

艰难立起了这样的字句:"我要新生,在一切毁谤和侮辱打击与斗争中,得回我应得的新生。"[1] 这是一句诞生于精神病院的话语,是沈从文于身心柔弱静谧间写出的极为坚韧强悍的句子,由它所预示的,恰恰是一个中国现代知识分子创造自己被许多人低估了许多年的"新生"的开始。

一年多以后,在寄言"如相晤对"的第二天,沈从文又写道:

寂寞能生长东西,常是不可思议的!中国历史一部分,属于情绪一部分的发展史,如从历史人物作较深入分析,我们会明白,它的成长大多就是和寂寞分不开的。东方思想的唯心倾向和有情也分割不开!这种"有情"和"事功"有时合而为一,居多却相对存在,形成一种矛盾的对峙。对人生"有情"就常和在社会中"事功"相背斥,易顾此失彼。管晏为事功,屈贾则为有情。因之有情也常是"无能"。现在说,且不免为"无知"!

人人都说爱国家人民,但是如何爱,以及如何取证,实在大有不同。从历史看,管仲、晏婴、张良、萧何、卫青、霍去病对国家当时为有功,屈原、贾谊……等等则为

---

[1] 转引自张新颖:《沈从文的后半生》,第26页。

有情。或因接近实际工作而增长能力知识，或因不巧而离异间隔，却培育了情感关注。

根本问题还是要对国家、对人民、对公共财富有种深一层的爱，从政治远景上有这种爱，有这种认识。[1]

如今，在一个越来越"无情"而"有功"的时代，在一个人与人、人与物、人与社会的关系越来越"腐败"越来越"色情"的时代，在一个人们越来越习惯厮混于各种"欢场"和"热闹"而非自甘"寂寞"的时代，在一个越来越让寂寞人更寂寞、焦苦人更焦苦、空虚人更空虚，因而既失落于现时又无望于将来的时代，突然从字里行间"发现"这样一个"有情"而"无功"（或曰"无能"）的人，一个那么早就在思想上自觉"把中国历史看作是'有情'与'事功'之间的持续对话"[2]，自觉将"有情"放在同"事功"比肩而立的崇高、庄严位置，进而将自己孤立隔绝之身投入"一个伟大的文化创造的历史"[3]传统的人跟你"如相晤对"，这是怎样一种"有情"而动人的感觉！

其实数年之前，我就在上海听过王德威以"有情的历史"

[1] 沈从文：《事功和有情》，见沈从文：《抽象的抒情》，江苏教育出版社，2005。

[2] 王德威：《"有情"的历史——抒情传统与中国文学现代性》，《中国文哲研究集刊》（台湾）2008年9月号。

[3] 张新颖：《沈从文的后半生》，第80页。

为题讲述沈从文，然而这次间接相遇，却并未撞破我那已成厚厚隔膜的先入之见，也就是说，对于沈从文的后半生，当时听讲的我并未获得什么实质性的"启悟"，而沈从文后半生的形象，也始终停留在一种艺术创造力被压抑、生命质量被拉低的待"解放"状态。如此直到近前，因于某一外在的情由，使我收获并打开张新颖所著《沈从文的后半生》一书，才在一种无所预期的阅读中猛然"晤对"了1948年之后的沈从文，也"晤对"了一个以前未曾领会的伟大、宏阔的精神传统。这一"晤对"既解蔽了我个人阅读史上的一个大问题，让我从此体认了"有情"传统的非凡价值和现实意义，也让我在自己的寂寞孤独中确认和巩固了对"新生"的创造愿力。更重要的是，正是经由这本《沈从文的后半生》，我才极深切地明白了沈从文究竟是一个什么样的"有情"之人，也懂得了沈从文在其后半生是如何将"有情"活生生地落到实处的——他的精神和物质的装备是什么；在一次次的社会剧烈动荡和个人苦难遭遇之中，他是怎样想办法"稳住自己，免得发疯"[1] 的……归根结底，作为《沈从文的后半生》的一个读者，同时作为一个日常世界的行动者，我因此机缘而开始认真理会和落实沈从文的那句话："在不可堪忍的艰困寂寞、痛苦挫败生活中，把生命支持下来，不巧而巧，即因此教育，使生命对一切存在，反而特具热情。"

---

[1] 张新颖:《沈从文的后半生》，第 280 页。

单就沈从文自身而言，最初，在经历了 1949 年的"疯狂"和"自毁"之后，他的根本依凭是一种由"悲剧转入静谧"的"平静慈柔"心境。我想，这是生命遭逢大伤、大痛后的不受力、不负气状态，它既属于人将自我解散和空无化的消极心理保护——从此哪怕一切同我隔绝、凡事无分，于我亦无损无妨；也可归于人因一己之悲苦反而懂得同情和悲悯世间所有苦难，并愿对世间苦难有所分担的积极意识——沈从文如是写道："一个革命志士殉难时，一个无辜善良人为人毁害时，一个重囚最后时，可能都那么心境慈柔。'大悲'二字或即指此。"[1]

接下来，才是他对古之"寂寞无能"者"有情"传统的不断皈依。这是更积极的术业选择和艰苦操持，是分外卓绝的思想与行动。在特定时代境遇中，由于种种既外且内的原因，沈从文进行文艺创作的道路不再能够贯通新生，因此"研究古代工艺美术史"（其中的"中国古代服饰研究"最为后来人所熟知）便成了他皈依"有情"传统的具体路径。关于这点，已有张新颖的细腻分析可供对照："由自然的爱好和兴趣，发展到对世界、生命、自我的认识和体会，并且逐渐内化为自我生命的滋养成分，促成自我生命的兴发变化，文物对于沈从文来说，已经不仅仅是将来要选择的研究'对象'了。……历史文物研究，这是沈从文的自主选择。这个选择的因由，其实早就潜伏在他

---

[1] 张新颖:《沈从文的后半生》，第 25—26 页。

的生命里，像埋进土里的种子，时机到了就要破土而出。《关于西南漆器及其他》描述了这颗种子在土里的漫长历程。"不过尽管如此，我个人还是认为，就其皈依"有情"传统的形式而言，沈从文自 1950 年代开始的古代工艺美术史研究仍然是一种退而求其次之选，否则这中间就不会有数次的文学创作冲动一再冒出。因此，最内在的精神凭借，仍归于"有情"这一目的本身。

于是随之而来的问题是，对于"有情"这一悠远、崇高的目的，虽然有王德威等学者将之同"中国文学现代性"和"中国现代主体的多重面貌"[1]进行宏大关联，我仍然心存两个问题要问：一，沈从文之所以能够"有情"的动因何在，艰难时世之中，他缘何不选择与之相反相左的"无情"或"世故"？二，在长达四十年之久的现实操劳里面，沈从文用以坚持、维系这"有情"的真切配置又是些什么？

关于这前一议题，张新颖可谓将他的笔触体贴到了沈从文连通终生的自我"意识形态"和"存在方式"上，其中有两段引述尤为细密，一段是："在沈从文的生命中，怎么能够形成这样一种对待和转化痛苦的方式呢？他早年曾看了不计其数的杀人，甚至看到一个十二岁小伙子挑着父母的头颅，'因这印象而发展，影响到我一生用笔，对人生的悲悯，强者欺弱者的悲悯，因之笔下充满了对人的爱，和对自然的爱'。'这种悲悯的

---

[1]　王德威:《"有情"的历史——抒情传统与中国文学现代性》。

爱和一点喜欢读《旧约》的关联，"牺牲一己，成全一切"，因之成为我意识形态一部分。'他还说到《史记》，'这个书对我帮助极多，和一部《旧约》结合，使我进了一步，把他那点不平完全转化而成为一种对于人生的爱。'"张新颖的另一段引述则是："从1949年的'精神失常'中恢复过来，没过几个月就进入革命大学改造思想，沈从文当然明白自己正处在生命的一个大转折过程中。他回顾此前的人生，总结出自己的存在方式：把苦痛挣扎转化为悲悯的爱。'一生受社会或个人任何种糟蹋挫折，都经过一种挣扎苦痛过程，反报之以爱。《边城》和《湘行散记》，及大部分写农村若干短篇，如《丈夫》《三三》都如此完成。所谓生动背后，实在都有个个人孤寂和苦痛转化的记号。……工作全部清算，还是一种生活上的凡事逆来顺受，而经过一段时日，通过自己的痛苦，通过自己的笔，转而报之以爱。''现在又轮到我一个转折点，要努力把身受的一切，转化为对时代的爱。'"[1] 人生在世，无论成败得失，寂喧冷暖，都需要操持人跟人、人跟物以及人跟信仰之间的种种关系，或取一言蔽之，即需要处理人和世界之间的关系。而人生这种无以回避的操持，又源自人对人、对物以及对信仰（总体上构成世界）无以回避的需要。从张新颖对沈从文生命底色的呈现来看，包括从沈从文自己的作品来看，这无疑是一个很早就习惯以各种

---

[1] 张新颖：《沈从文的后半生》，第49页。

"爱恋"的方式与世界发生关系的人，而怨怒、冷漠、敌对、虚无、玩世等等，根本无法融入他的骨血之中。当然，这是一种天生与后天综合锻造的"有情"品性，它不但支撑着沈从文日常工作与生活的主体，而且浸润着他生命中的细枝碎叶。譬如，1950年3月27日，沈从文在华北大学（"革命大学"）早起散步，他看见"天边一星子，极感动"；又如，1951年在四川参加土改，从文家书寄言——"从早上极静中闻鸟声，令人不敢堕落"；还有，1976年下半年，沈从文与家人往江南避震，在苏州、上海等地数月间，"来来去去坐船，江南水村景色人事，给他留下美好的印象。他观察到，这里船上的老幼极少唱歌，与湘西不同；可是纵然沉默不语，'总像是在轻轻唱歌！'"[1]类似情形在沈从文一生中可谓数不胜数，毋庸多举，仅他这种对天边星子、清晨鸟声和江南百姓民间生态的幽寂感悟和慈柔深情，就绝非空漠无情之人所能生发。

然而最让人钦服以至景仰的是，一次次的危机熬煎过去，沈从文的"有情"德性和实践非但没有涣散枯竭，反而终呈永远流长，包括那由诸般困厄纠结所致的"自内再来的黑影"，也始终未能使他消沉和倒下。如此，便涉及前面的第二个议题：在长期的艰难苦病之中，沈从文又是用了些什么"法门"去坚持和维系这漫长的"有情"实践的？关于这一议题，张新颖可

---

[1] 转引自张新颖：《沈从文的后半生》，第51、72、276页。

谓用了整本书进行考究。在我读来，沈从文所用"法门"之最为中流砥柱者，应该还在于那一直支撑着他"独持偏见，一意孤行"[1]的思想见识和精神理会。此处权且从其《抽象的抒情》（1961年，未完成）一文中摘出二三片段作为示例：

> 生命在发展中，变化是常态，矛盾是常态，毁灭是常态。生命本身不能凝固，凝固即近于死亡或真正死亡。惟转化为文字，为形象，为音符，为节奏，可望将生命某一种形式，某一种状态，凝固下来，形成生命另外一种存在和延续，通过长长的时间，通过遥遥的空间，让另外一时另一地生存的人，彼此生命流注，无有阻隔。文学艺术的可贵在此。文学艺术的形成，本身也可说即充满了一种生命延长扩大的愿望。

> 让一切创造力得到正常的不同的发展和应用。让各种新的成就彼此促进和融和，形成国家更大的向前动力。让人和人之间相处的更合理。让人不再用个人权力或集体权力压迫其他不同情感观念反映方法。这是必然的。社会发展到一定进步时，会有这种情形产生的。但是目前可不是时候。什么时候？大致是政权完全稳定，社会生产又发展

---

[1] 徐悲鸿自书联。

到多数人都觉得知识重于权力，追求知识比权力更迫切专注，支配整个国家，也是征服自然的知识，不再是支配人的权力时。我们会不会有这一天？应当有的。因为国家基本目的，就正是追求这种终极高尚理想的实现。

伟大文学艺术影响人，总是引起爱和崇敬感情，决不使人恐惧忧虑。古代文学艺术足以称为人类共同文化财富也在于此。[1]

可以说，正因为沈从文有如此这般不与时同的非常见识，一切才如张新颖所言："千载之下，会心体认，自己的文学遭遇和人的现实遭遇放进这个更为悠久的历史和传统之中，可以找到解释，找到安慰，更能从中获得对于命运的接受和对于自我的确认。简单地说，他把自己放进了悠久历史和传统的连续性之中从而从精神上克服时代和现实的困境，并进而暗中认领自己的历史责任和文化使命。"[2]

见识之外，情志和愿力同样重要。在《沈从文的后半生》一书封面正中，是一幅沈从文1957年于上海民众庆祝五一国际劳动节之际画的速写，上面题记："艒艒船还在作梦，在大海中飘动。原来是红旗的海，歌声的海，锣鼓的海。（总而言之不醒。）"而书最前面的两张插页中，则印齐了沈从文前后画的这

[1] 沈从文：《抽象的抒情》，见文集《抽象的抒情》。
[2] 张新颖：《沈从文的后半生》，第83页。

组速写，其中最后一幅，是几近茫茫然空白一片的江面上，有个人正拿个小小的网兜在捞鱼虾，其中题记是："声音太热闹，船上人居然醒了。一个人拿着个网兜捞鱼虾。网兜不过如草帽大小，除了虾子谁也不会入网。奇怪的是他依旧捞着。"张新颖对这组小速写的读解可谓典型呈现了他对沈从文深心的无限体贴："时代的宏大潮流汇集和裹挟着人群轰轰隆隆而过——外白渡桥上正通过由红旗、歌声和锣鼓混合成的游行队伍——这样的时刻，沈从文的眼睛依然能够偏离开去，发现一个小小的游离自在的生命存在，并且心灵里充满温热的兴味和感情，这不能不说是一个奇迹。"[1] 能从这几幅画中读出"偏离"和"游离"，读出"沉静"和孤独，其实是比较容易的事情，而能够接着从中读出"温热"、"兴味"和"感情"，这才是一种对当事人深刻的理解、同情和发现。可以说，彼时沈从文的心，不仅是"凉"的，同时是"热"的，而他画中题记中的小虾子，"不用说，就是他投注了生命热情的历史文物研究。"[2] 恰是通过这样的记录和"书写"，沈从文不断由"思"字出发，奋力去重构或再造他和时代、社会的关系，进而寻找和认领自己在时代和社会中的位置，同时也不断去"反抗消沉和绝望的威胁"，"坚韧而有尊严地面对屈辱和困难"，进而"怀着不敢希望的希望"，"以劳动

---

[1] 张新颖：《沈从文的后半生》，第 118 页。同时可参照王德威的相关解析，见王德威：《抒情传统与中国现代性：在北大的八堂课》，生活·读书·新知三联书店，2010，第 109—131 页。

[2] 张新颖：《沈从文的后半生》，第 119 页。

和创造把生命融入历史文化长河中"。[1] 因此，这组小小速写不仅体现了沈从文见识的深远，也标明了他情志和愿力的强大。

但是让沈从文通达"有情"世界的"法门"远不止这些。精神的坚韧强健是一个自始至终的依凭，然而面对现实逼压时所表现出来的种种"无能"与"慈柔"，也同样让沈从文受惠良多。例如从 1949 至 1988 年，沈从文曾数次被动"转业"：从文学创作转到历史文物研究，从历史文物研究转到学写古诗，然后又转回工艺美术史研究；工作单位也被迫调来调去，从大学到博物馆，再从博物馆到社科院；直到 1978 年，沈从文的职称才由副研究员晋升为研究员；家里的住房条件也十分艰苦，文革期间甚至被占去两间房，仅剩一间斗室……艰困若此，沈从文却总是不争，而唯其不争，也才使得他在人格上得以最大程度地保留了"天真"，保留了他心中"道义的坚强"[2]，使得他最大程度地免于世故阿谀。沈从文深知："阿谀之有害于个人，则如城北徐公故事，无益于人。阿谀之有害于国事，则更明显易见。古称'千人诺诺，不如一士谔谔'。"[3] 沈从文不争，因此也就不必作贱自己，不必进行自我阉割。沈从文也吃得起苦，且有耻辱心，他宁愿分不到条件好一些的房子，也不愿"去向

---

[1] 参见张新颖：《沈从文的后半生》，第 354、281 页。

[2] 饶平如语。见柴静：《序：赤白干净的骨头》，饶平如：《平如美棠》，广西师范大学出版社，2013。

[3] 沈从文：《抽象的抒情》，见文集《抽象的抒情》。

某某当权的陈述"。[1] 沈从文不轻视琐屑卑微的工作，也不轻视琐屑卑微的人，正是因为如此，才有王矛和他之间传奇般的忘年佳话。[2] 沈从文"有情"，不伤人，反多慰藉他人之举，如在特殊时期，他给仍在上海郊区种菜的巴金写信，当时萧珊已经病倒，"她拿着五张信纸反复地看，含着眼泪地说：'还有人记得我们啊！'"[3] 沈从文去世后，墓碑背面是张充和撰书的挽联："不折不从，亦慈亦让；星斗其文，赤子其人。"结果有人发现，这四句悼词的最后一个字连起来，就是"从文让人"。虽然张充和本人说这只是一个文字上的巧合，并非原有之意，但是这可能只是"偶然"生成的"从文让人"四个字，却恰如其分地将沈从文"无能"而"慈柔"的后半生表达出来。当然，我必须谨守某种阐释的界限，毕竟沈从文是一位文化名人，是著名知识分子，因此其"不折不从，亦慈亦让"的自我认同和人格操守，也或多或少是以其仍被部分保留或重新赋予的社会地位和生活条件以及他所从事的"非异化"的专业劳动为前提的。如果自 1949 年起而至终老，沈从文只能以扫厕所或看菜园度日，或者只能从事其他劳役或苦役活计，如天底下那些彻头彻尾的穷人和贱民一样，那么恐怕也就很难有此"情深意远"的"沈从文的后半生"了。

---

[1] 张新颖：《沈从文的后半生》，第 274 页。

[2] 参见张新颖：《沈从文的后半生》，第 150、89 页。

[3] 巴金：《怀念从文》。转引自张新颖：《沈从文的后半生》，第 245 页。

无论如何，真实发生了的沈从文的后半生是非凡的。特别是到了1975年，他的古代服饰研究"意想不到地进展顺利"，与此同时，"他在体力和精神上，有了一种非同一般的体验——'返老还童'的'奇迹'：'即以吃饭而言，就不大知道饿，也不知饱。一天经常只睡二三小时，日夜作事，不知什么叫疲倦，也不吃什么药，头从不再感沉重。心也不痛了。走路如飞。心情简直和四十多年前差不多。'"沈从文很认真地思考了这种"奇迹"的出现，他把最大的功劳归于他所亲证和体验到的生命"忘我"状态："我于是另看了一些旧书，总觉得人在近万年内，大致因为群的生活，一切聪明才智多使用在对付人的得失竞争上，用心顾此必失彼，所以把原始人的嗅觉、视觉、听觉，甚至于综合分析能力全失去了，理解到这方面时，将可设法恢复已失去的一切。因此试从一般人事得失上学习忘我，居然在意想以外把似乎早已失去多少年的某种潜伏能力慢慢恢复过来了，特别是脑子里的记忆力和分析力，简直是近于奇迹！试搞了个廿多大小不一的文物专题，有的只四五天就搞出来了。"对此，张新颖做了一个真正"如相晤对"般的理解和评价："过去他还把'忘我'的工作当作'麻醉'痛苦、抵抗烦恼的方式，现在，'忘我'激活了生命内在的能量，他在自觉的意义上体会到了生命深层的愉悦。倘若我们不能理解沈从文这种无法从社会人事层面来言说的愉悦的生命体会，就只能把他'忘我'的工作看成是完全消耗性的、受虐式的持续行为；其实，工作和生命是互相支撑着往前行，互相激发着往上走。沈从文的这种自觉，也不妨看作是一个老年生命的再成长和新发现。他在秋天致陈从周的信里说，'大致是学懂了"忘我"二字的好处'——'忘我'通向了生命'上出'的又一个进境。"[1] 在一篇讨论"未来正义"的文章中，我曾将人定义为"销魂者"，[2] 在此我想，1975 年这段时间里的沈从文，真正算得上一位"忘我"而"有情"的销魂者。也唯有这样的"有情"之境，才是像他一样的古今寂寞人实现"销魂"的最佳境界。而在此"销魂"途中，他们既护佑了孤独寂寞者的信仰和尊严，又温暖了自己和更多的人，也让更多的人理会"有情"、变得"有情"成为可能。

人的"新生"或起于光明——包括自以为是的光明，或起于黑暗——包括自以为是的黑暗，1949 年后的沈从文，属于后者。如果用外部投射过去的目光看，沈从文的"新生"是从一个未遂的自杀事件中站起的，这属于一个历史瞬间的事实；而用沈从文自己的话来说，则在他的后半生，在他"心中深处"，总有种"坍圮现象"，"这种坍圮现象，是在生长中，随岁月不同而日益显明"，可是沈从文接着说，"我终得制止这个自内而来的黑影"[3]。由此可见，沈从文的"新生"虽然肇始于他 1949

---

[1] 参见张新颖：《沈从文的后半生》，第 268—270 页。

[2] 参见吕永林：《事关未来正义的正义——从蔡翔教授之新著〈革命／叙述〉而来》，《上海文化》2012 年第 1 期。

[3] 转引自张新颖：《沈从文的后半生》，第 281 页。

年的一次"自毁"行动，却最终完成于他1988年的"正常"逝去，掩卷《沈从文的后半生》，乃知这是一场何等艰苦卓绝的生命行动和漫长历程。我觉得，正是由于长久坚持了对自己乃至他人未来"新生"的创造冲动，沈从文才真正"释放"了他的后半生，这个后半生如果放在另一个沈从文手里，则很可能被种种特殊历史情境中的"迫害感"和"失败感"所扣押，所因禁，从而被永久关在"自毁"和"消沉"的命运当中。因此，对于沈从文之皈依"有情"传统和创造未来"新生"，就是得用一本书的厚重和长度来书写铺陈，如此才好与之相合相称，我觉得手头《沈从文的后半生》是做到了。张新颖这种"尽可能直接引述"的书写方式既是"特别方便"，也是"格外困难"。[1]在此，我愿将其私自命名为"银线度金针"之法，即以作者绵长用心之"银线"，细细排布传主之无量"金针"。我认为，张新颖正是以这一"银线度金针"之法，出色完成了一部深深潜入沈从文后半生的"精神现象学"或"心灵考古学"之作。张新颖曾在书中抒写："沈从文的后半生，可为'新生'证实。"[2]而今在我眼里，他的这本《沈从文的后半生》，则可为对这一"证实"的证实，是谓有情有功之作。

---

[1]　张新颖：《沈从文的后半生·说明》。

[2]　张新颖：《沈从文的后半生》，第37页。

文本、理论、世界和自我的重逢
——关于项静的文学研究与评论

　　人的许多行动都将滋养自身，或者败坏自己。人的许多动作，表情，说过的话，写下的字，莫不如此。人的许多行动无论宏大、幽微，皆事关生命的质地。所谓山重水复、柳暗花明式的"桃源"乍现，并非只是一种可遇不可求的世外奇迹，更是深埋在人的众多行动深处的爱欲与真理。只不过，出于各种各样或主动或被动的"功利"考量——衬之以各种各样所谓的"苦衷"，无数生命早早就被与现世俱来的匆忙与仓皇浸染，面对自己生活中的人事过往，他们很少也很难用心去打开"缘溪行，忘路之远近"这一不二法门，反倒如宿命般去堆积更多的匆忙与仓皇。然而，人生命中每一次无意或故意的放过和放弃——那些人、那些事，往往会架起更大的空洞，淘出更深的虚无。

　　"缘溪行，忘路之远近。"这话意味着什么？在《渔人之路和问津者之路》一文中，张文江先生将之称为"渔人之路"首义，云此深言"极要"，"而能否舍弃一切功利计较，正是渔人之路和问津者之路的根本区别。途中人'忘路之远近'与目的地中人'不知有汉，无论魏晋'，一忘空间，一忘时间，存在着思想上的相应。渔人之路最终能通往桃花源，这是潜在的基础。"[1] 窃以为，根本中的根本，恐怕还在一个"忘"字，若能依此贯注精力、舍却旁骛，而不是总有一个欲往他处之我，催逼着你中途折返或弃道而行，那么一个人做任何"有大欢喜"之事，岂非就是"缘溪行，忘路之远近"。

我一直觉得，所有的桃源故事都密传着同一个主题：自我对他者（或"主体"对"对象"）的巨大热情与无限亲近。《桃花源》中的那个"渔人"不是别人，正是我们；成为"桃花源"中的栖居者，成为"怡然自乐"的"此中人"，也不是别的，正是我们对世界的"爱情"。退一万步讲，纵然我们所爱并非世界，而那"缘溪之行"也仅仅是自恋自渎，其实质也不过如此，只不过，主体的爱欲对象乃换作了所谓的"自我"，或弗洛伊德所谓之"理想自我"这个隐秘的"他者"罢了。因此，人的许多行动之于生命如同溪流，不充盈，便淘空。写作正是这样的事，而对于一位十分用心的文学研究者和评论者——比如项静来说，其文学研究与评论行动自然也不例外。

---

[1]　亦可见张文江：《读〈桃花源记〉一得》，《学术月刊》1989 年第 11 期。

一

项静和我同门，我们都是蔡翔老师的学生。项静从硕士研究生阶段开始就跟着蔡老师读书，一直到博士毕业。不用说，项静受老师的影响很深。在给项静的文学评论集《我们这个时代的表情》作序时，蔡老师说："把文学放在各种各样的关系中讨论，然后组织我们自己的叙述活动，这样，有可能把叙事弄得很复杂。这不是问题，由繁入简，先是繁，然后才可能入简。学术是一个很漫长的过程，一蹴而就是不太可能的。"[1] 从项静关于读书、写作的种种自述看，对于老师的话，她是认同的。这些年来，我越来越觉得，文学在许多时候是有难度的，特别是当人们将之视为一种极具融通性质的生命行动之时，文学便成了"活生生的具体总体性"的诸般呈现，同时也成了 W. 布斯所言思想认知、情感实践和审美形式的汇聚之所。就此而言，我们的文学研究与评论活动，也自然会要求成为一种复合行动，这样方能与文学行动本身所有的"活生生的具体总体性"相契合。在许多次的师门读书会上，我和项静及其他同门也都聊到过类似话题。这一融通复合，无疑将构成许多"对自身有要求的"文学和文学研究行动的莫大难题。

读书人大都对知识有着分外期待，在理想意义上，知识会

---

[1]　亦可见蔡翔:《这个时代的表情》,《读书》2014 年 11 期。

被视作一条通向个体生命自由与人类整体出口之路，所谓解释世界（自我）、改变世界（自我）是也。然而知识也制造障壁，生产异化，导致压迫，读书人常常冒险涉入经院重围，汲取各种高度理论化的知识，最终却未必都能够如愿以偿，获得自由与解放。其中一大困难，便是如何实现知识的融会贯通，如何真正做到"缘溪行，忘路之远近"，进而成为知识的乌托邦中人。这个"贯通"（实践）的核心，自然会越出知识本身，需要求知者在理论（知识）、自我（主体）和世界（各种或幽微或宏大的对象及其牵系）之间建立一种"从根本上有效"的关联，进而安放自身，也安放与自身相关的诸多他者，比如文学文本。毫无疑问，这必将是"一个很漫长的过程"，它邀约了自我、文本、理论和世界的无限贴近与契合，因此是召唤各方的"爱情"。

2004 年，还在读硕士研究生一年级的项静，便发表了一篇讨论陈应松小说《望粮山》的文章，名为《艰难的行走》[1]，开篇即是一句："现代中国的不平衡发展，使得城市与乡村作为一个社会共同体内两个不同属性的生存空间，又因其异质性而彼此成为想象与向往的乌托邦对象。"如今看来，这个句子所动用的语词或概念——"现代中国""城市""乡村""异质性""想象""乌托邦"等，多多少少显得有些大，有些兀然，一不小心，

---

[1] 项静：《艰难的行走——漫谈陈应松的〈望粮山〉》，《当代作家评论》2004年第 2 期。

就可能滑入只见能指不见所指的泥淖。幸好这篇文章里，项静并没有被浮现在皮面的"宏大"绊倒，而是很快开始贴着作品中的人物"行走"，开始摸着人物的内心及其命运的骨头言说：余大滚、王起山、小满、金贵……中间虽有对舍勒和卡尔维诺等人的话语援引，也都拿捏得恰到好处，并无任何借助理论做过度引申或阐释的嫌疑，因而整篇文章最终让人觉得踏实，且能得到十分深切的触动。与此同时，尽管文中某些宏大的语词或句子腾在半空，却始终被一根真诚的学术丝线牵引着，且传递出未来落实和贯通的可能。

《艰难的行走》可谓项静文学研究与评论行动的一个非常好的起点，虽然里面所呈现出来的理论抱负和写作姿态还比较低，但低有低的好处，其中最重要的，是主体（文学研究者）和对象（文学文本）的"贴"。而在我看来，"贴"是文学研究行动必备的苦心孤诣，具有极为重要的方法论意义，一个文学研究者既要有任重道远的弘毅精神，更要有踏实前行的素朴之心。这颗素朴之心，首在"贴"心，而主体同对象的每一次可真切存留的贴近，都将为日后的融会贯通铺上一块块绵延相续的精神砖石。当然如前所述，更进一步的"贴"，乃是自我、文本、理论和世界的无限贴近与契合，是对众多宏大幽微的人事进行总体安放。

在这条"道"上，所有的行动都是重大行动，所有的关头也都是紧要关头。项静一路走来，并非没有危机和险滩。

二

2006 年，项静硕士毕业，学位论文题为《社会主义"新妇女"与文学叙事》，在"致谢"中，项静却留有这样的话："写论文的时候心底升起的那种落拓与不安，怀疑与缅怀，与刚进学校时的简单的乐观相比，可叹人生之匆匆，这一切终将过去，等待的是下一季节的风雨。"2009 年，项静博士毕业，学位论文题为《遭遇"西方"——1980 年代文学中"现代"故事的几种叙述方式》，在这一次的"致谢"中，项静则又写有这样的句子："敲完论文的正文之后就被一种不安和对自己的不满情绪左右"，"内在与行为的离心力越来越大，没有什么东西让我感到笃定不移，我也觉得自己说着言不由衷的话，包括自大学就开始浸染其中的文学。"甚至到了 2014 年，在《我们这个时代的表情》一书的自跋中，项静似乎仍对自己从硕士到博士这六年的学术研究与写作有一种"拔剑四顾心茫然"的怅惘之情："正像我导师蔡翔先生直言不讳所说，对理论的生搬硬套是那时的一个常态，这也的确给我的写作带来了很多的无法排遣的困惑和空虚之感。"当然，项静这些自我分析与不满之语是同她的过度自谦绑在一起的，正如她也说过这样的话："我对自己特别不自信，所以我的评论文章是一个自己学习的过程，把你的不自信、怀疑很多想法慢慢堆成一篇文章。"[1]但是毋庸置疑，危机和险滩也真实存在。

首先是研究者自我处在不断流动和变化当中，这是生命成长与扩张的需要，自然也会有种种难以预料的精神历险。与此同时，还存在着对于这一流变之我的知识和世界的不断扩容、深化——越来越广阔，越来越复杂，也可能因此越来越"陌生化"，进而不断催生出它们对主体与对象之"贴"的反动与破坏。再者，那些曾经贴近过或尚未贴近过的文本，以前可以作为资源和依靠的，后来却未必能够作为更进一步的资源和依靠。还有，来自现代社会知识生产与竞争的所谓"独创"要求，以及相伴相随的，来自学院的所谓学术论文发表指标，二者铰合一处，也会制造出非理性的催逼和压迫。然而最难的，还是如何从根本上去"贯通"这方方面面皆处于流变之中的自我、文本、理论和世界，如何真正让自己理得而心安地去解释世界（自我），且试着改变世界（自我）。因此危机或险滩的中心，仍然是行动主体与诸多对象之间的无以贯通，仍然是行动主体与诸多对象之间的未能进一步的贴近——自我与理论的，自我与世界的，自我与文本的，自我与自我的。而在这无以贯通中，往往也少不了那些被各方他者追撵而生的放弃和匆忙——在桃花源成为乌托邦之前，"缘溪行，忘路之远近"首先成为了乌托

---

[1] 见《青年报》2015 年 2 月 4 日 A12 版。

275

邦。"不安""怀疑""困惑""空虚"的背后，其实是自我对生命和世界之根本的眺望，是对确信和可靠的吁求。

当此危机和险滩，项静没有让自己和大家失望。在《我们这个时代的表情·跋》中，项静继续写道："出了校门，有了一定的社会实感，对于世界终于可以说，我在此间生活着。随着年岁的增长，总想抓住点什么，总得让自己爱上某一件事情，才不至于慌张和无所依傍。"而这件事情，便是在有形无形中，转换自己多年的学术训练而为之的文学评论。虽然"基于教育背景和工作氛围，写文学评论是一个最便捷和顺手的选择"，但是对于项静而言，她所取道的文学评论"绝不是一篇分析作品的文章这么简单"，"评论家莫里斯·迪克斯坦的一句话深得我心：'这个作家处理语言的方式或者看待生活的观点对我来说非常重要，他们就像魔镜一样，让我们窥见半隐半现的自我，并经历认识自我的震撼。'从这个意义上来说，每一个写作对象都可能已经成了我自己的一部分。"

据我所知，项静此次所"缘行"的，实际是一条以退为进的言说之溪——深藏那些自己尚未真切把握的理论依附和历史开掘，纾解那些自己尚未真正落实的宏大叙述及其讨论对象，从时间上拉回自己当下所处的时代，从对象上聚焦于自己更为熟悉的作家——包括同龄人，身边的人，交往过的人等等。短短几年间，项静接连写出多篇对当代文学的评论，其中仅专文或主要讨论的中国作家就有：甫跃辉、徐则臣、郑小驴、霍艳、李浩、蔡东、林森、于一爽、孙频、刘玉栋、毕亮、张怡微、周嘉宁、徐敏霞、路内、乔叶、薛舒、姚鄂梅、宁肯、刘继明、陈应松、林白、金宇澄、王安忆……这是一次有别于自己以往的"缘溪"之旅，尽管那片连接自我、文本、理论和世界的辽阔水域被有意收缩，但"缘溪"者的"贯通"理想和"贴近"之心并未就此失去，反而是开始找到了真正属于自己的平静、踏实、自信和从容。对于这样一个文学评论者形象，曾作为项静评论对象的霍艳有一个颇为生动的形象勾勒："她正努力为我们寻找一个标示，可以将作品从洪流里打捞出来。我不知道一个人是不是真的可以找出文学上的路标，但所有的地图，都是用脚一步一步丈量出来的。我仿佛看见一个弱小女子不断前行的身影，将她检验过的各种各样的作品，一部一部放置整齐，使混沌散乱的文学现场，显现出规整的样子来。"[1]

三

1997 年，朱文写过一个长篇小说叫《什么是垃圾，什么是爱》，里面的主人公小丁有一句话："我想接触人，真正地接触，因为我觉得自己已经和这个社会、和别人没有关系了。一点真正的'关系'都没有了。"如今二十年将尽，小丁的话却时常盘

---

[1] 霍艳:《海上五人记》,《光明日报》2015 年 1 月 9 日。

踞我心中。小丁所言"真正的'关系'"，是"一种真实可信的、能够确立起责任感的联系"，"一种可以像弦一样绷紧起来的联系"，一种让身体"发热"的"联系"，我总觉得，小丁这种被作家特意形象化、具体化的"关系"或"联系"冲动背后，涌动着众人共有的一个要求，那就是对世界和生活在这个世界上的某些他者的"爱情"。这跟项静所说的"总想抓住点什么，总得让自己爱上某一件事情，才不至于慌张和无所依傍"，在本质上是一回事，大家都是企图通过让自己心动也让别人心动的方式，"解决精神世界的心安问题"（项静语）。

作为一位文学研究者和评论者，这个解决，首先是真正去落实自己的研究和评论行动，警惕各种匆忙与慌张。对此，蔡老师勉励说："不要成为一个职业批评家，成为职业批评家是一件很可怕的事。你要参加各种各样的研讨会，要时时表态，要忙于应付各种各样的约稿，久而久之，要么飞扬跋扈，要么陷入一种'事务性的写作'。要保持一种业余的写作心态，有话才说，无话就沉默，写自己想写的文章。……好在项静是在作家协会工作，不用应付每年的业绩考核，现在的大学制度是很糟糕的。"（《我们这个时代的表情·序》）这个解决，更需要项静尽最大可能去"贴近"文学作品，去"真正地接触"它们，从而在自己和文本之间建立"一种真实可信的、能够确立起责任感的联系"。

2014年1月，项静发表了一篇名为《我们这个时代的表情》的评论文章，此篇评论的抱负颇大，里面对二三十位"80后作家"的四五十篇作品进行了集中评论，颇有些要为"80后作家"乃至"1980年代生人"刻像的感觉，同时又如其标题所示，这还是一篇试图为一个时代盘点存档的文章。因此无疑，这也是一篇并不容易写好的文章，其中关键，是评论者能否命中如此多作家和文本的"要害"，能否既结构好宏观，又摆放好微观，既为他人和时代"负责"，也为自己"负责"——项静也是"1980年代生人"。通过这篇文章，项静非常真切地展示出一种极用心、极用力、极体贴的评论家品质，她在文中既将宏观与幽微把握得恰到好处，捕捉到诸多"80后作家"的"心象风景"，又成功投映了评论者自己的"心象风景"，与这些"80后作家"一起，"以广泛的触角、各异的视角、勤勉而诚恳地跟这个时代和自己对话"，从而一同"'经历'着时代"。她一边在总体宏观上不断思辨"这代人的共同时空困境：个体的失败感、历史的虚无感，故乡记忆的困惑"；一边从细腻幽微处去靠近那一颗颗"人群中最敏感的心灵"，转呈那一份份"无法轻言放弃、掩面而弃的永久赠予"。比如她对孙频乡土小说《月煞》的历史化勘察："当代文学中习见的思路是知识青年的出走故乡，这也几乎成为我们习惯的现代化故事，从路遥、张贤亮、李佩甫等作家都在这个谱系上创造了众多走出'乡村''故乡'的形象。孙频的反其道而行，她以一个报复和出走为主题的故事，却以不舍、和解收束。这是1980年代生人的一种醒悟，还是亲历了都市化之后对现代化故事的不以为然？是在寻觅中找不到方向的返乡之行，甚或对故乡胎记无可奈何的回归？这些方向还需假以时日，慢慢分辨。"又如她对周嘉宁作品的凝神观照："周嘉宁的小说特别像都市守夜人的心灵之书，她的都市不是地域性的，她守候的是若有若无被覆盖了很多层障碍的情感波动，比如《美好的时光不停留》《那儿，那儿》中的无事之殇，故事相对于情绪来说就像一个个无故伫立的残片，在风中猎猎作响。在《荒岛》这篇有点卡佛风格对话的小说中，男女主人公的对话，总是对不上，前一个人说一句，后面的人会问一句什么，前面的人平滑地绕过话题，说点别的什么，而对话还是继续，看似每一句都在接骨的程序上，其实已经支离破碎。所以当周嘉宁在《荒芜城》这部特别真诚的自我剖解的小说中让主人公说出这样的话我们都不惊讶——'做爱对我来说并不是最重要的事情，我渴望的无非是人与人之间无限的贴近。简直可以说为了这样的贴近，就连做爱都可以。'对于那些小心翼翼，眼神不安，时刻提防世界的夹缝的人来说，还有什么比一些炙热的东西更能偎贴荒芜。"须知在这个世界上，有多少人为了身体的接近，假道于心灵；现在，周嘉宁的《荒芜城》对之进行了一个有趣的颠倒——为了心灵的接近，有人假道于身体。作为评论者，项静把这个关于"无限的贴近"的句子再次撷取出来，其实是同作家一道，回应了多年前朱文经由小丁提出的命题：人如何同自己所处的这个世界、同他人建立起一种让心灵（也就小丁所言之"身体"）"发热"的"联系"。

也许归根结底，还在于"解决精神世界的心安问题"（项静语），而根底中的根底，仍然脱不开解释世界（自我）和改变世界（自我）的贯通行动。为此，作家们需要"无限的贴近"世界和自我；评论者们则需要"无限的贴近"作家们创作的文本，同时"无限的贴近"世界和自我。

四

《这么早就开始回忆了》是项静评论徐则臣小说《耶路撒冷》的一篇文章，一开始，项静就将《耶路撒冷》视作徐则臣的一次"正面扑火"式的写作，认为作者需要极大的"冒险精神"，"方敢如此下笔"。随后，她用百分之九十五的篇幅深度解析了作家"直面和重述70后一代的个人历史和精神世界"，让自己笔下的"70后"人物"直面一代人的精神世界或者信仰问题"的努力和尝试，其中不乏一位"80后"评论者对一位"70后"作家的真诚赞扬与称道。但是，在文章结束关头，项静却亮出了她的一份苛责和疑虑："作家在'70后'的人生上覆盖了厚重的政治、经济、文化、信仰等等云层，但其实落实到小说中的部分只是涉及心安和创伤的精神层面，而且创伤又是以一个单薄的同龄人早亡事件带来的。生活在友谊乌托邦之中，没有经济压力的他们，能否回应起略显沉重的关涉一代人的诸多带着生命热情的社会学问题，就像初平阳在花街停留的日子写作中的困惑：无法在花街的生活里直接跳到困扰'70后'一代的景观和问题中去。小说从作家手中脱落的那一刻起，它就要去遭逢各种可能的命运，作家的初衷究竟有没有实现，有没有变异，似乎不那么重要。我们可以把这归咎于太早开始回忆，或者真正回忆的时刻尚未莅临。"我非常支持项静对徐则臣的这份苛责和疑虑，因为我越来越觉得，决定一个人生命质地的不仅仅是他成就了什么，而且是他放弃了什么，有时候，可能后者比前者更加具有决定性的力量。那曾经被我们放弃的，那遁入幽暗世界的，往往却在我们的无意识中建立起它们的复归和统治，而那矗立在光明地界的成功之城，关键时刻却每每不堪一击。除非，我们最终能够重新正视自己本质上的失败，重新去面对那些被我们放弃或绕开的东西、人和事。一本书，也是这样。"掉在地上的都要捡起来。"这是小说《耶路撒冷》的最后一句，也是其中主人公之一初平阳将要撰写的专栏文章《2019》开头一句，希望它能预示着某种新的"贯通"行动的开始。

对于每一个想要"无限的贴近"世界和自我的人来说，那些被冒险"绕过"的"政治、经济、文化、信仰等等云层"，那些"关涉一代人的诸多带着生命热情的社会学问题"，那些未曾抵达的历史，那些仍在迸发的理论，等等，那些"掉在地上的"，"都要捡起来"。项静说得没错，"耶路撒冷也许只是个幌子，是一个发声，一个单词，一个地点，一段情怀，但它是所有人必须去面对的硬问题"，这个"硬问题"既是作者未来要面对的问题，也是评论者未来要面对的问题。

老实说，就一位年轻的文学评论者而言，就文学评论写作需要在文学文本与理论文本之间往返摆渡的特殊性而言，项静已经做得很好，她的许多评论文章都能让我们看到一种内在于写作者自身的真实和踏实，我相信，项静所进行的此类写作属于"一种真实可信的、能够确立起责任感的"写作。如此，一个点一个点地走过去，走下去，每一个脚印都将成为一座言语的城堡，而评论者和文本间的每一次贴近，也都将促成一次心灵的确信，并将不断汇聚成更加广阔而坚定的确信和爱——为自己，也为他人。不过在我看来，这种"确信和爱"的最大意义还在于，它是那个如大洋般的"贯通"的一部分。

像项静这样的文学评论者，定然会在追慕文学文本之无限丰富的同时，意识到文学文本的有限性——它们最多只是人们朝向世界、自我和真理的"半条溪流"。当下的、中国的文学文本，无疑更其有限。在《杀人游戏，或相遇》一文中，岳雯曾说项静的不少文章皆可谓"标准意义上的学术论文"，项静"借文学问题讨论的也是学术界关心的大问题"，"可是，这于我们而言，仿佛是孩童捏着嗓子学大人说话，那个更本真的声音还是会忍不住抬起头来。项静把那些声音都用在那些从欧洲漂洋过海，然后在我们这个国度安顿下来的异乡作家身上，这个名单是：劳伦斯·布洛克、保罗·奥斯特、奈保尔、路易吉·皮兰德娄、桑德·怀尔德、尤多拉·韦尔蒂、乔纳森·弗兰岑……她对外国小说有着不知餍足的热情，它们为她建立起一个框架，让她在评论中国作家的时候是处在一个世界视野之中"[1]。在此，我想说的是，无论岳雯的把脉是否准确，也无论项静是出于何种"热情"而将自己阅读和写作的视野朝向世界文学，她必然会发现，即使是全世界的、历代的文学作品聚集一处，也照样摆脱不掉其文学文本的有限性。

在"鲁院第26届青年评论家对话录"中，项静有言："我所向往和尊敬的批评家，首先应具备强大的阐释能力，能够把隐约未明的文字世界做出向我们打开的尝试，就这一点来说，需要各方面的知识储备和文学修养。其次还要有自己的立场，一套对世界和文学的基本的判断，当然这个东西可以随着你的阅读和经历而改变修正。"[2]据此我相信，在未来的文学研究与评论行动中，项静必定会重新"缘行"那条虽长期仰仗却又部分"绕开"的理论之溪——人们从言语领域朝向世界、自我和真理的那另外"半条溪流"——无论"缘行"者被想象或解释为持何种立场、属哪个派系。也就是说，凭借着自己一点一滴渐渐建筑起来的安妥和勇气，以及不断蓄积的力量和方法，项静在未来一定会用她"正面扑火"式的行动去重新面对自己曾

[1] 岳雯:《杀人游戏，或相遇》,《文学自由谈》2015年第1期。
[2] 《"写本乎判断力，本乎良心"》,《文学报》2015年4月23日。

经遭遇的危机和险滩。那时，文本、理论、世界和自我将会重逢，在行动者日益"笃定"的"贴近"和"贯通"努力间重逢，经由这种重逢，项静所获得的，将是更大的"心安"。

不过，在这样的重逢中，项静也必将反复"贴近"虚无。"缘溪行"的尽头（或者说目的地）是"桃花源"，"桃花源"本身却需要一个来处或支点。也许，那便是虚无。而"贴近"和"贯通"虚无便构成了一切"贴近"和"贯通"行动的最后基础。在这点上，我赞同科耶夫"导读黑格尔"时发表的一个见解，他说："自然的或'神的'定在的最后基础，是永恒地与本身保持同一的给定存在或力量。相反，人的定在的最后基础，人的实在性的根源和起源，是否定性的虚无和力量，而否定性的实现和显现，仅仅是从给定存在的'同一'转变成'辩证的'或历史进程中的'矛盾'。在这个过程中，仅仅在行动中和通过行动才有人的'存在'（可以说，行动是人的'本质'），动力不是作为给定物的存在的东西，而是原本不存在的东西。如果自然或'上帝'是拥有存在的存在，那么人是成为虚无的虚无——在他'扬弃'存在的东西和创造不存在的东西的时候。黑格尔哲学的根基是表现或显现为否定性的、自由的和意识到自己行动的虚无……在存在中维持作为虚无的人的力量的辩证运动，就是历史。"[1] 因此，一切"爱情"也都是在虚无的肚腹中创造

---

[1] ［法］科耶夫：《黑格尔导读》，姜志辉译，译林出版社，2005，第684—685页。

出来的"爱情"。蔡老师鼓励项静说："文学评论也是可以创造一个世界的，这个创造，常常依托了对文本的分析和阐释，通过对文本的分析和阐释，我们创造另一个文本。"（《我们这个时代的表情·序》）继续努力！项静同学。

致　谢

　　思想以及对思想的言说是可以有颜色的，在无数次惊异于尼采和海德格尔思想及其言说的迷人色泽之后，我尝作如是决断。海德格尔的思想及其言说近玄而蓝，兼有夜晚与晨曦的颜色，尼采的思想及其言说则如同傍晚湖面上舞蹈着的金色雨滴，始于红，而终于黑，二者都有夺人魂魄的魅力。我的思想呈杂色，且十分浅陋，故而分外渴望滋长、丰盈，以期获得某种深沉的绚烂或厚重的斑驳。

　　1882 年 7 月 21 日，梵高给弟弟提奥写有这样一封信，上面说："在世人看来，我是什么样的人，是无名小卒，一副无足轻重，又讨人厌的样子。这样的人在现在，以及将来，在社会上都难有容身之处。总而言之，我就是最为低贱的下等人。可是，就算这已成为了无可争辩的事实，总有一天，我会用我的作品昭示世人，我这个无名小卒，这个区区贱民，心有瑰宝，绚丽璀璨。"时年二十九岁的梵高即能道出如此动人的思想，尤其是最后面这句——"区区贱民，心有瑰宝，绚丽璀璨"，着实令我钦佩。近些年来，也正是在类似思想的鼓荡下，我不仅自己坚持尝试用文字去通达心中的"瑰宝"，还鼓励只念过一年半小学的母亲去写和画出她心中的"瑰宝"，如今，在内蒙古家乡做农民的五姨也开始加入进来。

我们都还在继续生长。

从读研到现在，一路行来，有太多师友、同道给我以种种鼓励和精神馈赠。回想起来，2001 年春天我竟能用《玩笑的深度及其限度》这样的文字顺利获得硕士学位，实在跟浙江大学国际文化学系的各位民主、通达的老师有关，骆寒超、徐岱、孙周兴、江弱水、胡志毅、陆兴华、潘一禾、沈语冰等诸位师长，那时都以各自的独特魅力感染了我，鼓励了我，使我至今难忘。

在上海大学读博时，我投奔的导师是蔡翔先生，如今，我自己也在上大工作——与自己敬爱的老师一道。感谢蔡老师这些年对我的悉心敲打和诸多信任！可以说，他对学术的推重、坚持与喜爱已然渗入我的许多文字深处。同时，也感谢上大文学院、中文系各位教诲、提点和帮助过我的老师、同事，感谢上大创意写作学科的各位同仁，期待与诸位继续同行。

本书中，有好几篇文章与刘震云老师的作品相关，感谢震云老师在 21 世纪初打往我宿舍的电话，以及他在 2015 年为我母亲的小书所作的亲切且深切的序言，也感谢李敬泽老师在 20 世纪末的慷慨赠书——《通往故乡的道路》，这是些有趣的记忆。

感谢时常出没于上海市巨鹿路 675 号的吴亮老师、孙甘露老师、杨斌华老师，感谢张定浩、黄德海、项静、木叶，很高兴与你们相识。

感谢《文学评论》《中国现代文学研究丛刊》《上海文学》《上海文化》《南方文坛》《评论》《名作欣赏》等杂志刊载我的一些文字，使我有机会与更多同道中人相知。

感谢所有勉励、记挂我的人，我的同门，我的同窗，我的学生……

最后，感谢远方和近处的亲人，身边的 R，你们对我的爱与乐观，岂能白费！

吕永林
2017 年 12 月 31 日

文
景

Horizon

社 科 新 知　文 艺 新 潮

销魂者考

吕永林 著

出 品 人：姚映然
责任编辑：李　琬
营销编辑：杨　朗　陈　茜
装帧设计：肖晋兴
版式设计：安克晨

出　　品：北京世纪文景文化传播有限责任公司
　　　　　（北京朝阳区东土城路8号林达大厦A座4A　100013）
出版发行：上海人民出版社
印　　刷：山东临沂新华印刷物流集团有限责任公司
制　　版：北京大有艺彩图文设计有限公司

开 本：890mm×1240mm　1 / 32
印 张：9.5　字 数：162,000　插页：2
2018年8月第1版　2018年8月第1次印刷
定 价：45.00元
ISBN：978-7-208-15307-3 / I·1750

图书在版编目（CIP）数据

销魂者考 / 吕永林著. —上海：上海人民出版社，
2018
（述而批评丛书）
ISBN 978-7-208-15307-3

I.① 销… II.① 吕… III.① 中国文学-当代文学-
文学评论-文集 IV. ① I206.7-53

中国版本图书馆CIP数据核字（2018）第152722号

本书如有印装错误，请致电本社更换　010-52187586